Pour mon fils

Raïssa Kessel
Préface et notes d'Étienne de Montety

Pour mon fils

ARTHAUD

82, rue Saint-Lazare
CS 10124
75009 Paris
ISBN : 978-2-0804-9378-1

Préface

Ce texte est pour ainsi dire légendaire. Les amis de Joseph Kessel en parlaient. Courrière y puise abondamment pour rédiger les premiers chapitres de son imposante biographie *Sur la piste du lion*. Walter, Nucera, Weber ont pu évoquer dans leurs livres ce manuscrit de madame Kessel mère. Ils racontent qu'à la fin de sa vie, Jef, ayant épuisé ses colossales ressources d'inspiration, ouvrit ces mémoires qui remontaient à 1938. Il voulait s'en servir pour composer lui aussi un *Livre de ma mère*. Ou sa *Promesse de l'aube* : il admirait tant ce que ses amis Cohen et Gary avaient fait de la relation singulière entretenue avec leur mère. Et leur succès l'y encourageait. Il se mit à la tâche, imagina de s'en inspirer, puis simplement de le remanier, puis il renonça. La fatigue des ans était là. Et aussi l'ombre de Raïssa, aimante, ombrageuse, omniprésente à qui l'avait uni une relation forte, exclusive et ponctuée d'orages violents. Morte quelque vingt ans plus tôt en 1956, « Mamoussia » régnait encore sur son cœur, par l'enfance. Il l'avait maintes fois défiée par ses excès, ses innombrables liaisons féminines. Elle n'était jamais parvenue à le contenir. Cette fois, elle le paralysait.

Restait un paquet de feuilles, tapées à la machine, un texte qui fut d'abord rédigé en russe et traduit en français.

Il commence par ses mots : « Mon fils me demande d'écrire mes souvenirs. Je le fais par amour pour lui. » Mon fils ? Jef ; pour elle c'était une évidence. Si Raïssa Kessel avait eu trois garçons, elle était attachée à l'aîné par un lien singulier qu'elle décrit scrupuleusement dans ses mémoires. L'enfant né dans la colonie de Villa Clara (Argentine) fut gravement malade sur le bateau qui ramenait la famille Kessel en Europe ; il manqua trépasser et il fallut des jours et des nuits de soins, des trésors d'amour et d'ingéniosité déployés pour le nourrir au sein d'une nourrice et l'arracher à la mort annoncée par les médecins. Cette énergie vitale qui avait accroché Yossienka à la vie et Mamoussia à Yossienka ne disparaîtrait jamais. Entre eux, ce serait intense et souvent explosif.

En 1938, date de la rédaction de ces souvenirs maternels, qui est Joseph Kessel ? Un écrivain de quarante ans, déjà à la tête d'une œuvre importante, ne serait-ce que par son volume : une bonne quarantaine de titres. *Les Captifs* (1926) a reçu le grand prix du roman de l'Académie française. Les titres majeurs, *L'Armée des ombres*, *Les Cavaliers* ne sont pas encore là mais pour la fille d'Anton Lesk, quelle fierté que ce fils couronné par une telle institution ! et pour un livre ! Les œuvres de Shakespeare, Molière, Hugo, Tolstoï ont toujours et partout accompagné Raïssa.

La plupart des romans de Kessel puisent dans sa vie de journaliste, de grand voyageur et de grand viveur ; ils se sont également approvisionnés à la table des réfugiés russes de Paris – les « Blancs » – dans les restaurants de Montmartre qu'il fréquentait, où les conversations tournaient autour de cette terre que la révolution bolchevique les avait contraints de quitter. Depuis leur exil, ils la célébraient, la magnifiaient, elle et ses habitants. Ils l'idéalisaient. Hors une mission à Vladivostok en 1919, Jef avait passé quelques années de sa petite enfance en Oural, à Orenbourg chez les parents de sa mère. Assez pour être attiré irrépressiblement par la Russie : de *La Steppe rouge* à *Makhno* ou encore *La Coupe fêlée*, ses premiers textes y trouvant leur cadre – mieux : leur sujet.

Quand il sollicite sa mère pour qu'elle se raconte, Jef est plongé dans son grand œuvre, la rédaction d'un roman qui deviendra *Le Tour du malheur*. Le premier tome, *La Fontaine Médicis*, emprunte largement à la vie familiale. Ses parents Samuel et Raïssa y sont Anselme et Sophie Dalleau, l'appartement de la rue de Rivoli a été transposé rue Royer-Collard. On y retrouve aussi des échos de ses nuits effrénées de Montmartre, et de la guerre de 14 qu'il a faite à moins de vingt ans et qui l'a marqué à jamais. Quand Jef écrit de Sophie Dalleau qu'« elle portait sans fard et sans âge une beauté qui avait la patience du temps », c'est bien sûr à Raïssa qu'il pense. Est-ce cette plongée biographique qui a fait naître en lui le besoin d'un récit familial plus ample et plus complet ?

Son père Samuel, le médecin, l'homme droit, le sage de la famille, de santé si fragile, est mort en 1931. Avec lui a été engloutie à jamais la mémoire des Kessel de Chavli, une de ces villes de Lituanie où les Juifs russes, tenus à l'écart de la vie du pays par les édits des tsars, avaient trouvé refuge. On parle d'un père rabbin, d'une mère pieuse, d'une existence misérable dans une maison de bois tenant lieu d'auberge. Et d'un fils Chmuel promis lui aussi aux études hébraïques et à la vie de rabbin, et qui tourna le dos aux vœux maternels pour apprendre le russe et se lancer contre le sort et la dureté des hommes dans des études de médecine.

Samuel n'est plus mais Raïssa est là, et bien là, régnant sur la famille, depuis l'appartement du boulevard Brune qu'elle occupe depuis son veuvage. Et elle a pris la plume, rédigeant ses souvenirs, d'abord en russe, dans un carnet manuscrit que Joseph garda précieusement avec lui jusqu'à la fin de sa vie, avant qu'elle ne les tape à la machine.

Où était ce texte ? Nul ne pouvait le dire. La mort de Jef, en 1979, fut suivie dix-huit mois plus tard par celle de sa dernière épouse, Michèle. Sa famille et ses amis s'étaient partagé ses livres, ses papiers et ses souvenirs. Le libraire Hubert Bouccara, spécialiste de Kessel dont il avait été ami, ne savait pas ce qu'il était advenu du manuscrit. Maurice Druon, le fils de Lazare Kessel, était mort à son tour en 2009. Était-il dans ses papiers ? Ou fallait-il chercher du côté des descendants d'Yves Courrière qui devaient avoir conservé l'abondante documentation ayant servi à la rédaction de sa biographie ? Où dormaient les mémoires de Raïssa ?

La recherche prenait l'allure d'un jeu de piste qui menait dans une maison colorée de la banlieue sud de Paris. Y vit Anne-Marie, la veuve de Patrick Kessel, fils unique de Georges. Patrick était « l'autre » neveu de Jef, mais se tenait loin de la lumière captée et avidement recherchée par Druon. Né en 1929, Patrick a collaboré à *France-Soir* et *Match*, il a publié des romans (*Le Bénéfice du doute*, *Les Ennemis publics*) et des essais (*La Nuit du 4 août*, *Le Peuple algérien et la guerre*). Ses centres d'intérêt intellectuels allaient vers le marxisme-léninisme, notamment dans son versant albanais, pour lequel il milita et écrivit. Un engagement idéologique aux antipodes de son oncle. Même la jeune Raïssa, dans ses années d'étudiante à Genève où elle fréquentait des théoriciens de la révolution socialiste, n'était pas allée jusque-là. C'était avant 1917 et la révolution qui allait submerger la Russie.

Le parcours personnel de Patrick, ses convictions politiques ne l'ont jamais empêché d'être proche de son oncle.

Pat, pour Joseph, c'était le sang de la veine ; la famille ! Il était donc tout naturel qu'il possédât une copie du manuscrit de sa grand-mère qu'il avait bien connue : Raïssa avait gardé son petit-fils au début de l'occupation, sous la protection attentive de Jef. Il a bénéficié de ses soins mais aussi souffert de son intransigeance.

Depuis la mort de Patrick, Anne-Marie conserve dans des chemises les papiers Kessel. Ainsi les lettres échangées par Jef et Georges. Arrivée plus tard dans la famille, elle n'a pas connu Raïssa, ni Georges, ni Jef. C'est une histoire à laquelle elle est liée par l'attachement qu'elle porte à la mémoire de son mari. Des années durant, elle a gardé ce tapuscrit dans une chemise en carton croyant même que ce texte avait été publié. Tant de gens s'en sont prévalus. Un temps, Patrick a tenté de convaincre un éditeur. Refus, Dieu sait pourquoi ? Joseph Kessel était alors au purgatoire des lettres. Passé de mode jugeait-on à l'époque. Alors sa mère…

Les souvenirs de Raïssa forment un ensemble de deux cent quatre-vingt-quatorze feuillets tapés à la machine. Y sont glissés des feuillets en caractères cyrilliques en provenance d'une version russe. Qui l'a traduite ? Raïssa elle-même ; le texte français contient quelques maladresses d'expression, d'accord, de conjugaison[1] qu'un Joseph Kessel n'aurait pas commises. Dans la marge, en revanche, on peut déchiffrer l'écriture de celui-ci, comme s'il avait commencé à annoter le texte, réfléchissant à l'usage qu'il pourrait en faire.

« Enfance, adolescence », « Études en médecine-Genève », « Argentine »…, Raïssa est lancée. Il manque bien ici

1. Comme pour tout livre publié et pour le confort de lecture, nous avons corrigé les fautes les plus élémentaires sans dénaturer le texte original [NdE].

un mot oublié ou que le dactylographe n'a pas réussi à déchiffrer, là une page disparue. Pour le reste, un récit se crée, construit, suivi, composé d'anecdotes et d'événements.

Elle sait raconter : sa mémoire est précise si le fil de son récit est parfois décousu. Elle n'a pas de préoccupation littéraire, le propos n'est pas pesé au trébuchet de la postérité. Elle livre un témoignage spontané, abondant, précieux par les détails vrais qu'il contient.

Toutefois, le contexte, les noms, les dates manquent quelques fois. Des précisions sont souvent nécessaires. Voyons plutôt.

Soit la vie d'une famille juive dans la Russie de la fin du XIXe siècle. Raïssa Lesk est née dans la province de Samara, en 1873. Son père Anton Lesk est un commerçant prospère de la ville. Il a épousé Evlentia Lazarevna et leur famille se compose de trois filles et trois garçons : Salomon, Jacob, Tatiana, Raïssa, Nicolas, et enfin Maria. Les Lesk possèdent un grand magasin réputé dont le slogan est « Chic Blesk, magazin Lesk » (« L'éclat du chic, c'est le magasin Lesk »). Plus simplement, l'enseigne est remarquablement située : sur la route du Kazakhstan par où transitent hommes et marchandises. L'affaire compte plusieurs succursales dans d'autres villes de la région. Spolié par l'homme au nom duquel la loi l'obligeait à mettre son affaire (en principe un Juif ne pouvait pas posséder en son nom), Anton Lesk s'est brillamment rétabli.

Ce n'est pas la seule injustice rapportée par Raïssa : le lecteur français découvre dans ce récit le sort fait aux Juifs dans la Russie des dernières décennies de la monarchie des tsars. Aux pogroms qui éclatent régulièrement s'ajoutent un écheveau de mesures destinées à les tenir éloignés, par exemple de l'exercice de la médecine : numerus clausus, dispositions particulières ou ponctuelles pullulent. Le séjour dans les grandes villes du pays est interdit aux Juifs. Peut-on être comédienne si une installation durable à Moscou n'est pas possible ? Raïssa y renoncera. Les contraintes sont telles que les meilleurs éléments de la communauté sont poussés à l'exil.

Raïssa fait donc des études de pharmacie à Genève puis à Montpellier. Elle y vit avec quelques amies et l'on conçoit mal aujourd'hui la liberté de jeunes femmes russes dans l'Europe de la fin du XIXe siècle. Elle fraie avec la fine fleur des intellectuels socialistes russes de la ville, notamment un ami de sa famille, Gueorgi Plekhanov, qui exerce un fort ascendant sur la jeunesse – il a contribué à gagner à la cause de Marx un certain Vladimir Illich Oulianov. À Montpellier, elle rencontre un étudiant en médecine arrivé de Lituanie, Samuel Kessel, qu'elle épouse en septembre 1895. Diplôme en poche, celui-ci accepte d'être envoyé comme médecin dans une des colonies d'Argentine créées par le baron de Hirsch dans la région d'Entre Ríos : il a une dette envers le philanthrope qui lui a donné une bourse.

Qui connaît l'histoire de cette expérience étonnante ? Pour secourir les familles juives victimes de l'antisémitisme, un banquier allemand, Maurice de Hirsch, a fait l'acquisition de centaines de milliers d'hectares en Amérique du Sud. Argentine ou Palestine, cette alternative opposa Hirsch à Herzl, le promoteur du sionisme. Alors que l'installation des Juifs au Moyen-Orient est encore embryonnaire (Raïssa y songea un moment), les vastes espaces inexploités de la pampa constituent une opportunité précieuse. À partir de 1890, environ neuf cents familles sont réparties dans des exploitations agricoles baptisées du nom du baron de Hirsch (Mauricio), de sa femme (Villa Clara) ou de son fils (Lucien-ville).

Pour Samuel et sa jeune épouse, c'est l'aventure. Là-bas, le docteur Kessel ne ménage pas sa peine au service d'une population souvent dispersée. Dans ce Far West austral Raissa souffre. Où est le confort de la maison d'Orenbourg, le raffinement de la famille Lesk ?

Le couple se lie avec la famille Lapiné, des colons venus de Grodno, qui leur tiennent lieu d'aînés : une amitié durable se noue entre Raïssa et Sonia. Elles ne se quitteront jamais, et seront même voisines à Paris.

Eusébio Lapiné est ingénieur agronome, il est chargé d'organiser la vie des familles arrivées d'Europe, de répartir les terrains et les troupeaux. La chose ne se fait pas sans difficultés, le projet est largement expérimental. Face à l'inexpérience de nombreux émigrés, aux imprévus climatiques, des obstacles se font jour. Certains renoncent, gagnent Buenos Aires ou quittent le pays. L'Eldorado argentin ne sera pas synonyme de vie dorée pour tout le monde.

Conformément au contrat qui les lie à la Jewish Colonization Association, les Kessel passent trois ans là-bas : un an dans la petite colonie de Mauricio (1896), puis à Mosesville. Dans l'adversité, Raïssa fait front grâce à Sonia Lapiné et à une intellectuelle singulière originaire d'Odessa qui est enseignante à la colonie, et lui rappelle les socialistes de Genève : Fenia Chertkoff. Raïssa accouche de son fils aîné, Joseph, à Villa Clara chez ses amis Lapiné.

Puis c'est le retour en Europe : d'abord avec un bref séjour en Russie jusqu'à ce que la situation politique (plus que jamais le régime tsariste vacille) et les éternelles vexations les contraignent à émigrer à nouveau. Cette fois vers la France, le pays des libertés que les époux Kessel ont l'un et l'autre goûtées pendant leurs études.

La jeune mariée est devenue mère de trois garçons nés entre 1898 et 1904, Joseph, Lazare, Grégoire (dit Georges).

Elle est maintenant à la tête d'une famille d'hommes. Son récit le montre : elle régente, tandis que Samuel est accaparé d'abord par l'acquisition de diplômes puis par la pratique assidue de son métier. Sans parler de sa mauvaise santé qui préoccupe constamment Raïssa. Curieusement, il n'est jamais nommé par son prénom, sauf à de rares endroits, sous l'initiale K. ou Sam. Il est « mon mari ».

Joseph est « mon fils aîné ». Seul Lazare – qui mourra à vingt et un ans, par suicide – a son nom inscrit dans le récit de Raïssa, comme s'il fallait fixer son souvenir dans le cœur des vivants.

Pharmacienne, femme de médecin, évoluant par son mari dans ce milieu de symptômes et de diagnostics, elle raconte un quotidien où les maux qui accablent l'humanité tiennent une grande place. Diphtérie d'un enfant, faiblesse cardiaque de Samuel, puis glaucome menaçant sa vue, pneumonie, furonculose, etc., on détecte en Raïssa un tempérament perpétuellement inquiet ; à sa décharge, elle traverse une époque où la maladie peut emporter un être valide en quelques jours. Précarité de l'existence.

Omniprésente dans la vie familiale, pleine de sollicitude pour l'homme fragile qu'elle a épousée, éperdue d'admiration pour les trois garçons magnifiques que Dieu lui a donnés, mais d'abord pour le premier d'entre eux, Raïssa exprime pourtant peu des sentiments. Elle évoque souvent ses proches, mais sans épanchement excessif. L'époque n'est pas à l'attendrissement. La vie n'est pas facile. Quelle vie l'est ? Elle s'en tient au récit des tribulations qui caractérisent sa jeunesse, ne cache pas ses difficultés ni ses combats, et un lecteur contemporain ne peut qu'admirer sa détermination face à une existence jonchée de vexations, de difficultés, de déménagements impromptus, de problèmes de santé divers. Raïssa est une femme debout, héritière d'un monde qui évolue vite. La révolution de

1917 mettra à bas la société dans laquelle elle a grandi, sans apporter le meilleur qu'espéraient ses amis socialistes. On ne passe pas si facilement de l'ombre à la lumière. Seule l'installation de la famille à Nice à partir de 1908, puis à Paris, lui apporte une certaine stabilité.

Raïssa et Jef ne se sont jamais quittés. Jeune veuf depuis 1928, il revient habiter sur le palier de ses parents. Elle veille sur lui, le surveille, déplorant ses excès. Il subvient à ses besoins, aspire à être un homme libre, et ne peut pas se passer d'elle : elle le relie à son histoire. Alors qu'elle a vieilli et perd la conscience des choses, il l'installe avec lui à Mary-sur-Marne tandis qu'il achève dans une chambre d'hôtel *Le Tour du malheur*, son gros œuvre que sa mère a scrupuleusement recopié à la main et conservé pendant la guerre.

Raïssa était une fille de famille que l'histoire a poussée à voyager ; son éducation avait fait d'elle une grande lectrice, une comédienne contrariée par le destin. Diserte, cultivée, elle se révèle douée pour le récit – ses mémoires montrent son art de conteuse.

Avec pareils dons et dans pareille trajectoire, faut-il s'étonner qu'elle ait donné naissance, éduqué et couvé toute sa vie un fils dont la vie fut, elle aussi, hors du commun et qui deviendra l'un des grands reporters et l'un des écrivains les plus en vue de son temps ?

ÉTIENNE DE MONTETY

Partie I
Enfance
Adolescence* [1]

Mon fils me demande d'écrire mes souvenirs. Je le fais par amour pour lui. Je ne me serais jamais résolue à écrire quelque chose sur ma vie, ni sur la vie des gens qui me sont proches. Pourquoi ? À quoi bon ? D'autant plus que, bien que je sois arrivée à la vieillesse, il n'y a pas dans mon existence de joie exceptionnelle ni de chagrin singulier. Toute ma vie s'est passée comme celle des gens les plus ordinaires.

Maintenant, quand la jeunesse russe lit Tourguenieff ou Tolstoï, ou Alkaskoff[2] et d'autres écrivains russes, bien des choses lui sont étrangères dans ces livres. Elle ne connaît pas les mœurs, les rites, ni l'âme du peuple ni la nature décrits par les auteurs de cette époque. Mais pour moi, une phrase me suffit pour faire naître dans ma mémoire les images du passé, de mon enfance et de mon adolescence. Les images naissent éclatantes, vivantes, et les champs familiers et les villages s'étalent devant moi.

---

1. Les intertitres suivis d'un astérisque sont des mentions manuscrites de Joseph Kessel.

2. Sergueï Aksakov (1791-1859) était un homme de lettres russe. Au XIXe siècle, l'usage était de transcrire la finale des noms russes en off. Aujourd'hui, le v final lui est préféré.

Mon premier souvenir très net remonte à l'âge de cinq ans et, dans ma conscience, c'est le déplacement de ma famille partant de la province de Samara[1] pour celle d'Orenbourg[2].

Nous sommes arrivés, en été, dans un énorme village disposé le long d'une rivière. Le premier jour même, mon père nous a emmenées, ma sœur et moi, pour nous baigner. Sur la berge de la rivière s'était réunie toute une foule d'enfants allant de six à dix ans. Comme mon père leur demandait pourquoi ils ne se baignaient pas, ils répondirent tous : « Nous sommes venus regarder les queues de vous autres, les youpins. »

S'étant convaincus que les « youpins » n'avaient pas de queue, les gosses ont commencé à se baigner avec nous. Plus tard, nous avons eu des relations très amicales avec beaucoup d'entre eux, mais cette première rencontre m'a laissé une impression ineffaçable pour toute la vie.

À l'école, au lycée, à l'université (à l'étranger) et jusqu'à présent même, me trouvant en compagnie de Russes, il me semble que je suis marquée et qu'ils cherchent à savoir si j'ai une queue.

Même dans la dernière classe du lycée, où il n'y avait pas d'enfants de paysans d'un village proche (personne, alors, ne connaissait le chemin de fer et l'on allait de la ville au village en voiture attelée à deux chevaux sur deux cent cinquante kilomètres) – je me sentais marquée.

1. Samara (« fleuve d'été ») est une province baignée par le fleuve Volga et la rivière Samara, dans le sud de la Russie.

2. Orenbourg (« forteresse sur la rivière Or ») est une ville du sud de la Russie à la frontière avec le Khanat kazakh (territoire kazakh absorbé par l'Empire russe qui correspond aujourd'hui au Kazakhstan).

Un jour, sur mon pupitre, quelqu'un avait écrit pendant mon absence le mot « youpine ». Juste après que j'avais fait cette découverte eut lieu la leçon d'histoire. Notre professeur d'histoire, que nous aimions toutes beaucoup, se distinguait par une délicatesse toute particulière. Sachant qu'il y avait trois élèves juives dans sa classe, non seulement il n'employait jamais le mot « youpin », mais il faisait sauter du livre de classe les passages où l'on retrouvait ce mot. La leçon, ce jour-là, était consacrée aux [mot manquant dans le tapuscrit]. Je me rappelle que je préparais les leçons d'histoire avec beaucoup de livres autres que le seul livre de classe. J'aimais beaucoup l'histoire et j'étais une des élèves préférées du professeur. Ce jour-là, l'inscription « youpine » m'avait tellement bouleversée que, toute tremblante de colère et de vexation, j'avais eu à peine le temps de demander à la classe : « Qui était assise à mon pupitre ? » que le professeur entrait et m'interrogeait sur la leçon.

À cause du profond respect que j'avais pour le professeur, je n'aurais jamais dit en temps ordinaire que son enseignement sur le « youpin converti » avait porté de tels fruits. Mais, indignée comme je l'étais pour la première fois de ma vie, touchée jusqu'au fond de mon âme juvénile, ma fureur n'épargna pas le professeur lui-même. Toute la classe en perdit la respiration, toutes les élèves baissèrent la tête et le professeur me demanda après la leçon de causer avec lui. Je m'excusai devant lui (car, jusqu'à présent, je lui ai reconnaissance) mais je lui dis que je ne pouvais pas agir autrement. Jusqu'à ce jour, je ressens cette insulte brûlante.

Ma famille s'établit en ville quand j'eus atteint l'âge de huit ans et lorsqu'il fallut nous mettre, ma sœur et moi, au lycée.

Des membres de la famille Lesk (années 1890).

Mes frères aînés habitaient déjà depuis longtemps la ville pour leurs études. Venant à la campagne pour les vacances, ils apportaient une agitation particulière car ils amenaient toujours des camarades.

Mais, en leur absence, la vie au village s'écoulait tranquillement, partagée entre les études avec un instituteur familial et les jeux. C'était en été qu'il faisait bon surtout. Mon père nous enseignait à nager et nous emmenait en voiture dans les villages voisins. Il conduisait lui-même les chevaux et, pendant ces voyages, nous racontait des histoires sur la vie des animaux et principalement des histoires tirées de la Bible[1].

1. La Bible (littéralement « le livre ») désigne l'ensemble des textes sacrés des chrétiens et peut aussi nommer le Tanakh, ensemble des textes sacrés des Juifs.

Revenu à la maison au crépuscule, mon père s'étendait sur un divan, nous y installait avec lui et racontait d'une façon tellement intéressante que nous oubliions la gaieté et les jeux.

Ma sœur aînée a tiré beaucoup de ces rapports si étroits avec mon père. Par la suite, il partageait toujours avec elle les impressions qu'il retirait des livres qu'il avait lus et l'aidait à comprendre Tolstoï et Dostoïevski et Tchernichevski[1]. Quant à moi, le lien spirituel avec mon père a duré toute sa vie. Je l'ai aimé et je l'ai estimé comme personne.

Je me souviens du jour où, partant pour la première fois à l'étranger, je fus priée par ma mère à la gare de ne pas m'occuper de politique, de ne pas m'affilier aux socialistes révolutionnaires. Ayant entendu notre conversation, mon père s'écria : « Laisse-la, elle est libre d'agir comme elle voudra. Si elle trouve nécessaire d'appartenir à un groupe révolutionnaire, qu'elle le fasse sans penser à nous. »

Je n'ai jamais pu oublier cela. Je crois que peu de parents dans les années 1880-1890, en pleine époque de terreur, auraient dit cela comme phrase d'adieu à leur fille.

Mon père était l'un de ces Juifs évolués qui estimaient plus que tout la vie, la science et la liberté.

Il me racontait que, vivant dans une petite communauté de la zone réservée[2] par le gouvernement russe aux

1. Nikolaï Gavrilovitch Tchernychevski (1828-1889) était un écrivain russe de tendance socialiste et utopiste. Son roman *Que faire ?* qui eut une grande influence sur les révolutionnaires (Lénine) a été écrit en prison (il a été condamné à perpétuité pour ses activités intellectuelles).

2. La zone réservée est un espace créé en 1791 par Catherine II pour cantonner la population juive sur des territoires limitrophes allant de la Lituanie à la Moldavie et excluant généralement les grandes villes.

Juifs, où lire des livres autres que la Bible était considéré comme un sacrilège, il grimpait dans un grenier et, là, lisait, s'instruisait. Ensuite, il put entrer dans une école rabbinique à Vilna[1] et devenir rédacteur dans un journal juif où il publiait des vers en hébreu. Il se maria très tôt à ma mère. Celle-ci nous a raconté souvent cette époque en comparant la liberté dont nous jouissions aux mœurs de ce temps. Quand l'homme qui faisait métier d'intermédiaire pour le mariage se présenta dans sa famille et commença à faire l'éloge du fiancé, ma mère déclara qu'elle ne l'épouserait pas sans l'avoir vu. Pour cela, elle reçut une violente gifle de son père car il était permis de voir son mari seulement après les noces, jamais avant. Mais le grand-père de ma mère se montra plus humain et, grâce à lui, elle put rencontrer son fiancé et causer une fois avec lui. Ce mariage fut très heureux. Mes parents ont vécu jusqu'à une profonde vieillesse dans l'amour et l'estime la plus vive l'un pour l'autre.

Mon père, malgré les avantages matériels que lui offrait la vie dans la famille de sa jeune femme, fut incapable de supporter le joug des mœurs patriarcales. Il avait déjà deux enfants lorsqu'il rencontra un homme qui connaissait la région de la Volga et qui le décida à se rendre là-bas. Mon père se distinguait par des facultés intellectuelles brillantes, une volonté rare et, jusqu'à sa vieillesse, il n'a jamais attaché d'importance au confort. Il a toujours été attiré par la nouveauté d'un pays, par des gens nouveaux, par le travail dans des conditions nouvelles. Sa femme, aussi forte que lui en énergie et en volonté, consentit à son départ. Mais ses parents s'insurgèrent.

---

1. Ancien nom de Vilnius, capitale de la Lituanie. Le principe de la zone réservée en fit une des villes comptant la plus forte communauté juive d'Europe lui valant le surnom de Jérusalem de Lituanie.

Ils exigèrent que le divorce fût donné à leur fille. Partir quelque part dans un pays pire que l'Amérique, laisser sa jeune femme avec deux enfants, cela signifiait à leurs yeux que mon père voulait abandonner sa famille. Mon père eut à soutenir de longues luttes et à partir presque en secret.

Les parents de ma mère avaient tenté d'empêcher le départ de mon père en le privant de tout secours pour son voyage. Complètement démuni d'argent et ignorant presque tout de la langue russe, mon père atteignit tout de même, parti de Memel[1], la ville de Nijni Novgorod, sur la Volga. En route, il gagna sa vie tantôt en donnant des leçons d'hébreu dans les familles juives qu'il rencontrait, tantôt en travaillant comme ouvrier dans des usines ou des brasseries. Et, lorsqu'il n'avait plus du tout de travail, il se nourrissait de pain noir et de concombres. Il arriva à Nijni Novgorod en pleine épidémie de choléra et il continua de se nourrir de même bien que les concombres fussent un des aliments qui propageaient le plus le fléau.

Deux ans après, en grand secret, il put faire venir sa femme et ses enfants.

Dans cet intervalle de temps, mon père, grâce à une incroyable capacité de travail, avait pu apprendre à fond la langue russe et même se familiariser très bien avec la littérature. Dans le milieu des propriétaires des années 1860, il y avait beaucoup d'hommes libéraux. Ils comprirent et jugèrent mon père à sa valeur. J'ai encore connu quelques amis de mon père de cette époque.

Au début, ils considéraient ce « youpin » avec beaucoup de curiosité et de méfiance. Dans les profondeurs perdues des provinces de Samara et d'Orenbourg, il était le premier

1. Aujourd'hui, Klaipéda, principale ville de Lituanie située sur la mer Baltique, longtemps placée sous la domination des chevaliers teutoniques.

exemplaire juif qu'ils eussent rencontré. Mais bientôt, ils estimèrent à leur juste prix l'honnêteté absolue de mon père, sa franchise et sa capacité de travail.

Ma mère amena encore plus d'intimité avec les voisins. Ma mère était arrivée dans ces régions perdues avec d'énormes difficultés. Elle parlait assez mal le russe. De Memel elle eut à voyager d'abord en chemin de fer, ensuite par relais de chevaux. En route, elle fut volée. Dans les villages des Mordvines[1] où l'on allume les fourneaux « au noir » (il n'y avait pas de tuyau pour le tirage et toute la fumée se condensait dans l'isba), dans ces villages où les cafards se déplaçaient comme des armées, où l'isba logeait aussi bien les veaux et les cochons que les gens, les femmes habillées de longues chemises et de ceintures rondes en laine noire dont les longs bouts pendaient jusqu'à terre, munies d'ornements brillants, épouvantaient à ce point les deux garçons, âgés de six et quatre ans, qu'ils criaient :

— Des vers noirs rampent sur cette femme, j'ai peur, pour rien au monde je n'entrerai dans cette maison.

Ma mère eut beaucoup de peine à calmer ses enfants, habitués à la propreté tout allemande des maisons de Memel.

Sans secours, elle eut en outre à vendre en route les oreillers et le linge après qu'on l'eût volée. Enfin, elle arriva jusqu'à son mari.

Ils décidèrent tous les deux de s'adonner à l'agriculture, à l'élevage et, après quelques années favorables en récoltes, leur vie matérielle était complètement assurée. Le fils aîné fut envoyé à Cassel[2] pour son instruction, le second fut

1. Les Mordvines ou Mordves sont un ensemble de peuples établis à l'ouest de la Volga.

2. Ville de Hesse (Allemagne) qui abritait au XIXe siècle une forte communauté juive, notamment grâce à Jérôme Bonaparte, roi de Westphalie, qui améliora leur statut. Elle fit de la ville un centre actif, formant médecins, avocats, universitaires.

placé au lycée d'Orenbourg. Ma sœur et moi, nous restâmes avec nos parents à la campagne.

La campagne*

Je me rappelle ce temps comme le plus heureux de ma vie. Aujourd'hui, on inculque le sport. Pour nous, il était naturel. Mon père nous avait appris à nager, à conduire une paire de chevaux à moitié sauvages et même une troïka. En été, je prenais part à tous les travaux des champs : ramasser les foins, lier les gerbes, moissonner, et souvent les paysannes qui s'occupaient des vaches me permettaient de les traire. Il y avait du plaisir en été : on allait à la pêche et on couchait sur la berge de la rivière. On allait au plus profond des bois pour cueillir les framboises et on faisait les confitures sur place. Ma mère prenait avec elle des paysannes qui chantaient des chansons populaires en nettoyant les fruits (trente ans après, j'ai été plus d'une fois dans la province de Kharkov où nous allions souvent en voiture attelée avec deux chevaux. Les Mordvines et les Baschkirs[1] vivaient de la même façon dans des isbas qui n'avaient pas changé. Je ne sais pas si la vie se modifie maintenant). Les vieilles femmes du village racontaient des histoires du temps de leur vie de servage. Dans un de ces voyages dans la forêt, un loup a dévoré notre chien Barnetka sous nos yeux. Ce fut mon premier chagrin profond. En hiver, les descentes de la montagne en luge, les courses sur la glace de la rivière, les jeux aux boules de neige occupaient la journée. Et, le soir, notre Niania[2]

1. Les Bachiks sont un peuple turcique vivant notamment en Bachkirie, dans l'est de la Russie européenne. La capitale de cette province est Oufa.

2. Niania, surnom usuel de la nourrice.

Akoulina et la bonne nous permettaient de filer la laine et le lin. Une fois, grâce à cette occupation, nous avons mis le feu à la maison. Ma mère était malade et couchée dans sa chambre. Akoulina, par imprudence, jeta une allumette qui n'était pas encore éteinte et la laine et le lin s'enflammèrent et nous aurions péri sans la présence d'esprit de ma mère qui ne perdait jamais son sang-froid.

En nous sauvant et en éteignant le feu, elle se brûla les deux mains. Il n'y avait pas de médecin dans le village, pas même une infirmière. C'étaient ma mère et le pope qui donnaient des conseils, des médicaments, et même du savon aux paysans.

Je me rappelle comment on amena une fois à ma mère un petit garçon sur la tête duquel grouillaient des vers et comment ma mère extirpait ces vers un à un avec des pinces et désinfectait la plaie. Après ce cas et d'autres semblables, le prestige de ma mère devint immense. Pour tout, on s'adressait aux conseils de « Evlentia Lazarevna ». Je me rappelle que lorsque la communauté du village se réunissait pour résoudre des problèmes importants, le doyen et quelques vieillards venaient toujours demander auparavant des avis à ma mère pour savoir comment ils devaient agir.

Il n'y avait pas de famille à laquelle elle n'eut pas porté secours. Fallait-il marier un fils ou l'envoyer au régiment, fallait-il enterrer un pauvre sans secours, s'occuper d'orphelins, on venait d'abord à elle et c'est seulement après qu'on allait trouver le pope.

Plus tard, quand nous fûmes installés en ville et que notre maison se trouvait en contrebas de la cathédrale, des dizaines de femmes qui venaient de deux cent cinquante kilomètres pour prier pendant les grandes fêtes religieuses venaient toujours visiter Evlentia Lazarevna. Elle connaissait à toutes leur arbre familial et aucune ne s'en allait les mains vides. Nous allions à notre village chaque été pour les vacances. C'est là que venaient en voitures à chevaux et même à pied les amis et les camarades de mes frères, étudiants ou lycéens.

En ville, la maison de mes parents était connue pour son hospitalité. Il n'y avait pas un étudiant déporté dans notre province, il n'y avait pas un médecin ni un avocat qui, s'installant dans notre ville, ne passait chez nous. Chacun recevait conseils et secours qui se traduisait en soutien matériel. Souvent, une partie du mobilier de notre maison était transporté chez ceux qui commençaient à s'installer. Je ne me souviens pas d'une seule soirée où notre famille n'ait reçu quelqu'un. La jeunesse venait écouter chanter ma sœur qui se préparait au conservatoire de Saint-Pétersbourg et qui avait une voix très belle. Ensuite, quand ma sœur, déjà artiste à l'opéra Zimine[1], à Moscou, venait passer ses vacances chez mes parents, c'était la même chose. Les gens plus âgés jouaient au whist ou aux préférences.

Mon père prenait part à tous nos divertissements. Lorsqu'on organisait des spectacles, toutes les répétitions se déroulaient chez nous et le jour du spectacle, mon père abandonnait toutes ses affaires, venait lui-même dresser la scène. Je me souviens de la première bicyclette qui fit son apparition dans notre ville. Le premier, avant toute la jeunesse, mon père apprit à monter dessus. Il était intrépide en tout. Que de fois, il fut attaqué quand il traversait seul dans sa voiture des régions perdues ou dangereuses. Son ami fut tué durant un de ces voyages et le deuxième cheval ramena son cadavre à sa maison.

1. Scène créée en 1903 par l'entrepreneur Sergei Zimine qui accueillit de nombreux opéras, notamment ceux de Rimsky-Korsakov ou de Gretchaninov.

En 1905, quand on préparait des pogroms[1] de Juifs dans notre ville, ma sœur et moi nous avions des enfants en bas âge. Il fallait les cacher chez des amis. Mais mon père refusait à tout prix de quitter sa maison. Il était mal portant et, couché dans son lit, un revolver à portée de sa main. « Je périrai, mais plus d'un pogromiste périra avec moi », disait-il.

Mon père se distinguait par son amour pour tout le monde. Il faisait confiance à chacun jusqu'à la naïveté. On le trompait souvent, mais cela ne le guérissait pas de sa crédulité.

Encore récemment, un très vieil ami me racontait comment, grâce à la propension à la confiance de mon père, ma sœur cadette[2] et quelques-unes de ses compagnes ont failli être envoyées en Sibérie.

Mon père avait abrité un étudiant qui se trouvait être un espion de la police secrète. Grâce au père influent d'une des camarades de ma sœur, toutes les dénonciations de cet étudiant adressées au colonel des gendarmes sur ce cercle de jeunesse révolutionnaire auquel ma sœur appartenait furent découvertes par une autre étudiante qui disparut ensuite.

Mon père, en tant que Juif, n'avait pas le droit d'avoir une affaire à son nom jusqu'à ce qu'il devînt commerçant de première catégorie[3].

---

1. En 1905, une vague de pogroms déferla sur la Russie provoquée par les rumeurs folles de « meurtres rituels » perpétrés par des Juifs. Les autorités, persuadées de la collusion entre les révolutionnaires (très actifs cette année-là) et les Juifs, laissèrent faire.

2. Maria Lesk, née en 1880.

3. Les commerçants étaient réunis en guildes, associations qui leur accordaient un statut privilégié : la première guilde pouvait devenir propriétaire d'entreprises industrielles et commerciales.

Ni mes frères ni personne de notre famille n'avait le droit d'accès à Moscou ou à Saint-Pétersbourg[1]. Je me souviens que ma mère avait besoin d'une opération que les médecins locaux n'osaient pas entreprendre. Que de démarches, de demandes et d'argent fallut-il pour lui obtenir l'autorisation d'aller à Moscou ! Moi-même, je dus passer une semaine clandestinement à Moscou et me cachais dans la chambre qu'occupait mon frère lorsque j'allai là-bas pour voir Medvedieva[2] et Ermolova[3].

Toutes les affaires de mon père étaient menées au nom du chef de la province : Dourassof. Je me rappelle nos voyages dans sa merveilleuse propriété. La maison était une vraie gentilhommière, une demeure de barine. Je me rappelle sa femme, ses filles. Malgré ma jeunesse, je remarquai alors que quelque chose de trouble décomposait cette famille, qu'elle ne ressemblait pas du tout à la nôtre. Et, comme je l'appris plus tard, la débâcle y était complète. Dourassof, très bel homme, vivait avec la sœur de sa femme, ce qui causait des drames perpétuels.

Or, un beau jour, ce chef de la noblesse, qui avait perdu aux cartes la plus grande partie de son domaine (son cousin Koudravstef était allé jusqu'à perdre quelques années plus tôt aux cartes sa propre femme), déclara à mon père que toutes ses affaires lui appartenaient. Il n'y avait pas moyen de protester, d'exiger quoi que ce soit, d'aller

1. Édictées par Pierre Ier en 1721 et renforcées par Catherine II en 1791, des lois interdisaient l'installation et le séjour des Juifs dans les grandes villes telles que Moscou, Saint-Pétersbourg ou Kharkov pour les cantonner dans leurs « zones de résidence ». À partir de 1859, quelques assouplissements furent introduits pour les Juifs exerçant les professions d'avocat, médecin, banquier ou commerçant. Lire page 269 la *Note sur les conditions des Juifs*.

2. Non identifiée.

3. Maria Iermolova (1853-1928) était une célèbre actrice de théâtre de l'époque.

en justice. De cette manière, mon père perdit presque tout ce qu'il possédait. En plus, et ce qui me frappe, ce ne fut pas tant la perte d'argent (je ne connaissais et ne comprenais pas encore la valeur et le pouvoir de l'argent), mais le fait que mon cheval préféré, qui allait l'amble et sur lequel je me promenais souvent, restait aussi aux mains du Dourassov. Il avait demandé qu'on envoyât le cheval pour quelques jours seulement, mais ensuite il refusa de rendre même cette bête.

Tandis que nous étions encore à la campagne, on avait commencé à nous apprendre à lire, à ma sœur et à moi. Pour cela, on fit venir l'instituteur du village, Alexandre Fomitch.

C'était un grand original. Il était devenu instituteur après déportation. Il n'avait pas de vocation pour enseigner aux enfants de paysans et d'ailleurs, il n'exerça pas longtemps ce métier. Il préféra devenir intendant d'un domaine complètement en friche, où il n'y avait en tout et pour tout qu'une petite maison. Il vivait là-bas tout seul. Seul, il faisait chauffer son poêle russe et faisait son pain lui-même. Pour se réchauffer la nuit et dormir au tiède, il entrait dans le poêle même et y goûtait le plus profond sommeil cependant qu'aux portes de la maison hurlaient les loups. Au printemps, il quitta cette propriété et s'en alla presque en même temps que nous en ville. Il y entra dans un monastère et arriva ainsi qu'on me l'a raconté ensuite jusqu'au rang d'archiprêtre. Il aimait infiniment la musique et rêvait sans cesse de posséder un instrument quelconque. Ma mère lui fit cadeau d'un piano complètement désaccordé. Il sut lui-même le remettre en état si bien qu'on pouvait jouer de cet instrument. Alexandre Fomitch se distinguait par un mutisme singulier et seul mon père pouvait l'amener à une conversation. Durant tous ses travaux avec nous, je ne me rappelle pas qu'il nous ait raconté quelque chose.

Nos études commençaient après que l'instituteur avait fini avec les enfants de l'école. En été, il arrivait vers cinq à six heures du soir. Ma sœur et moi, nous l'apercevions de loin qui passait le pont. Nous n'avions aucun désir d'abandonner nos jeux. Alors nous faisions rapidement un plan qui nous permit de rester plus longtemps hors de la maison. À l'ordinaire, ma sœur me renvoyait à l'intérieur. L'instituteur entrait. Il commençait toujours par faire travailler ma sœur.

— Et où est Tania ? disait-il.

— Elle viendra tout de suite, répondais-je, voulez-vous que je l'appelle ?

L'instituteur était d'accord. Je courais chercher ma sœur qui elle-même, à ce moment, apparaissait dans la maison.

— Et où est la petite, demandait l'instituteur. Elle est partie vous chercher.

Et ma sœur répondait :

— Je vais l'appeler tout de suite.

De cette façon, presque chaque fois, nous gagnions une demi-heure.

En hiver, l'instituteur arrivait quand les bougies étaient déjà allumées. Je me rappelle comment ma sœur et lui prononçaient : le sujet, le verbe, l'attribut. Ces paroles étaient fascinantes pour moi et, à l'ordinaire, assise à la table et les écoutant, je m'endormais. C'est seulement plus tard que l'instituteur devina qu'il valait mieux commencer ses leçons par moi. Son principal enseignement se traduisait en somme à nous faire avoir une belle écriture. Pour cela, il m'obligeait à écrire entre deux lignes très larges. Il était persuadé que j'étais parfaitement préparée à entrer dans la classe élémentaire du lycée.

Et voilà que, après notre déménagement en ville, on me mène passer l'examen. La directrice du lycée a gardé ma dictée comme un échantillon d'orthographe et la montre encore vingt ans après. J'écrivais, selon mon habitude, très lentement et, en outre, j'inscrivais tout, même les signes de ponctuation, c'est-à-dire que lorsque j'entendais « virgule », j'écrivais « virgule ». On peut s'imaginer le résultat et combien il était impossible de corriger ma dictée. Naturellement, je ne fus pas reçue à la classe élémentaire.

Une véritable institutrice m'y prépara pendant toute une année. Je ne sais pas ce qui m'empêchait d'apprendre l'orthographe correctement. Était-ce incapacité personnelle ou défaut d'enseignement ? – Le résultat fut que pour l'examen de passage de la classe élémentaire à la classe suivante, je dus me représenter en automne pour la langue russe. Mais à l'automne également, je fus refusée et sans doute aurais-je été forcée de redoubler ma classe si un drame ne s'était pas produit qui émut la direction du lycée et toute la ville.

Une élève de la classe de sortie, ayant été refusée à l'examen, s'était pendue.

Alors on permit à tout le monde de repasser les épreuves et quel que fût le résultat, succès ou insuccès, on laissa passer tout le monde dans la classe suivante.

Je me rappelle très bien mes sentiments pendant ces vacances. J'avais décidé de me suicider si je ne passais pas dans la classe supérieure. Que de larmes ai-je versées quand je me représentais comment mes parents, mes frères, ma sœur, allaient pleurer et me prendre en pitié pendant mon enterrement.

Jusqu'à la cinquième, nous avions des professeurs femmes. Aucune d'elles ne m'a laissé un souvenir agréable. Je détestais celle de géographie et d'histoire. C'était un être méchant jusqu'à l'impossible. Avant les fêtes de

Noël et de Pâques, elle donnait généralement aux trois quarts de la classe les notes les plus faibles. Quand elle vous appelait au tableau noir, elle vous examinait des pieds à la tête. Alors, on avait la chair de poule et toutes les facultés étaient paralysées. L'élève était littéralement incapable de proférer une phrase même lorsqu'elle savait très bien la leçon. Après quoi le professeur appelait en général ses préférées, la fille d'un médecin ou d'un avocat connu ou du propriétaire du journal local, et disait avec sarcasme :

— Voilà, c'est une petite fille comme vous autres, et pourtant elle sait où débouche la Volga, d'où elle vient et elle sait la montrer sur la carte.

L'élève, paralysée par la peur, laissait tomber tout ce qu'elle avait dans les mains, revenait à son pupitre et commençait à pleurer amèrement.

Ayant accompli ce massacre des innocents, ayant mis à quinze ou à vingt élèves les notes les plus basses, le professeur s'apaisait et on entendait seulement dans la classe le faible bruit des petites filles qui pleuraient. Ce bourreau en jupon est resté vingt-cinq ans au lycée, et il y a eu peu d'élèves qui n'ont souhaité sa mort. Quant à moi, je faisais des plans pour la tuer quand j'aurais passé en cinquième. Mais le bourreau, au fur et à mesure que les élèves montaient de classe, passait en troisième, en quatrième, prenait des manières plus douces, plus humaines. Il arrivait même que pendant les classes d'histoire, nos cœurs pleins de haine pour elle oubliaient cette haine et nous écoutions, ravies, ce qu'elle racontait des héros de l'histoire russe.

Elle entrait dans la classe lentement et majestueusement. Ses yeux nous hypnotisaient. Personne n'osait respirer. Alors, d'un geste qui lui était familier, elle déployait sa robe pour ne pas la froisser et s'asseyait dans le fauteuil professoral. Puis elle tirait méthodiquement un mouchoir d'une blancheur de neige, en essuyait soigneusement son visage abîmé par la petite vérole, lissait ses cheveux (sa coiffure ressemblait à un navire), ouvrait le cahier de classe et... notre supplice commençait.

Précisément, quand je fus passée en cinquième, j'eus l'occasion de la connaître d'une façon plus intime. J'allais chez elle, je voyais sa mère et j'ai été saisie par la sollicitude et l'amour dont elle entourait cette mère, une blanchisseuse, et de voir combien il y avait de douceur et de charme dans leur petit appartement.

Aujourd'hui, ayant vécu jusqu'à la vieillesse, ayant vu tant de gens différents de caractère et de comportement, j'ai compris toute la complexité de la nature humaine, et je crois pouvoir expliquer le côté sadique de cette femme par son extérieur déplaisant, son origine plébéienne, par son envie à l'égard des autres professeurs et une vie personnelle manquée.

Le professeur de langue russe formait avec cette femme un contraste absolu. C'était la fille du directeur du lycée. Belle, jeune, sans aucun don pédagogique, elle était la martyre de la classe. Personne ne lui obéissait et un bruit constant régnait dans la classe. Jusqu'à présent, j'entends sa phrase pleine de faiblesse et de prière :

« Mais quand finirez-vous de faire du bruit ! »

Elle était incapable d'enseigner l'orthographe à aucune de nous ni de faire comprendre, de faire aimer la beauté de la langue russe.

C'est seulement à partir de la cinquième où il n'y avait plus de professeur femme, mais seulement des hommes, que nous avons commencé à prendre conscience de nos études.

J'ai achevé le lycée assez tôt, à seize ans, mais j'eus une année plus tard à passer un examen complémentaire en latin et ensuite un autre pour le titre d'institutrice. Tout cela, je devais le faire pour être acceptée comme élève de pharmacie.

Pharmacienne*

Les études pharmaceutiques m'intéressaient-elles à ce point ? En aucune sorte. Mais, juste à ce moment, un décret avait été pris permettant aux femmes de recevoir le diplôme de préparateur en pharmacie. Et cela signifiait pour la Juive que j'étais le droit d'habiter les deux capitales et les villes universitaires (Saint-Pétersbourg, Moscou, Kazan, Kiev, etc.).

J'étais, dans notre ville d'Orenbourg, la première élève de pharmacie. Personne encore ne connaissait l'interprétation de la loi et j'avais à montrer le chemin. Aujourd'hui, tout est changé. Les élèves femmes en pharmacie peuvent travailler avec les élèves hommes dans la même pharmacie. En ce temps, les élèves hommes vivaient chez le pharmacien même et n'avaient de jour de congé qu'une fois par semaine. Moi, j'habitais chez mes parents, et il fallait trouver un pharmacien qui consentît à avoir une élève femme. Avec beaucoup de difficulté et uniquement grâce à nos relations, je pus m'établir comme élève externe dans une pharmacie.

Avant cela il avait fallu éclaircir quels diplômes étaient encore nécessaires pour que j'obtienne l'immense titre d'élève en pharmacie (le stage était de trois ans).

À l'ordinaire, ceux qui se destinaient à cette fonction étaient des lycéens qui n'avaient pas fini le lycée, incapables de continuer leurs études par manque de facultés ou paresse, ou encore ceux à qui leur situation matérielle interdisait de continuer leurs études. J'ai déjà dit que pour moi, outre le certificat de fin de lycée et l'examen en latin, on exigeait le diplôme d'institutrice. Cela paraissait à tout le monde inutile, inadmissible, mais seul le recteur de la circonscription pouvait résoudre cette question. J'appris que cet homme devait quitter la ville d'un jour à l'autre et que j'aurais à attendre assez longtemps après son départ. La jeunesse est impatiente, assez audacieuse et peut-être indélicate parfois. Ce jour-là, j'allai plusieurs fois chez le recteur, demandant qu'il me reçût. La réponse était toujours la même : « Il est occupé. » J'avais appris d'un laquais que le recteur devait prendre le train de onze heures du soir. Je résolus de le voir à tout prix et j'attendis dans la rue qu'il sortît de sa maison. Au début, il fut stupéfait et peut-être effrayé. C'étaient les années du terrorisme[1] et assez souvent, étudiants et étudiantes tuaient les fonctionnaires de l'enseignement. Apercevant une jeune fille à onze heures du soir, ce très vieil homme, sympathique d'ailleurs à tous ceux qui étudiaient, se remit très vite et s'enquit très gentiment de ce que je voulais. Mais lui aussi m'expliqua que pour mon dessein, le diplôme d'institutrice était nécessaire. Il me fallut donc passer un nouvel examen spécial. Enfin, ayant obtenu tous les papiers et l'autorisation de l'inspecteur médical, je commençai à travailler.

Pour notre ville à cette époque, une étudiante en pharmacie était une telle nouveauté que beaucoup de gens venaient me regarder comme un animal rare. Mais je ne pus tenir plus de six mois et je renonçai à ce travail malgré tout mon désir ardent de pouvoir vivre dans la capitale grâce au titre d'aide-pharmacienne.

1. Sous le règne d'Alexandre II étaient nées des organisations révolutionnaires qui multiplièrent les assassinats de proches du régime, fonctionnaires ou hommes politiques. Le tsar lui-même serait tué dans un attentat à la bombe en 1881.

Naturellement, je n'étais pas une exception. Des dizaines d'étudiantes juives s'inscrivaient comme élèves pharmaciennes dentiste, uniquement pour avoir le diplôme qui leur permettait ensuite de vivre dans toute la Russie. Mais bientôt, même pour ceci fut introduit le numerus clausus. Dans les lycées et les universités, cela était fait depuis longtemps. Sur dix élèves au lycée, un seul Juif était admis. L'état des choses était tel qu'à Odessa, dans ce temps, un père juif réunit chez lui dix enfants non juifs et les prépara à l'examen pour que son fils pût y entrer avec eux.

Dans les universités, on ne recevait que les Juifs qui avaient terminé le lycée avec mention parfaite en toutes matières, ce qui valait une médaille d'or. On peut s'imaginer de quelle puissance de travail et de quel don devaient être armés ces élèves juifs pour obtenir cette médaille d'or.

Des gens qui ne connaissaient pas ces lois draconiennes envers les Juifs s'étonnèrent, rencontrant à travers toute la Russie des juristes éminents, des médecins, des dentistes remarquables, tous juifs. Mais en vérité, c'était une élite, une aristocratie de l'intelligence, du talent, de la patience. Que de drames ne connais-je point sur la vie d'adolescents juifs chassés de la classe de sortie du lycée pour des bêtises. On les traquait d'une façon méthodique. Après huit heures du soir, les élèves n'avaient pas le droit d'être en dehors de leur maison. La nuit, des perquisitions avaient lieu et malheur à celui que l'on ne trouvait pas couché ou chez qui l'on trouvait des livres interdits. Il était licencié impitoyablement du lycée et souvent on lui enlevait le droit d'entrer dans un autre. Cela s'appelait recevoir le billet du loup. Que pouvaient faire ces étudiants juifs ? Il leur fallait ou se présenter aux examens de sortie en externe (et cela dans un autre lycée que celui de leur ville), ou une fois pour toutes renoncer non seulement aux professions libérales mais à la possibilité de vivre en dehors du ghetto juif. Même lorsque les parents avaient le droit de vivre partout en Russie, les enfants, arrivés à leur majorité, perdaient ce droit.

Je me rappelle comment l'inspecteur du lycée lui-même agit envers l'un des amis de mon frère qui était alors dans la classe de sortie du lycée. Le pont sur l'Oural[1] n'avait pas encore été reconstruit et nous traversâmes le fleuve en compagnie très nombreuse, sur une barque, pour nous rendre dans la partie qui s'étendait de l'autre côté. Mon père qui, presque toujours, prenait part à nos amusements, était avec nous. La journée de mai était merveilleuse. C'était le premier pique-nique de mai après un hiver long et glacial. L'allégresse des adolescents s'exaltait au soleil, à la verdure, à l'air [mot manquant dans le tapuscrit], au bruit, aux rires, aux jeux. Et soudain... apparut un chien noir.

Par bonheur, des lycéens, dissimulés derrière les buissons, eurent le temps de reconnaître qui suivait le chien. Ils n'avaient pas le droit ce jour-là d'être en vacances. Ils comprirent tout de suite le danger qui les menaçait. Deux d'entre eux purent, avec une rapidité extraordinaire, disparaître dans le bois assez épais. L'homme au chien, qui était l'inspecteur du lycée, avait bien vu des boutons de métal clair sur les manteaux d'uniforme. Néanmoins, ils réussirent à s'enfuir sans dommage. Le troisième des lycéens qui étaient avec nous résolut de se sacrifier pour donner à ses camarades le temps de s'enfuir en retenant l'inspecteur. Ni l'intervention de mon père ni la tenue très décente et les propos les plus mesurés du lycéen ne servirent de rien. L'inspecteur déclara sur les lieux même :

1. L'Oural est le fleuve qui traverse Orenbourg et se jette dans la mer Caspienne.

— Je ferai mon rapport au directeur et vous serez chassé.

Ce qui arriva.

Heureusement, ce garçon était doué d'une volonté et de facultés intellectuelles singulières. Il eut à s'exiler dans une autre ville, donner là-bas des leçons seulement à ses coreligionnaires pour assurer sa vie et ses études. Sans perdre une année, il passa brillamment son examen de sortie en qualité d'externe et entra à la faculté de médecine.

Ces externes perdus dans une ville étrangère et, pour la plupart, d'une pauvreté extrême, étaient reçus avec beaucoup de bienveillance dans les familles d'intellectuels juifs. Ils y obtenaient tout de suite des leçons et un soutien aussi bien moral que matériel.

J'ai connu à Oufa[1] un externe juif qui avait une femme et deux enfants. C'était un commerçant assez riche d'une province de l'Ouest qui, dans son enfance, avait naturellement étudié le Talmud, qui s'était marié tôt et qui adorait sa famille. Ayant fait connaissance par hasard de quelques étudiants, il fut pris du désir ardent d'étudier la médecine. Pour obtenir ce qui équivalait au baccalauréat, il avait quitté toutes ses affaires et s'était préparé en deux ans à l'examen. (À cette époque, le grec et le latin étaient obligatoires et il fallait les connaître à fond.) On n'épargnait rien à ces externes. On les interrogeait sur toutes les matières et jusqu'à leur faire réciter les fables de Kriloff[2] comme à des enfants. Cet ami passa tous ces examens brillamment et reçut pour toutes les matières, sans exception, la note suprême qui était cinq.

1. Oufa est la plus grande ville de Bachkirie.

2. Ivan Andreïevitch Krylov (1769-1844) était un écrivain connu pour ses fables publiées en 1809 inspirées d'Ésope et de La Fontaine.

Les professeurs étaient stupéfaits et disaient :

« Nous n'en revenons pas, mais c'est un externe juif. »

Sans doute voulaient-ils expliquer ainsi sa puissance de travail et ses dons pour l'étude.

Étant arrivés au prix d'efforts si exceptionnels à entrer à l'université, les étudiants juifs étaient chassés dès la première ou deuxième année pour participation aux cercles politiques. Souvent, complètement innocents, ils étaient déportés en Sibérie ou dans des villes perdues sous surveillance policière. Beaucoup ne supportaient pas cette vie et finissaient par se suicider. C'est ainsi qu'un de mes amis étudiants se tua.

Et que restait-il à faire à ces malheureux ? Les Russes orthodoxes pouvaient devenir fonctionnaires, entrer dans l'armée, prendre un commerce, se faire ouvriers. Les Juifs n'avaient droit à aucun de ces métiers. Ils devaient retourner dans la zone du ghetto ou partir pour l'étranger. Mais, pour cela, il fallait avoir un minimum de ressources.

Rien d'étonnant à ce que, à l'étranger jusqu'à la dernière émigration qui suivit la grande révolution russe, presque tous les médecins russes étaient juifs.

Leur vie lorsqu'ils étaient étudiants était le plus souvent très difficile. Beaucoup d'entre eux, qui ne connaissaient presque rien de la langue du pays où ils se trouvaient, devaient en même temps apprendre cette langue, suivre les cours et donner des leçons pour vivre. Quelquefois, leur connaissance de l'hébreu les sauvait : ils donnaient des leçons dans les écoles juives. Parfois, le baron Rothschild[1]

1. Le baron Edmond-James de Rothschild (1845-1934) était un banquier et philanthrope qui soutint les Juifs de Russie, notamment en favorisant leur émigration vers la Palestine où il acheta des milliers d'hectares.

et le baron Hirsch[1] les aidaient par de petites subventions. Mais c'était surtout une solidarité très forte entre eux qui les soutenait. D'une pauvreté profonde eux-mêmes, ils partageaient tout avec leurs camarades : argent, livres, vêtements.

Il y a cinq ans, je me trouvai en Normandie déjeuner chez un médecin originaire de Russie[2]. Avec lui se trouvait un de ses vieux camarades, médecin également. Les deux vieux amis échangèrent leurs souvenirs sur leurs années d'étudiants à Paris.

— Vous rappelez-vous, demanda l'un d'eux, comment nous nous sommes brouillés, et comment vous avez enlevé vos chaussures en me les jetant au visage et en criant « je ne veux pas porter vos souliers » ?

Je demandai alors la raison de cette brouille si cruelle.

— C'était à cause de la politique : il était pour le général Boulanger, répondit l'autre vieux médecin, et des larmes d'attendrissement lui étaient venues à ce souvenir.

J'ai fait connaissance avec un autre des amis de mon mari dans les dernières années de la guerre (1918). Étant médecin dans le nord de la France, il avait été condamné à mort par les Allemands, puis gracié et déporté en Belgique occupée. Quelque temps après, ce médecin fut échangé contre un prisonnier allemand et ramené à travers la Suisse

---

1. Le baron Maurice de Hirsch (1831-1896) était un banquier d'origine bavaroise qui aida les Juifs de Russie (mais aussi de Roumanie et de Pologne), soumis à une vague de pogroms, à émigrer. Il consacra une partie de sa fortune à organiser leur installation sur des territoires situés en Argentine, en fondant la Jewish Colonization Association (JCA), fondation chargée d'assurer l'installation de familles dans des villes nouvelles.

2. Il s'agit de Jacques Oumansky, né à Kertch (Crimée), camarade d'études de Samuel Kessel à Montpellier. La scène se passe à Montigny-les-Cormeilles, en Seine-et-Oise (Yvelines).

à Paris où sa femme s'était réfugiée avec sa fille (il avait également un fils, mais celui-ci était resté en Belgique).

Mon mari et son vieil ami, naturellement, parlèrent beaucoup de leurs années d'études à Paris et c'est ainsi que je connus dans tous les détails leur vie à demi affamée et leur véritable aide fraternelle l'un pour l'autre. L'un d'eux tomba malade de tuberculose. L'argent manquait pour la simple alimentation, encore plus pour la suralimentation. Perdant beaucoup de sang, le malade ne pouvait pas quitter son lit. Il n'y avait aucune possibilité de prendre une infirmière, même si tous les camarades avaient réuni leurs miettes de ressources en une caisse commune. Le malade vivait dans une mansarde si étroite qu'une autre personne ne pouvait s'y loger qu'avec difficulté.

Or, chaque nuit, l'étudiant que j'avais connu par la suite comme docteur[1] venait veiller son camarade. Il faisait tout ce dont le malade avait besoin, mais ensuite, il succombait à un sommeil despotique. Avant de fermer les yeux, il tendait au malade une ficelle qu'il avait attachée à sa jambe et disait :

— Vous parlez trop bas et d'ailleurs il vous est interdit de parler plus fort, et moi je dors à poings fermés. Alors, si vous avez besoin de quelque chose, donnez un bon coup à la corde et je me réveillerai.

Puis il se couchait sur le plancher en diagonale, car les dimensions de la chambre ne permettaient pas de s'allonger autrement.

Lorsque le malade put se lever, son camarade l'emmena hors de la ville. À cette époque, Boulogne ou même Neuilly pouvaient passer pour une ville de cure quant à la pureté

1. Il s'agit toujours de Jacques Oumansky. Le malade est Samuel Kessel qui eut toute sa vie une santé fragile.

de l'air et au silence. Là-bas, le malade valide gavait le convalescent d'œufs, de lait et de biftecks de cheval.

Par une sorte de miracle, le malade put guérir, fut envoyé dans le Midi où il termina les études de médecine qu'il avait commencées.

Comme cela arrive souvent dans la vie, les deux amis vécurent dans des hémisphères différents, perdirent tout contact l'un avec l'autre et pendant des années et des années ne surent rien de leurs existences respectives. Il fallut la guerre et un concours de circonstances qui les amena tous les deux à Paris pour qu'ils pussent se retrouver. Je n'oublierai jamais cette rencontre. Ils s'étaient séparés tout jeunes gens ; ils se retrouvaient presque vieillards, mais leur amitié fraternelle n'avait pas bougé. À celui qui arrivait de Suisse, l'aide matérielle la plus étendue fut proposée tout de suite bien que celui qui la proposait fût un homme malade qui travaillait au prix d'un effort incroyable (ce médecin avait souvent besoin, lorsqu'il recevait un malade, de quitter son cabinet pour avaler des comprimés de trinitrine pour calmer sa crise d'angine de poitrine) et qu'il eût une femme et trois fils dont l'un à l'époque était au front. Je ne pense pas qu'il y ait une telle solidarité maintenant parmi la jeunesse russe qui étudie à Paris. Peut-être y a-t-il quelques rares exceptions[1].

Tous les étudiants juifs, absolument tous, qui étudiaient à l'étranger, avaient été forcés de quitter la Russie pour des raisons diverses. La plus commune était qu'ils n'avaient pas le droit de vivre en dehors de la zone du ghetto et de fréquenter les universités. Que de tourments, que de volonté et d'énergie il fallait à un petit garçon juif,

1. Scène reprise dans le cycle romanesque largement autobiographie de Joseph Kessel, *Le Tour du malheur*.

d'abord pour entrer dans un lycée en Russie et ensuite à l'université.

Voici un cas raconté sans aucune exagération, sans aucune invention[1] :

Un petit garçon juif naît de parents pauvres, honnêtes et respectés. Leur *ikhess* (généalogie) était très estimable. Un grand-père avait été rabbin. L'autre grand-père faisait des sermons très illustres (on disait que ses propos amenaient non seulement toutes les femmes, mais tous les hommes à sangloter dans la synagogue). La mère du petit garçon était une juive croyante à l'extrême et exécutant jusque dans leurs moindres détails toutes les difficiles pratiques de la religion. Le père était plus libéral. Il connaissait non seulement l'hébreu et le Talmud, mais aussi la langue russe. Il voulait mettre son fils dans une école russe. Mais la mère, ayant décidé de faire de son premier-né un rabbin, ne voulait pour rien au monde accepter cela. Un drame se noua dans la famille. Le père, malgré tout, acheta des livres de classe russes et commença d'enseigner cette langue à son fils. La mère, de nuit, déroba les livres, les brûla (malgré l'argent dépensé pour eux) comme une hérésie qui pouvait par la suite amener son fils jusqu'à la conversion, jusqu'au reniement de sa religion, ce à quoi elle n'aurait pas survécu.

L'orthodoxie de cette mère était telle que, se rendant au mariage de son fils (le voyage durait six jours), quand arriva le vendredi soir, elle quitta le train à la première station du chemin de fer qui se trouvait sur sa route. Parlant à peine le russe, elle arriva tout de même à expliquer au chef de gare pourquoi elle s'était arrêtée. Ce dernier lui

1. Histoire de Samuel Kessel. Son grand-père Joseph était rabbin, l'autre, Oscher Kahan, prêchait à la synagogue. La mère de Samuel, Guita, avait souhaité que son fils Chmuel fût rabbin. C'est elle qui brûla les livres de russe.

proposa aimablement de partager le dîner de sa famille ce que, naturellement, elle refusa, le dîner n'étant pas kocher[1]. Elle emprunta seulement le samovar pour y faire des œufs durs. La tasse et tous les autres ustensiles, elle les avait avec elle.

Son fils et sa femme étaient bien loin de tous ces rites. Après le mariage, on les invita avec la mère du marié dans une famille. Sur la table, il y avait non seulement des plats de viande, mais aussi du jambon et, en même temps, du beurre et du lait. Ayant vu cela, la mère s'approcha de son fils et lui demanda avec épouvante :

— Mon fils, qu'est-ce que cela ? Tu vois ? Où m'as-tu amenée ?

Je pense qu'elle n'aurait jamais pu imaginer hérésie pareille. Elle se souvenait de cet incident jusqu'à la fin de ses jours, mais sans jamais le raconter dans son milieu, ayant peur par là de déshonorer son fils aimé.

Ce fils, jusqu'à l'âge de dix ans, avait étudié exclusivement le Talmud et ne savait pas un mot de russe. L'essai fait par son père de l'instruire dans cette langue était resté sans résultat à cause du zèle religieux de sa mère. Cependant, le garçon connaissait quelques camarades qui allaient au lycée et, en cachette de sa mère, ils lui enseignèrent tant bien que mal à parler, lire et écrire le russe.

(Ce petit garçon avait la passion de la musique. Elle lui était venue en écoutant pendant des heures sous les fenêtres d'une famille où l'on jouait toujours du piano.) Or, à douze ans, ce petit garçon enseignait déjà lui-même l'orthographe au fils d'un gendarme, pour quelques sous naturellement. Et un jour, son élève, le fils du gendarme,

1. Kocher ou kasher : aliment préparé de façon que sa consommation soit conforme à la loi juive.

le mit dans un grand embarras. Il était en train de parler à son élève d'oiseaux et disait que l'aigle était le roi des oiseaux. L'élève demanda :

— Et qui est gendarme chez les oiseaux ?

Ce fut la cigogne qui fut choisie pour remplir la fonction du père de l'élève.

Les quelques sous que gagnait ce garçon de douze ans, il les employait à l'achat de livres. Cependant, il ne pouvait être question d'entrer au lycée. Le prix des études, l'argent nécessaire pour l'uniforme, pour les livres, tout cela était inaccessible. Mais sa soif de savoir était si grande et les lycéens juifs fils de parents fortunés la comprenaient si bien chez les pauvres qu'ils commencèrent à faire travailler sans salaire le petit garçon. Ses facultés exceptionnelles, sa mémoire, sa méthode et sa volonté de travail firent que le garçon rattrapa bientôt, puis dépassa les élèves du lycée et, à seize ans, se présenta en qualité d'externe pour l'examen des six classes du lycée. Il y réussit. Or le programme à cette époque, surtout pour les langues anciennes, était énorme et l'enfant l'avait assimilé tout seul, comme les autres matières d'ailleurs, après que ses professeurs (élèves eux-mêmes) lui avaient fait connaître les fondements des langues et de la mathématique.

Arrivé à une profonde vieillesse, ce garçon lisait encore à livre ouvert le grec et le latin et tirait beaucoup de plaisir de ces lectures.

Pour finir le lycée, il lui restait encore deux ans. Mais il lui était impossible d'entrer au lycée pour les raisons déjà indiquées. Et d'ailleurs, pourquoi l'eût-il fait ? L'adolescent prépara en un an les cours nécessaires au baccalauréat.

Il déposa sa demande de passage d'examen au lycée local. Il reçut la réponse suivante : on ne doit pas faire deux classes en une année et dépasser ses camarades. L'exemple est indécent.

Alors, le jeune homme, qui désirait obtenir le plus vite possible son baccalauréat, partit pour Pskoff[1], pensant que là-bas on lui permettrait de se présenter à l'examen. Mais dans cette ville commença une étrange routine. Le directeur du lycée disait :

— Apportez-moi, du chef de la police, l'autorisation de vivre ici et je vous laisserai vous présenter à l'examen.

Et le chef de la police de son côté demandait :

— Apportez-moi l'attestation du directeur qu'il vous laisse passer l'examen et je vous autoriserai à vivre ici.

Dans la Russie de cette époque, les démarches officielles étaient choses des plus longues pour tous. Mais cela était bien pire pour un jeune Juif avec lequel non seulement on ne comptait pas du tout mais que l'on forçait à attendre exprès pendant des heures car on savait qu'il n'avait ni protection ni l'argent nécessaire pour donner un bakchich même au plus petit scribouillard. Deux mois passèrent dans ce va-et-vient à travers les bureaux. Pendant ce temps, les ressources pour vivre étaient complètement épuisées chez le jeune homme (cinq roubles par mois : l'appartement qui était un coin de chambre, nourriture, blanchissage). Voyant que ses demandes n'apportaient aucun résultat satisfaisant, le jeune homme renonça une fois pour toutes à penser à obtenir son baccalauréat en Russie et décida de partir pour l'étranger.

Il fallut néanmoins beaucoup plus tard, lorsqu'il eut trente-cinq ans, ayant déjà le diplôme de docteur français et deux enfants, qu'il passât son bachot russe sans lequel il n'aurait pas pu se présenter à l'examen pour devenir docteur en médecine en Russie. Il dut rapprendre les

1. Pskov est une ville située à la frontière lettonne, au sud-ouest de Saint-Pétersbourg.

fables de Krilov (on lui en demanda à réciter par cœur à l'examen), la grammaire slave et toutes ces matières qu'étaient en train d'apprendre ses neveux élèves de troisième et quatrième classe. Il lui fallut beaucoup de courage et d'amour pour sa famille, surtout en un temps où la France donnait un accueil si magnifique et large aux médecins russes qui avaient terminé leurs études dans ses universités, d'autant plus que la question du droit de résidence s'élevait de nouveau. C'est seulement grâce aux rapports personnels d'un parent avec le maire de la ville que ce droit de résidence fut obtenu pour trois mois. Après avoir passé à la perfection son bachot, il fallut encore passer l'examen d'État pour le diplôme de médecin russe. Or après tout cela, et ayant vécu en Russie une année, ayant connu la vie des gens toujours sous le joug d'une police corrompue et vénale, le docteur revint en France[1].

Mais en 1905, après la guerre russo-japonaise[2], quand un vent de liberté souffla sur la Russie, il résolut de passer ses examens de docteur et avec toute sa famille revint en Russie où il arriva juste au moment des grèves[3] et des [mot manquant dans le tapuscrit]. Toute la ville attendait fiévreusement la nouvelle joyeuse de la constitution. L'espoir de liberté et de paix ne vécut pas longtemps. Les processions religieuses avec croix et bannières commencèrent aux cris de « À bas les youpins », et « Donne-moi un youpin, je lui ferai sortir les boyaux ». Sur les maisons où habitaient

1. Il s'agit toujours de Samuel Kessel.

2. La guerre russo-japonaise (février 1904 à septembre 1905) fut provoqué par le besoin de la Russie de contrôler son accès à l'océan Pacifique. Elle se solda par la victoire du Japon, affaiblissant le régime tsariste.

3. Les troubles de janvier immortalisés par le film *Le Cuirassé Potemkine* conduisirent le tsar à promettre une constitution, inspirée par le Manifeste d'octobre. Elle fut rapidement annihilée par la reprise en main opérée par le tsar Nicolas II.

les Juifs apparurent des croix et des signes à la craie pour que les massacreurs ne perdent pas leur temps pour rien et puissent ruiner les habitations juives sans erreur.

Le pogrom était fixé pour tel jour. Il fallut que les mères cachent leurs enfants dans les maisons étrangères chrétiennes. Il est facile de comprendre combien de tourments et de larmes ont coûtés ces journées.

Une mère avait tout le temps des hallucinations. Elle voyait que la toute petite tête de son enfant, qui commençait seulement à marcher, était mise en pièces par une grenade sous ses yeux. Des filles un peu plus âgées, ne comprenant rien, étaient navrées de se voir laissées chez des gens qu'elles ne connaissaient pas. Il faut dire qu'il s'est trouvé beaucoup de gens parmi les intellectuels russes qui aidèrent de tout leur cœur ces mères juives. Ces gens auraient été eux-mêmes en grand danger si leurs domestiques avaient dit aux pogromistes que des enfants juifs étaient cachés chez eux et qui pouvait savoir si la cuisinière, la femme de chambre, la blanchisseuse n'avaient pas un frère, un mari, un ami parmi les pogromistes.

Dans cette ville très loin de la zone du ghetto, il y avait en tout deux cents familles juives. Elles appartenaient pour la plupart à des professions libérales : médecins, juristes, pharmaciens, dentistes. Ou bien c'étaient des commerçants cossus. À cause de cela, il ne pouvait pas y avoir de friction entre le peuple et de petits marchands juifs en concurrence pour gagner quelques sous comme cela arrivait dans d'autres régions plus peuplées par des Juifs. Ainsi le pogrom ne pouvait être causé que par la police elle-même excitant les ivrognes et la lie de la ville.

Le gouverneur de la cité se montra un homme décent et promit aux délégués de la population juive et à quelques intellectuels qui étaient venus chez lui la nuit pour lui demander protection contre le pogrom qu'il n'accepterait pas celui-ci.

Il tint parole et la lie de la populace se dispersa sans avoir versé de sang juif et sans avoir dévasté leurs demeures.

La tranquillité, cependant, ne revint pas, car sans cesse paraissait dans les journaux la nouvelle que l'on attendait Kroujevane[1] ou Markoff[2]. Les Juifs savaient très bien ce que cela signifiait. L'arrivée de ces personnages coïncidait toujours avec des pogroms dans les villes car il est historiquement établi que ces deux hommes les préparaient.

Il ne se passait pas de Pâque juive[3] sans que les Juifs tremblassent pour leur vie. L'invention que le sang juif était nécessaire pour le pain azyme des Juifs ne cessait pas d'être un prétexte pour soulever les ignorants et les fanatiques. J'ai gardé l'épouvante des pogroms depuis ma première enfance. Je me rappelle comment mes parents (c'était dans les années 1880) lisaient les journaux avec les descriptions des horreurs commises au cours des pogroms dans les petites localités juives. Je me rappelle comment je n'en dormais pas des nuits entières en me représentant les enfants tués d'une façon sauvage. Je crois que depuis ce temps il m'est resté une méfiance et quelque chose de fermé à l'égard des Russes purement russes. Et c'est peut-être pourquoi ni au lycée ni à l'université, je n'ai jamais eu d'amis parmi eux.

J'étais entrée dans une pharmacie après tous les examens complémentaires. Les élèves hommes n'avaient besoin que d'un diplôme des quatre premières classes du lycée mais on exigeait des femmes, pour leur enlever tout désir d'une vie indépendante et ainsi réduire la subversion, on exigeait

1. Pavel Krouchevan était directeur de la rédaction du journal antisémite de langue russe *Bessarabien*.

2. Serait-ce Nicolas E. Markov, dit « Markov II », ancien leader de l'Union du peuple russe, antisémite notoire ?

3. Les Juifs fêtent Pâques (Pessah : le passage) qui commémore la libération du peuple et sa sortie d'Égypte.

d'elles le bachot complet et un examen spécial de latin et le titre d'institutrice de maison. J'avais obtenu tous ces titres, mais je ne restai que quelques mois à la pharmacie où je travaillais. Quelqu'un me dénonça à la direction médicale, disant que je ne restais pas à la pharmacie le temps prescrit, c'est-à-dire de huit heures du matin à dix heures du soir, et que je jouissais d'une liberté très grande.

Le travail et le milieu ne me convenaient pas et j'ai quitté cette pharmacie bien qu'un aide-pharmacien avait le droit de résidence partout en Russie, ce dont je rêvais et dont je ne pouvais jouir que jusqu'à ma majorité grâce aux droits de mon père, et encore pas dans les deux capitales.

Or mon rêve d'adolescente était de vivre dans une de ces capitales et là-bas étudier dans une école théâtrale.

Pour cela, il fallait y avoir le droit de résidence ou se convertir. Je n'avais pas le premier et je n'aurais jamais consenti à la seconde condition.

D'ailleurs, avant d'affronter ces difficultés, il fallait encore convaincre mes parents que l'école théâtrale, et en général l'activité théâtrale, n'était ni une honte ni un crime. En ces temps reculés, on considérait les acteurs comme des parias, surtout en province. Parmi les Juifs, c'était une rareté. On pouvait à la rigueur recevoir chez soi des acteurs, des actrices, faire la noce avec eux, mais laisser aller une jeune fille sur la scène, à cela des parents, même éclairés, ne pouvaient consentir. Sans doute, si la fille était devenue une célébrité, on lui aurait pardonné, mais on ne peut pas devenir une célébrité tout de suite.

J'ai été la première fois au théâtre quand j'avais neuf ans. On donnait *Les Brigands* de Schiller[1]. Avant le spec-

1. L'auteur allemand Friedrich Schiller a écrit en 1781 une pièce intitulée *Les Brigands*, qui inspira un opéra à Verdi.

tacle, mon frère aîné, qui faisait ses études en Allemagne, avait lu en allemand toute la pièce à mes parents à haute voix. J'avais compris peu de choses à cette lecture. C'est pourquoi je connus au théâtre une impression foudroyante. Je pense que c'est seulement dans l'enfance que le théâtre peut apporter une telle émotion. Tout ce qui se passait sur la scène était pris par moi comme réel et mon épouvante et ma joie quand les gens tués devant moi se dressèrent et s'inclinèrent devant le public furent immenses. Depuis lors, le théâtre devint pour moi une passion.

Ce qu'on jouait, qui jouait et comment m'était indifférent. Il s'agissait seulement d'être au théâtre, de me glisser dans les coulisses. L'odeur des coulisses, de la poussière qui s'y était accumulée pendant des années, du désordre, des décors à l'envers, des gens maquillés qui passaient là, tout me donnait un plaisir rare. Parler avec une actrice qui jouait Médée, ou Ophélie, ou d'autres rôles, c'était simplement la félicité.

On ne permettait pas aux lycéens de voir beaucoup de pièces. Nous passions outre hardiment. L'interdiction s'appliquait même si l'on était dans une loge ou au parterre avec nos parents. Alors, nous allions au poulailler. On mettait un petit foulard sur la tête, un châle sur les épaules ou on s'entourait les joues comme si on avait mal aux dents. Des actions de ce genre étaient plus dangereuses pour les lycéens. Leurs surveillants montaient même au poulailler. Tandis que notre directrice ne pouvait admettre l'idée que ses élèves bien décentes étaient capables de rester assises trois à quatre heures dans la société du petit peuple et souvent des soldats.

Je pus connaître alors quelques actrices. Je savais leur vie difficile, affamée, souvent presque mendiante. Mais cela ne me détournait pas du théâtre. Seule la vie des héroïnes de

Victor Hugo, de Shakespeare et des dramaturges russes sur la scène était pour moi une vie véritable et tout le reste me semblait irréel. Ma sœur aînée qui m'aimait beaucoup et croyait à mes dons théâtraux persuada mes parents de me laisser aller à Moscou où se rendait mon frère aîné pour affaires. Je dus vivre à Moscou dans une seule chambre avec mon frère parce que je ne pouvais pas me faire inscrire à l'hôtel, n'ayant pas le droit de résidence. Ces deux semaines de vie illégale me furent très pénibles, d'autant plus que je pouvais être arrêtée dans la rue et prise pour une aventurière. Je me souviens que j'eus très peur une fois : un monsieur s'approcha de moi dans la rue et me demanda : « Vous êtes Mademoiselle Une Telle ? »

« La police ! » pensai-je

Or c'était un peintre fort connu. Il s'excusa et me dit qu'il avait besoin d'un modèle pour un tableau biblique qu'il était en train de peindre et qu'il venait de trouver ce modèle idéal en moi. Ayant parlé avec lui comme cela arrive avec aisance dans la jeunesse, j'appris qu'il connaissait fort bien Ermolova et Medvedieva, étoiles illustres à ce moment-là du monde théâtral russe. Mais je n'avais pas besoin de sa protection auprès d'elles car j'avais obtenu une audience de Medvedieva par un médecin psychiatre qui était un ami de ma famille. Et je n'avais pas le temps de poser pour le peintre bien qu'il vînt souvent me voir à cause de mon départ proche.

Medvedieva, chez qui Ermolova elle-même venait travailler ses rôles, me reçut avec une grande bienveillance. Mais mon cœur était déjà fermé pour elle car tandis que j'attendais qu'elle parût, la dame qui m'accompagnait chez elle m'avait dit :

— Ne dites pas que vous êtes juive. Medvedieva n'aime pas les Juifs.

Si j'avais su cela plus tôt, je ne serais sans doute pas venue la voir, malgré tout le désir que j'avais d'être reçue par elle et de connaître son opinion sur moi.

Je lui récitai quelques poèmes. Elle les écouta très attentivement et me donna quelques autres à lire. Puis elle me considéra d'un regard aigu, quoique d'une vieille dame, elle me considéra des pieds à la tête et rendit son verdict.

— Vous n'avez pas besoin d'entrer à l'école théâtrale. Je vous ferai travailler moi-même. Vous avez toutes les données, la voix, le visage, la figure. Seulement, réfléchissez bien. La scène demande une santé à toute épreuve et un travail énorme.

La respiration me manqua de la voir me proposer de me faire travailler elle-même. Mais le droit de résidence ? Mais le fait que j'étais juive ? – quoiqu'elle aurait dû s'en apercevoir tout de suite d'après mon visage purement sémitique. Mais d'un autre côté… Medvedieva ! Elle jouait elle-même fort peu à cause de son âge. Mais il n'y avait pas une répétition qui eût lieu sans elle au Petit Théâtre car elle était l'âme de ses représentations. Il fallait un amour singulier et un respect immense pour mes parents pour que je résiste à cette offre. Mais ces sentiments sans doute n'eussent pas suffi. Il aurait fallu en outre que je me convertisse pour pouvoir vivre à Moscou. Et cela, pour tous les biens de l'avenir, j'étais incapable de le faire.

Sur le chemin du retour (de Moscou à notre ville, il y avait quatre jours de voyage), j'enterrai ma passion pour le théâtre et je résolus de partir à l'étranger étudier la médecine qui m'intéressait aussi.

Études en médecine
Genève

Étant encore au lycée, j'avais, je ne sais pourquoi, plus que les autres membres de ma famille, le don de soigner les malades et la faculté de passer des nuits sans sommeil. Cela, je l'ai constaté lorsqu'il y eut dans la ville une forte épidémie de choléra. Les lits ne suffisaient pas à l'hôpital. Et dans la maison de ma mère, il y avait beaucoup de gens touchés par le choléra, parmi lesquels mon frère le plus jeune. Alors j'ai arrangé une espèce de baraque dans la cour et là, je soignais les malades. Je couvrais moi-même de chaux les déjections, etc.

Du matin au soir, on amenait des cercueils à l'hôpital. Ma mère payait les cochers qui les transportaient pour qu'ils fassent un détour et ne passent pas devant la maison, si grande était la panique chez tous. Mais à dix-huit ans on n'a pas peur de la mort. Et se rendre utile aux hommes est une exigence chez ceux que la vie n'a pas encore gâtés.

Les conversations perpétuelles à propos des pogroms, du sionisme, de la poignée de jeunes gens qui s'étaient déjà installés en Palestine[1], m'amenèrent à la pensée que je

1. Les persécutions en Russie des années 1880 ont provoqué les premiers départs de Juifs vers la Palestine, notamment sous l'influence

pourrais être utile là-bas en tant que médecin. Mes parents consentirent à mon départ pour l'étranger, à Genève, où se trouvait déjà une de mes anciennes institutrices (Madame Gouvoski).

Le dernier jour avant mon départ et celui de mes parents (ils allaient au mariage de mon frère à Vilno), j'appris que mon amie de lycée pourrait partir avec moi pour faire ses études. Voici comment cela arriva. Étant allée dire au revoir à cette amie, je ne la trouvai pas chez elle. Je fus reçue par son père qui estimait toute ma famille dangereuse pour sa fille unique, comme un nid de révolutionnaires. Sans désirer lui dire où j'allais et pourquoi, je dus tout de même lui confier le but de ma visite.

— Vous partez pour l'étranger ! s'écria-t-il – prenez ma fille avec vous.

Je crus à une plaisanterie, mais le vieillard se mit à me prier avec des larmes dans les yeux.

— Seulement, ne lui dites pas que c'est moi qui vous ai demandé cela. Que ma fille m'adresse elle-même sa demande.

Après que j'eus raconté cette scène à ma famille, nous décidâmes de mettre la main tout de suite sur mon amie, bien qu'elle fût à la campagne, et de la faire venir immédiatement. Elle vint comme de juste et ayant vu ma chambre pleine de robes et de valises, me dit avec tristesse :

— Comme tu es heureuse, tu pars !

— Tu voudrais bien partir, toi aussi ? lui demandai-je.

— Quelle question !

— Alors tu peux partir en même temps que moi.

Il me fallut lui confier le secret de son père. Et nous décidâmes sur-le-champ qu'elle me rejoindrait à Varsovie.

---

du mouvement Hibbat Zion (Amour de Sion), et avec l'aide financière d'Edmond de Rothschild.

Son père, un soldat de Nicolas Ier, voulut accompagner lui-même sa fille jusqu'à Varsovie. Il désirait depuis longtemps retrouver des parents à lui dont il ne savait rien depuis qu'on l'avait enrôlé de force dans l'armée pendant qu'il était encore enfant. Le vieillard me confia sa fille et me donna cent roubles spécialement destinés à son billet de retour au cas où la nostalgie la prendrait et où elle voudrait retrouver la Russie.

Nous fûmes munies de bagages qui n'étaient pas ceux des étudiants. Mon amie avait un panier immense où se trouvaient une écharpe d'hermine, une jaquette fourrée et beaucoup de choses de toutes sortes complètement inutiles. Et moi, je partais avec un petit samovar, un tapis de Tachkent et de l'argenterie.

Ces biens nous causèrent pas mal de tourments en route. Le voyage dura sept jours. Il s'en fallut de peu que tout notre bagage ne prît la direction de Gênes au lieu de Genève (Geneva et Genova). C'est seulement grâce à une dame qui se trouvait dans notre wagon que nous réussîmes à envoyer les bagages à bon port. Et cependant, mon amie avait fini le lycée avec une médaille d'or, et ensuite elle avait pris la langue française comme matière spéciale pour obtenir son diplôme d'institutrice. Ce trait indique le degré de notre connaissance de la langue française à notre départ. Nous arrivâmes à Genève un mois avant que ne s'ouvrît l'université.

Nous nous logeâmes ensemble chez une femme très gentille, divorcée d'un avocat. Grâce à elle et à ses enfants, il m'était moins pénible de rester seule, après la vie que j'avais menée au sein de notre grande famille, dans une ville étrangère et inconnue. Tout de même, la tristesse se faisait jour souvent en moi. Et avec quelle envie je voyais de ma fenêtre une chambre voisine où toute une famille se réunissait autour d'un samovar, et où on menait des entretiens animés. Je résolus de ne pas perdre de temps et de me mettre au travail pour pouvoir comprendre les cours à l'université. J'acquis les livres nécessaires et, inscrivant les mots que je ne connaissais pas et il y en avait sans fin, termes de physique, de chimie, de botanique et de zoologie – je les apprenais par cœur. Je travaillais huit à neuf heures par jour, et bientôt je fus capable de lire couramment les manuels sur les sujets qui m'étaient nécessaires. À l'université, tout allait bien.

Mais le climat de Genève, le surmenage, la nostalgie et surtout une nourriture insuffisante amenèrent chez moi une forte anémie. Après la table de province russe riche, et même trop généreuse, notre alimentation à Genève était impossible. Mon institutrice, qui m'avait précédée dans cette ville, m'avait écrit qu'elle vivait pour vingt roubles par mois. Si elle pouvait le faire, je n'avais pas besoin de dépenser plus d'argent. Et c'est ce que j'avais dit à ma famille, mais la différence entre cette femme et moi était considérable. D'une part, elle était plus âgée et plus expérimentée de beaucoup. En outre, déjà à Saint-Pétersbourg, elle s'était habituée à la sous-alimentation, se contentant souvent d'eau bouillante que lui donnait sa logeuse et d'un morceau de pain noir. De plus, même ces vingt roubles n'étaient pas tous dépensés pour moi seule. Il y avait chaque jour des quêtes, tantôt pour la Croix-Rouge, tantôt pour un camarade tombé malade, tantôt pour payer les inscriptions de quelqu'un à l'université. On peut dire sans exagération que pour un Russe qui recevait de trente à quarante roubles par mois, il y en avait trois ou quatre qui n'avaient pas un kopeck.

Voyant cette misère et cette soif pour l'étude, j'avais honte de mon petit samovar (cadeau de mon frère aîné à mon départ), de mes vêtements chauds et de mon goût difficile dans la nourriture.

Bientôt, il ne resta plus rien de mon argenterie « bourgeoise ». Je l'avais engagée et naturellement ne pus jamais la dégager.

Je me liais peu. Je trouvais que les conversations étaient une perte de temps inutile. En revanche, mon amie fit connaissance avec beaucoup de monde, et particulièrement avec des étudiants suisses. Elle fit de même à Montpellier où elle épousa un médecin français.

Toutefois, je fis connaissance à Genève avec la famille Plekhanov. Les enfants – deux filles – étaient encore des adolescentes. Madame Plekhanov désirait qu'elles parlent le russe et pour cela tenait à ce qu'elles connussent les classiques russes. Mon Gogol enrichit leur bibliothèque.

À cette époque, Genève était le refuge de toutes les nuances de la révolution. Les meetings étaient quotidiens : anarchistes, sociaux-démocrates, sociaux-révolutionnaires et autres. *Le Capital* de Marx était le livre de chevet de chaque étudiant russe. Plekhanov était une lumière[1]. Je me souviens, à ce propos également, du vieux révolutionnaire Joukovski[2]. Les réunions étaient bruyantes. Chacun s'en allait imprégné de discussions mais très rarement convaincu et satisfait.

La colonie russe se groupait précairement dans les quartiers de Plaimpalais[3] et de Carrouge. Les discussions, les

1. Georgui Valentinovitch Plekhanov (1856-1918) était un théoricien marxiste russe. Réfugié à Genève, inlassable militant socialiste, il créa Émancipation du travail, cellule qui contribua à former le jeune Lénine dont il sera proche jusqu'à la révolution bolchevique. Il avait épousé Rosalie Bograd, qui était médecin et avait suivi son mari dans l'exil.

2. Nicolaï Ivanovitch Joukovski (1833-1895) était un révolutionnaire originaire d'Orenbourg. Exilé à Genève, il participa avec Bakounine à la création de l'Alliance internationale de la démocratie socialiste (1868) et à la revue *La Cause du peuple*.

3. Plainpalais est une ancienne commune limitrophe et rattachée à Genève en 1931.

conversations, les beuveries de thé, les soirées prenaient beaucoup de temps et beaucoup d'étudiants demeuraient des années à Genève sans avoir le loisir d'apprendre la langue française.

Au début, ces réunions m'intéressaient. Mais ensuite, je n'y fréquentais que rarement. J'étais attirée davantage par la ville et par les mœurs du pays.

Le jour du Mardi gras, quoique je ne fusse pas bien portante, je ne sus résister au désir de me promener la nuit et de me mêler à la fête populaire très particulière qui se déroulait à Genève. Ainsi, je joignis un groupe joyeux d'étudiants. L'habitude locale voulait que ce soir-là, chaque homme pouvait embrasser sans se gêner n'importe quelle femme. Tout abasourdie par le spectacle, je sentis soudain que quelqu'un m'embrassait. Je crus que c'était une des amies femmes de notre groupe. Me retournant, j'aperçois un visage d'homme. Le réflexe fut immédiat : une gifle retentissante. Celui qui la reçut était un étudiant suisse tranquille, bien équilibré, même pas très jeune et qui était mon voisin habituel dans l'amphithéâtre. Le jour suivant, je l'aperçus comme toujours à côté de moi sur la banquette mais ni lui ni moi ne fîmes allusion à ce qui s'était passé la veille.

Je ne restai pas longtemps avec mon amie à Genève. La raison qui me fit écourter mon séjour était une loi qui ne permettait pas à un médecin de pratiquer en Palestine avec un diplôme suisse, tandis que le diplôme français donnait ce privilège. Je résolus de m'en aller à Montpellier. C'est Madame Plekhanov qui m'indiqua cette ville.

Nous ne connaissions personne là-bas, et il nous fallait savoir à l'avance le programme de la faculté de médecine. Nous adressâmes une lettre destinée à « quelqu'un des Russes » de cette faculté, en demandant de nous communiquer les renseignements nécessaires. Cette lettre, je ne sais comment, tomba dans les mains de Kolbassine[1], agrégé en philosophie et ami de mon futur mari. Kolbassine demanda à son ami étudiant en médecine de répondre. Celui-ci nous écrivit brièvement, sèchement, d'une façon avare et sans doute uniquement sur l'insistance de Kolbassine. Néanmoins, nous crûmes devoir remercier ce serviable inconnu par une lettre. Mon amie voulait ajouter à ces remerciements quelque phrase plus intime. Je l'empêchai de le faire, disant :

— Qui sait quel homme est cet étudiant ? Peut-être n'aurons-nous aucune envie de lier connaissance avec lui.

Ayant empaqueté dans l'immense panier de mon amie toutes ses affaires (elle-même ne savait pas s'en tirer), au cas où elle me rejoindrait, je partis en reconnaissance pour Montpellier.

Nous n'avions pas besoin d'y aller à deux. Mon amie s'en remettait entièrement à moi. Si Montpellier ne me plaisait pas, je reviendrais à Genève.

1. Eugène Kolbassine, né en 1868, était un philosophe d'origine russe installé à Montpellier. Il s'était lié d'amitié avec Paul Valéry qui lui a dédié *La Soirée avec monsieur Teste*. C'est lui qui mit en contact Raïssa Lesk et Samuel Kessel.

Montpellier

À Montpellier, je suis arrivée au mois de janvier de bon matin. Le soleil éclatant, le ciel sans nuages, la végétation du Midi que j'apercevais pour la première fois de ma vie, firent que cette petite ville intime, charmante et tranquille me parut le paradis terrestre après le bruit et l'humidité de Genève. (Et cependant, ma première impression avait été désagréable : on m'avait dérobé quelques affaires dans la valise que j'avais laissée à la gare de Montpellier.) Madame Plekhanov m'avait donné l'adresse d'un étudiant ancien élève de son père et farouche social-démocrate, tout en m'avertissant de son caractère pénible, impossible.

En quittant la gare, je me rendis tout droit à l'adresse indiquée, mais je ne trouvai déjà plus l'étudiant car les cours commençaient très tôt. Il était défendu de recevoir des femmes dans sa chambre mais la propriétaire, ayant appris que j'étais une compatriote de son locataire et que je venais d'arriver, m'offrit aimablement d'entrer chez elle et de l'attendre. Je décidai qu'il valait mieux aller directement à la faculté de médecine et prendre contact avec l'un des étudiants russes qui s'y trouvaient.

Là aussi, à Montpellier comme à Genève, les étudiants et les étudiantes russes se logeaient près de l'université.

En route, je rencontrai une adorable jeune Bulgare avec laquelle je me liai tout de suite et qui, plus tard, devint mon amie. Elle me dénicha cet étudiant que m'avait indiqué Madame Plekhanov et lui me fit faire connaissance avec une dame russe qui avait déjà une fille de dix ans et qui achevait la faculté de médecine.

Il se trouva que, dans la maison même où il habitait, vivait également l'étudiant qui m'avait envoyé des renseignements à Genève, mais cela je l'ignorais et même après l'avoir connu pendant le déjeuner dans le restaurant où cette dame me le présenta, je l'ignorais encore.

Je fis venir mon amie de Genève et j'attendis son arrivée pour qu'elle trouve elle-même et remercie l'étudiant qui avait été notre aimable correspondant.

La colonie russe n'était pas nombreuse : en tout vingt-cinq à trente étudiants et étudiantes.

Les femmes françaises étaient une rareté à l'université dans ce temps. Lors de mon séjour à Montpellier, je n'en ai vu qu'une. Les professeurs nous montraient un intérêt, une attention charmante et parfaite. Ce nouveau type de femmes les intriguait et ils nous recevaient souvent dans leurs familles. Par contre, les étudiants français mirent longtemps à comprendre que des jeunes filles de bonne famille pouvaient venir de si loin toutes seules, même de Sibérie, pour faire leurs études dans leur université. Parfois, ils se permettaient même de traiter une de nos étudiantes avec raillerie ou sans respect. Ils ne pouvaient admettre qu'il y avait seulement des relations de camaraderie entre les étudiants russes et les étudiantes russes. Lorsque cela arrivait, toute la colonie, indignée, prenait la défense de l'étudiante qui avait souffert de cette avanie.

Alors commençaient des réunions et des discussions sans fin sur la conduite à tenir. On choisissait les étudiants les plus représentatifs (l'un d'eux était l'interne Cheïris [mot manquant dans le tapuscrit] qui fut écrasé à Paris sur un trottoir par une automobile) et ils devaient avoir une explication avec l'étudiant français qui avait insulté l'étudiante russe, exiger de lui des excuses par écrit et en cas de refus le provoquer en duel. Si l'insulteur acceptait le duel, il fallait choisir des seconds et l'arme était toujours la même : le revolver, car aucun des Russes ne connaissait l'escrime. Et qui allait risquer sa vie pour défendre l'honneur d'une étudiante russe ? Cette question fut longtemps débattue et l'on décida que celui qui irait au duel serait tiré au sort car la jeune femme insultée n'avait à Montpellier ni père, ni frère, ni fiancé.

Tout, d'ailleurs, se passa fort bien : l'étudiant français fit tout de suite des excuses.

Aujourd'hui, un cas de cette sorte paraît seulement comique. Mais alors, combien il y eut d'émotion dans toute la colonie russe, et combien de larmes amères eut à verser l'étudiante insultée !

Quelquefois, les étudiants étaient insupportables au cours des conférences. Je me rappelle qu'un jour, derrière le banc sur lequel j'étais assise se trouvait un tout blanc-bec (en effet, on pouvait être étudiant, ici, à partir de dix-sept ans). Il tâchait tout le temps de me toucher avec sa jambe. Ce fut épouvantable pour moi. J'avais tellement envie de me retourner et d'enseigner les manières au gamin par une gifle. Mais naturellement, le respect pour la parole du professeur ne me permettait pas de le faire. À la sortie du cours, j'attendis l'impudent et, en présence de camarades nombreux, je m'approchai de lui, disant à haute voix et avec fureur :

— Si vous vous permettez une fois encore quelque chose de pareil, je vous donnerai une claque en pleine conférence.

Il y eut un étonnement général et le blanc-bec s'enfuit, tout confus.

Au cours de botanique, un énorme garçon se faisait remarquer par son impudence. Je tâchais toujours d'être le plus loin possible de lui. Et voilà, ô malheur, qu'il se trouve près de moi à une conférence. S'il m'eût dit une grossièreté quelconque ou une saleté et si je l'eusse comprise (par chance, je comprenais mal certaines expressions purement françaises), je savais que je ne pourrais pas me contenir et qu'un scandale éclaterait. La ruse féminine me tira d'affaire : je demandai à ce garçon de la façon la plus polie de me tailler un crayon, ce qu'il fit volontiers. Après quoi il devint particulièrement respectueux et courtois et le cours se passa sans incident.

Aujourd'hui évidemment, je comprends que les jeunes étudiants ne pouvaient se conduire à l'université comme dans un salon et se gêner dans leurs expressions à cause de cinq ou six étudiantes, de plus étrangères et qui leur paraissaient bizarres. Mais alors, l'ignorance complète du milieu où nous étions tombées, la jeunesse, l'emportement, tout nous faisait leur reprocher leur conduite et nous tenir sur le qui-vive et tout à fait autrement qu'avec les étudiants russes.

Il y eut des cas plus compliqués et qui allèrent jusqu'au drame. Ma nouvelle amie bulgare était courtisée et peut-être aimée sincèrement par un étudiant bulgare. Il n'était pas beau à voir et avait un comportement singulier. Malgré les prières que lui adressait mon amie de la laisser en paix, il se mit à la poursuivre et à l'espionner. Il suffisait qu'elle sortît d'un cours avec un étudiant quelconque, qu'il s'approchait d'eux et, dans sa langue natale, lui disait :

— Va-t'en tout de suite, sinon je vous tuerai, lui et toi.

Une nuit, à deux heures, on frappa timidement dans la porte. C'était ma charmante jeune Bulgare, pâle, sans souffle et qui chuchotait :

— Cachez-moi. Il m'a poursuivie, il voulait me tuer. J'ai juste eu le temps de lui échapper et, par une rue qu'il ne connaissait pas, de courir jusqu'à vous.

Le matin venu, beaucoup parmi nous parlèrent à ce Bulgare de sa conduite et lui demandèrent de partir. Mais il n'écouta ni les conseils ni les prières. Il fallut s'adresser au doyen de la faculté de médecine et lui demander secours. L'étudiant fut expulsé de Montpellier mais le doyen remarqua :

— Je m'étonne beaucoup que la jeune fille bulgare n'ait pas su se défendre elle-même. Il me semble que vous êtes toutes ici capables de repousser les attaques.

Quand mon amie de Genève arriva à Montpellier, j'avais déjà trouvé un appartement pour nous (nous devions vivre ensemble)... et j'allai de très bonne heure la chercher à la gare. J'avais besoin d'un renseignement quelconque et je m'adressai à notre propriétaire. Or il se trouvait qu'elle était sourde et elle m'indiqua un monsieur qui entrait. Cela me rendit confuse et, sans répéter ma question je m'en allai rapidement, ayant remarqué seulement la barbe épaisse et le gros bâton de cet homme.

Quel ne fut point mon étonnement quand, un peu plus tard, le même monsieur se présenta chez la dame que je connaissais dans la maison. Je découvris alors qu'il était son voisin de palier et notre camarade, c'est-à-dire l'étudiant qui nous avait envoyé tous les détails sur Montpellier à Genève.

Son habillement me stupéfia : en tout temps, il portait un veston très chaud de couleur marron et gris à gros carreaux, des pantalons très larges, un feutre énorme, un bâton épais et une barbe très longue. Mon amie l'invita aussitôt chez nous mais, toute la durée de sa visite, je restai dans ma chambre, car je le trouvais peu attirant. Mais il me fallut bien faire davantage connaissance lorsque mon amie devint malade et que ce gros étudiant se montra d'une serviabilité et d'une sollicitude extrêmes. Entre autres, il apportait sans cesse l'eau pour la malade, qu'il tirait d'une fontaine car il n'y avait pas d'eau dans notre pavillon.

Quand on est jeune, on échange facilement des confidences, et en particulier on raconte sa biographie qui est encore courte.

Cependant, celle de notre nouveau camarade se trouva être plus compliquée que la nôtre.

Voici ce que j'appris de lui-même dans ces journées où, à mon tour, j'eus à le soigner car il était tuberculeux et souvent crachait du sang. Dans ces périodes, il restait étendu sur son divan sans bouger et notre propriétaire, la blanchisseuse sourde, lui apportait tout ce qu'il voulait.

Cette femme avait eu autrefois un locataire dont elle avait eu un enfant.

L'enfant était mort très vite et, jusqu'à présent, elle souffrait terriblement de cette perte et aussi de son « [mot manquant dans le tapuscrit] ». Une fois, je faillis bien payer pour ce drame pendant mes visites chez le malade. Le père de notre propriétaire, vieillard d'un âge très avancé et qui mettait avec peine ses jambes l'une devant l'autre, me rencontra à l'entrée de la maison, et se mit à me parler violemment, dans son patois dont je ne comprenais pas un mot. Je montai chez le malade qui me reçut avec un rire éclatant. Il avait entendu à travers la porte à demi ouverte comme le vieillard me prévenait que si j'osais revenir chez un jeune homme, il me rouerait à coups de canne.

(Récit du malade)

Après sa vaine tentative de passer en externe à Pskov le baccalauréat, le désir lui vint de partir à tout prix étudier la médecine à l'étranger. Pour cela, il fallait réunir au moins quelque argent. Il pouvait réunir cette somme seulement en enseignant ; et c'est pourquoi il entra comme professeur et gouverneur dans une famille juive intellectuelle. La mère de ses élèves se trouva être une femme extrêmement intelligente, cultivée et bonne.

Grâce à elle, le professeur apprit et comprit beaucoup. C'est ainsi qu'au cours d'une promenade qu'elle faisait avec ses enfants et le jeune homme, cette dame perdit son mouchoir. Le professeur s'en aperçut bien, mais ne voulut pas le ramasser par principe. Cette femme intelligente n'eut pas de peine à démontrer la bêtise d'un tel principe et cette leçon lui resta dans la mémoire pour toujours. L'amitié née ainsi ne cessa qu'avec la mort de cette merveilleuse femme. Je me rappelle que n'importe où nous nous trouvions, mon mari recevait d'elle des lettres très longues et très intéressantes en allemand. J'ai fait sa connaissance quand elle était déjà une vieille femme dans une gare de Berlin quand nous revenions avec notre enfant malade d'Argentine. Elle était venue nous saluer. Il y a cinq ans, est venu me voir son petit-fils réfugié d'Allemagne. Il n'a pas trouvé en vie le professeur de son père, ce professeur dont sa grand-mère lui avait tant dit de bien.

Tout en enseignant, le jeune professeur lui-même apprenait la langue française. Ayant économisé l'argent du billet, il arriva à Paris avec un capital de quarante francs. Il y trouva des étudiants de sa ville natale qui l'aidèrent par leurs conseils à entrer à la faculté de médecine.

Il fallait avant tout trouver du travail. La connaissance que le nouvel arrivant avait de l'hébreu lui permit d'obtenir quelques leçons effroyablement mal payées. Ensuite, il trouva un avoué juif et travailla chez lui comme clerc. Souvent, il avait à faire des distances énormes et il les parcourait à pied pour ne pas augmenter les frais de l'avoué. Et l'omnibus alors coûtait deux sous. Là aussi, le salaire était très mince. Ayant couru toute la journée, s'étant très mal nourri, le jeune homme montait dans sa chambre mansardée, ni chauffée ni éclairée, et seulement alors il commençait ses études. Souvent, au lieu de son dîner ordinaire qui consistait en un bifteck de cheval ou en un morceau de fromage (il faisait la cuisine lui-même sur une minuscule lampe à alcool), il employait son argent pour un billet à l'Opéra ou à la Comédie-Française.

Un organisme jeune ne peut supporter longtemps un tel surmenage avec sous-alimentation dans une mansarde glacée. Et bien que personne dans sa famille n'eût été sujet à la tuberculose, il contracta ce mal.

Après qu'il eût été malade près d'un an à Paris avec des alternatives pour le mieux et pour le pire, les médecins et en particulier le professeur Dujardin-Baumetz[1], très fameux alors, lui conseillèrent de gagner le Midi. Et le professeur ajouta, comme [mot manquant dans le tapuscrit] : « Sans espoir ».

Trois ans plus tard, ce professeur, ayant rencontré pendant un de ses cours son malade « sans espoir » tout à fait valide, s'en montra assez surpris et il dit aux étudiants qui l'entouraient :

— Que voulez-vous, c'est un Russe !

Sans doute voulait-il dire par là : « L'organisme et l'endurance de ces gens nous sont inconnus. C'est pourquoi l'erreur de mon diagnostic est admissible. »

Mais au moment où il avait donné son diagnostic, on transporta le malade sur un brancard dans un train et on l'envoya à Montpellier où le climat était plus doux et où il pouvait en même temps continuer ses études interrompues.

1. Georges Dujardin-Baumetz (1833-1895), professeur de médecin parisien travaillant avec le professeur Potain, s'intéressait notamment à la climatothérapie, qui étudie l'influence du climat sur l'organisme.

Dans cette période, il fut aidé par le baron de Rothschild qui accordait des bourses à de nombreux étudiants juifs.

Quand le malade arriva à Montpellier, c'était la saison la plus défavorable et de plus il avait une chambre froide, humide, où il souffrait du froid encore plus que dans sa mansarde de Paris. Il fallut le placer à l'hôpital municipal et il y resta des mois. Le personnel médical de l'hôpital et les infirmières se montrèrent parfaits pour lui. Les soins, la suralimentation, le climat, l'absence de soucis lui permirent de survivre. Et l'amour qu'il avait pour la science, joint à ses facultés exceptionnelles, lui firent passer chaque année les examens nécessaires. Dans tout cela, le caractère du malade joua un rôle important : optimiste, aimant la vie, accueillant, tranquille, pacifique, il était toujours le soutien moral de ses camarades malgré son mal qui semblait mortel. Dans la colonie russe, on l'appelait « Papa », ou « Grand-Père ».

Après un séjour de six ans à Montpellier et arrivé là-bas presque squelettique, il vécut hors de l'hôpital seulement les dernières deux années (et encore avec des hémoptysies[1]). Qui, parmi les étudiants, ne connaissait pas cet homme gros, paisible, souriant, avec une grande barbe et un gros bâton, qui se montrait chaque jour à la même heure bien précise dans le jardin de botanique.

Parfois, cet homme disparaissait pour quelque temps. Il devait retourner à l'hôpital car il se permettait certaines choses inadmissibles pour un tuberculeux : il se promenait sous la pluie avec des camarades et même à l'hôpital se sauvait quelquefois en sautant le mur.

Ses parents ne savaient pas que leur fils était malade car il ne voulait pas les inquiéter. En outre, dans leur pauvreté, comment eussent-ils pu l'aider ?

---

1. Toux ramenant du sang des voies respiratoires.

Ayant achevé sa médecine, il avait l'intention de rester pour toujours en France, pays qu'il s'était mis à aimer de toutes ses forces et auquel il devait tout. D'autant plus que le doyen de la faculté, psychiatre lui-même, après que cet étudiant malade eut passé une thèse brillante en psychiatrie, lui proposa de rester avec lui comme assistant.

Et je pense en effet que la psychiatrie était la véritable vocation du jeune médecin.

Mais... il y eut un empêchement à ce projet. Et ce fut moi.

Au début, nous nous rencontrions très rarement. Je continuais à vivre à Montpellier de la même façon qu'à Genève. Je ne me liai avec personne, ou plus exactement je n'invitais personne chez moi et m'adonnais entièrement aux études. J'apprenais avec ravissement, car un monde nouveau, secret et puissant s'ouvrait devant moi. En effet, dans un lycée de province russe en ce temps, on n'enseignait presque rien sur les sciences naturelles. À Montpellier, elles se révélèrent à moi. Et je passai mon PCN[1] l'année même de mon arrivée bien que je fusse venue à Montpellier seulement à la fin de janvier.

Mon anémie, des crises de paludisme contracté en Russie et les fortes chaleurs rendaient le travail difficile. Je devais la plupart du temps étudier couchée avec des compresses d'eau froide sur le front.

Quand vinrent les vacances, je décidai de ne pas rentrer à la maison (et pourtant, cela était bien tentant) et restai à l'hôpital pour suivre les soins et les opérations qu'exigeaient les maladies des yeux. En effet, je désirais, après avoir terminé les études en médecine, aller en

1. Certificat d'études physiques, chimiques et naturelles nécessaire pour entrer à la faculté de médecine.

Palestine où il y avait beaucoup de maladies des yeux. C'est pourquoi je voulais avant tout entreprendre l'étude de ces maladies. Peu d'étudiants restaient dans les hôpitaux en été et l'on pouvait apprendre énormément. Et dans cet été, j'acquis plus de connaissances que je ne l'eusse espéré, car on me permit bientôt de travailler moi-même et de faire des pansements.

Quelqu'un parmi les étudiants russes m'avait cédé sa chambre qui se trouvait être au-dessus de l'atelier d'un ferblantier. Au début, je pensais que je ne pourrais pas supporter les bruits exaspérants, métalliques, qu'exigeait ce travail. Mais je m'y habituai vite et le puissant sommeil de la jeunesse n'en souffrit pas.

À l'automne, je trouvai une chambre assez singulière, sans meubles et presque en dehors de la ville. Avec cent francs, j'achetai le mobilier nécessaire et, grâce aux affaires que j'avais apportées de notre maison, j'arrangeai un logis agréable, intime et commode pour une étudiante. Il y avait là un divan dans lequel le lit tout entier se rabattait dans la journée, une table ronde, un fauteuil, trois chaises, une table à toilette. Le poêle à pétrole se logeait dans la cheminée. Le prix trimestriel de cette chambre était de vingt et un francs.

L'étage de la petite maison dans laquelle je m'étais logée était tout à fait libre. Les propriétaires habitaient seulement le rez-de-chaussée. Mais, grâce à moi, toutes les chambres furent bientôt occupées par des étudiantes, cinq jeunes filles vinrent y habiter, ce qui forma une sorte de commune. Comme j'étais arrivée la première, mon installation ménagère était la plus complète et mon seau, mon balai, mes casseroles se promenaient durant toute la journée de chambre en chambre.

Mes voisines étaient toutes très sympathiques. L'une d'elles m'a procuré beaucoup d'heures agréables. Fille d'un psychiatre connu de Saratov[1], elle était bonne, serviable, intelligente et douée d'une vie spirituelle profonde. Elle arrivait de Paris dont le climat lui était défavorable. Elle avait une voix de faible volume, mais pure et plaisante. Au crépuscule, elle venait chez moi, s'asseyait sur mon minuscule balcon et chantait deux ou trois chansons populaires grâce auxquelles nous nous transportions dans notre patrie lointaine et auprès de nos parents.

Une autre voisine venait souvent aussi, beaucoup plus âgée que nous, pour prendre quelque répit, fût-ce d'une demi-heure. Elle était bien mieux préparée à la vie car déjà auparavant elle avait travaillé dans un zemstvo[2] et, ayant mis de côté quelques roubles, elle venait apprendre la médecine. Il lui fallait vivre en comptant chaque centime. Le mobilier de sa chambre se composait d'un grand lit en bois tout primitif (que lui avait donné sur ma demande la propriétaire après la mort de sa mère) et d'un matelas bourré de paille. Mon panier de voyage lui servait de table et pour siège elle avait une caisse. Sur le poêle à pétrole placé dans la cheminée cuisait perpétuellement son pot-au-feu et tout en le surveillant elle apprenait ses cours ou, lisant le journal, se tricotait des bas. Elle avait le temps de suivre des conférences autres que celles de la faculté de médecine et de servir de bibliothécaire dans notre petite bibliothèque russe. Mes charmantes voisines sont mortes toutes les deux à la suite de cas très particuliers de cancers en Russie, et déjà doctoresses. Leur mémoire m'est toujours restée chère.

Deux autres chambres étaient occupées par des Polonaises. Elles étaient très cultivées, avaient des connaissances

1. Saratov est une ville située sur la Volga.
2. Assemblée provinciale issue d'une réforme du tsar Alexandre II en 1864 et abolie à la révolution de 1917.

profondes. Toutes deux étaient végétariennes. Combien leur science de vivre était supérieure à la nôtre, toute russe. Leur hygiène, leur nourriture, tout différait de nos habitudes. Je me rappelle une visite matinale qu'elles me firent, et leur confusion. Elles avaient l'habitude toutes les deux de s'asperger chaque matin à l'eau froide. Elles ne savaient pas qu'on pouvait les voir et furent emplies de confusion lorsqu'un cantonnier vint les en prévenir (les mœurs étaient alors toutes différentes). Notre petite maison se trouvait être très proche d'un hôpital pour fous. Pendant les premiers jours, les cris et les clameurs déchirantes jusqu'à la torture qui arrivaient si clairement jusqu'à moi m'épouvantaient. Mais à quoi l'homme ne peut-il pas s'habituer. Et lorsque je commençai à fréquenter cet hôpital pour mes études, je prenais à travers le fossé qui le séparait de notre maison, trouvant cela très commode.

Ce premier été de Montpellier, je le passai presque seule, et c'est alors que je fis mieux connaissance avec l'étudiant malade. Il passa une partie de ses vacances à Paris pour aller étudier dans les hôpitaux. Mais ensuite, je me rendis avec lui à Orange où la Comédie-Française était venue donner une représentation d'*Œdipe roi*[1] dans le vieux théâtre romain. C'est alors que je vis pour la première fois le grand artiste Mounet-Sully[2]. Le jeu magnifique des acteurs, les couleurs des costumes, la nuit éblouissante de lune sur le théâtre ouvert gigantesque et taillé dans le roc, la foule immense, tout me frappa avec autant d'intensité que si j'étais une sauvagesse. Le voyage, l'impression que m'avait faite le théâtre et la marche de six kilomètres que je dus faire après le spectacle pour trouver une chambre

1. Tragédie de Sophocle.
2. Jean-Sully Mounet dit Mounet-Sully (1841-1916) était un tragédien membre de la Comédie-Française. Son interprétation d'*Œdipe roi* en 1888 à Orange fut considérée comme un sommet de sa carrière.

en dehors de la ville me fatiguèrent au point que, revenue à Montpellier, je résolus d'aller passer deux semaines au bord de la mer, à Palavas. L'idée ne me vint pas de me loger, même pour un temps si court, dans une pension. Je louai de nouveau une chambre et préparai ma nourriture moi-même. Et tout aurait été très bien si ma première camarade étudiante n'était venue aussi à Palavas. Elle avait déjà alors deux enfants, et son ami l'accompagnait. Ils avaient beaucoup de peine à vivre tous avec leurs propres ressources, de sorte qu'il fallut partager ma chambre et tout le reste. De plus, l'ami de cette dame était surveillé par la police. On le suspectait d'avoir été l'un des complices dans l'attentat contre le président Sadi Carnot[1]. Seul l'alibi qu'il put donner et qui fut confirmé point par point aux interrogatoires avec les témoignages de mon amie d'Orenbourg le sauvèrent de la prison.

Chaque soir, le suspect devait retourner à Montpellier, car la police vérifiait s'il était chez lui.

Cet étudiant, élève de Plekhanov, n'avait jamais été ni terroriste ni anarchiste, mais un socialiste de l'eau la plus pure. Il connaissait et comprenait *Le Capital* comme peu de gens et se trouvait entièrement sous l'influence de Plekhanov, mais il prenait souvent la parole aux réunions et meetings de Montpellier et, ainsi, avait été remarqué par la police qui ne faisait guère de différences dans les nuances des partis révolutionnaires russes.

Cet étudiant, dès notre première rencontre, me fut, je ne sais pourquoi, singulièrement antipathique bien que recommandé par Madame Plekhanov. Son physique, sa manière de parler où transparaissait l'adoration avec laquelle

1. Sadi Carnot (1837-1894) était un homme politique, élu président de la République en 1887. Il mourut poignardé par l'anarchiste italien Caserio.

il se prenait lui-même, sa mauvaise langue, son ironie toujours insultante pour quelqu'un, son [mot manquant dans le tapuscrit] acharné et sa façon de vivre aux frais d'autrui étaient répugnants. Il n'y avait pas d'étudiante à laquelle il n'ait emprunté d'argent. En outre, c'était un don Juan. Il faisait la cour à chaque étudiante bien qu'il fût l'ami de ma camarade.

Celle-ci avait déjà un fils de onze ans d'un premier mariage. (Son mari et son fils vivaient à Toulouse.) Et elle devait terminer dans deux ans la faculté de médecine. Elle recevait ses moyens d'existence de son frère. Quand je connus cette femme jeune et belle, elle attendait un enfant. Elle fumait sans arrêt. Elle pouvait ne pas manger, mais lorsqu'elle n'avait pas assez d'argent pour acheter des cigarettes et qu'il lui fallait rester quelques heures sans fumer, elle souffrait énormément. Je me rappelle l'expression de ses yeux et de son visage quand, après une famine de cigarettes, on lui en donnait une. À la première bouffée qu'elle aspirait profondément comme un vrai sous-officier, elle souriait avec tant de béatitude qu'il ne pouvait pas y avoir d'être plus heureux sur terre.

Je ne soupçonnais rien des relations de cette femme avec l'étudiant qui m'était si antipathique. Camarades, amis, pensais-je. Et lorsqu'une étudiante me dit que l'enfant attendu par cette femme avait pour père ce camarade, je me mis dans une telle colère et lui parlai d'une telle façon que, semble-t-il, elle douta elle-même de sa conviction.

Deux mois après, elle mit au monde un fils. Un peu avant arriva son frère qui, apprenant son état et sa liaison, fut tellement indigné qu'il lui déclara de ne pas compter sur lui pour les dépenses que nécessiterait l'enfant. Cette jeune femme fut épouvantée par la nécessité de trouver les ressources nécessaires à l'accouchement et ensuite à l'enfant. J'appris ainsi, pour la première fois dans mon existence, que la venue au monde d'un enfant peut ne pas être attendue avec la joie que j'avais toujours vue dans les familles normales. Je dus constater que pour mon amie, l'enfant était un fardeau pesant et même un tourment plutôt qu'une joie. Pour l'accouchement et les premiers soins, je demandai de l'argent à des connaissances à moi, à qui je rendis cette dette lorsqu'ils furent des réfugiés vingt-cinq ans plus tard.

Après l'accouchement, la mère mit longtemps à se remettre, et l'on confia l'enfant à une femme qui vivait dans les faubourgs de la ville. Durant tout un mois, j'allais le voir à pied, accompagnée par mon futur mari. Je baignais le bébé et surveillais les soins qu'on lui donnait. Ce fut ma première expérience avec les enfants. Ce souci supplémentaire coïncida avec la dernière préparation pour les examens, et les examens eux-mêmes. Il régnait une chaleur féroce, africaine. Je revenais de ces visites sans forces, épuisée, m'étendais sur mon divan et, avec une compresse sur la tête, travaillais très avant dans la nuit. Ensuite, l'enfant fut envoyé dans un village et je le revis seulement un an après. Je fus stupéfaite par sa ressemblance avec le camarade de mon amie. Le petit garçon semblait sa copie exacte. Alors seulement, je compris que parfois on peut croire aux « potins », mais surtout je mesurai toute ma naïveté.

Échouer aux examens aurait été pour moi un chagrin énorme et tout pareil à celui qui m'accabla lorsqu'au lycée, passant de la quatrième à la cinquième classe, je fus recalée et obligée de repasser mon examen à l'automne. Ma crainte de redoubler la classe fut si grande que je refusai alors, à cause de mon travail, de me rendre au mariage de mon frère aîné à Minsk.

Les préparatifs de départ de toute notre famille (ne restaient à Orenbourg que moi et mon petit frère de cinq ans), les émotions diverses, les préparatifs pour les robes, le voyage en chemin de fer et en bateau que je n'avais jamais pris et même, après le départ de tout le monde, le télégramme de mon père me demandant de les rejoindre à Samara où toute la famille m'attendait – rien n'y fit. Je refusai.

Durant cet été, mon amie Deborah et moi, nous prenions des leçons d'hébreu chez un jeune intellectuel juif. Ces leçons ne durèrent pas longtemps. J'ai gardé un souvenir écœuré de notre professeur. Cela se termina par la visite que je fis, tout en larmes, chez la mère de Deborah pour la prier de prévenir le professeur de ne plus venir nous donner de leçons. Malgré tout, nous fêtâmes le mariage de mon frère. Et brillamment, selon tous les honneurs dus. J'invitai tous les jeunes amis de mon frère et nous nous réunîmes à une trentaine de personnes. On but, on mangea à merveille et ma mère, à son retour, trouva sa cave à vins assez dévastée. Les amusements se prolongèrent dans notre grande cour jusqu'à neuf heures du matin. Et sans doute eussent-ils duré plus longtemps encore sans l'arrivée d'une mère affolée. Son fils, étudiant en médecine, avait découché et elle était inquiète de savoir s'il ne lui était pas arrivé malheur.

Tant que nous nous étions amusés comme des possédés, personne n'avait ressenti de fatigue, mais à peine fûmes-nous arrêtés dans nos jeux par cet incident que tout le monde eut envie de dormir. Or on refaisait complètement l'intérieur de la maison, et nos lits étaient dans le hangar aux voitures. Je ne sais d'où était tombé là un immense lit français sur lequel purent s'étendre en largeur cinq de mes amies. Elles y dormirent jusqu'au soir.

Moi, j'avais une leçon de grammaire slave. Je la subis stoïquement. Mais ensuite arriva la leçon de musique. Tant que mon professeur resta près de moi, tout se passa d'une façon supportable, mais on appela Madame Mandel pour quelques instants et lorsqu'elle revint, elle me trouva profondément endormie sur les touches du piano. On me transporta sur un lit sans que j'en eusse conscience.

Parmi les jeunes gens qui fêtaient si gaiement le mariage de mon frère, il y avait une jeune fille étudiante plus âgée que moi et que mes amies de dix ans, et un étudiant. Je remarquai que leurs relations n'étaient pas seulement amicales et qu'une véritable intrigue sentimentale se jouait entre eux. Autant l'étudiant m'était sympathique, autant je ne pouvais supporter l'étudiante. J'essayai de toutes les manières de les empêcher de rester seuls et je me souviens même que l'idée me vint, lorsque nous allions faire du canot sur l'Oural, de la jeter dans le fleuve.

Mes examens à Montpellier se passèrent avec succès et je reçus même la mention bien à quoi je ne m'attendais pas du tout.

Mais je revins de Palavas encore plus fatiguée, et voici pourquoi.

Mon amie et son amant avaient décidé de voir Aigues-Mortes et de faire les cinquante kilomètres de trajet à pied, car ils n'avaient pas l'argent nécessaire pour faire le voyage par le train. Ils me persuadèrent de les accompagner. Sur le chemin de l'aller, nous marchâmes allègrement. Quand la nuit vint, nous demandâmes à un pêcheur de passer la nuit sur sa pinasse. Nous descendîmes dans la cale mais au bout d'un moment j'étouffai dans cet endroit et je montai sur le pont. Mais une demi-heure après, j'aperçus près de moi, à mon épouvante, un homme inconnu. Une force qui ne dépendait pas de moi-même me donna la possibilité de sauter au fond de la cale sans me servir de l'échelle tout en disant d'une voix tranquille :

— J'avais froid en haut.

Sans doute, en cas de besoin, l'« ami » de ma camarade m'eût défendue, mais je craignais le déclenchement d'une bagarre qui attirerait ensuite des complications menaçant d'amener l'expulsion de l'étudiant déjà soupçonné. Avec quelle impatience j'ai attendu l'aube pour partir ! C'est seulement sur la route que j'ai raconté à mes compagnons les instants de peur que j'avais vécus. Aujourd'hui, j'aurais compris la psychologie d'un pêcheur français et combien facilement il aurait pu nous prendre pour des dames qui cherchaient l'aventure. Aux questions de notre pêcheur, l'étudiant avait répondu la vérité : qu'il n'était le mari d'aucune d'entre nous et que nous étions tous les trois des étudiants, et au surplus russes. Et le brave homme a très bien pu penser que j'étais remontée sur le pont pour avoir une histoire avec lui.

Après avoir vu Aigues-Mortes, nous avons repris le chemin du retour à pied. Nous marchions le long de la mer sur le sable. Ma compagne, à la suite de ses couches, avait un élargissement des veines, et elle gémissait à chaque pas. Moi-même, j'étais épuisée, et je pensais que ni elle ni moi nous n'arriverions vivantes à destination. De plus, la nuit qui suivit fut très froide et ma camarade n'avait pas des poumons tout à fait sains, et nous n'avions rien de chaud pour nous couvrir. Nous parvînmes tout de même jusqu'à Palavas.

Mais le résultat de la promenade fut le suivant : ma camarade eut une paraphlébite et moi j'eus certains organes à ce point blessés qu'il me fallut plus tard subir une opération.

Tout l'hiver à Montpellier, je souffris, outre de la malaria, d'anémie et de battements de cœur qui induisirent en erreur, je pense, tous les professeurs qui me soignèrent avec tant de sollicitude et de gentillesse.

Chaque mois, je devais rester couchée trois ou quatre jours. Après quoi, la moindre marche ou la moindre ascension me faisait étouffer. Il était impossible d'éviter les escaliers en suivant les cours et en fréquentant les amphithéâtres.

Ma voisine décida de demander en secret de moi l'opinion d'un professeur sur mon état. La réponse fut : « Sans aucun doute, maladie de cœur. »

Le même diagnostic fut porté ensuite quelque temps après mon mariage à Paris par le professeur Potin[1] qui était alors une célébrité mondiale. Ayant appris que je voulais continuer mes études, il répéta plusieurs fois :

— Non, madame, non. Vous n'êtes pas faite pour la médecine.

Quelques années plus tard, alors que j'avais déjà trois enfants, le même diagnostic fut également porté par une célébrité médicale suisse.

Malgré ces vacances pas tout à fait réussies au point de vue repos, je ne regrettais pas tout de même de ne pas être allée chez mes parents, malgré l'envie immense que j'avais d'embrasser ces êtres chers ainsi que mes sœurs et mes frères que j'aimais tant et passer quelques mois dans une famille si étroitement unie dans laquelle on me gâtait beaucoup. La pensée que je pouvais, pendant ces vacances, faire beaucoup de progrès en anatomie et en même temps fréquenter l'hôpital pour les maladies des yeux surmontait mon désir de revoir les miens. Peut-être est-ce dans cette décision que se montra le plus l'influence de mon père. En effet, il nous disait souvent :

1. Pierre Carle Édouard Potain (1825-1901) est un médecin cardiologue célèbre pour ses travaux sur la pression artérielle.

— Il ne faut jamais perdre son temps pour rien. Quoi qu'on fasse, on ne le rattrape pas ensuite.

Cette crainte de perdre mon temps m'est restée jusqu'à la vieillesse et souvent j'ai à lutter, même maintenant, contre elle. (J'ai peur que mes fils aient reçu cela comme héritage de leur grand-père et de moi-même. Je les plains car cela les empêche souvent de se reposer et d'accueillir en toute plénitude les joies et les plaisirs.) Ma sœur (maintenant la dernière en vie et qui a soixante ans) me plaisante souvent, moi qui en ai soixante-six, en répétant :

— Tu te hâtes toujours. Tu as peur de perdre ton temps.

Parce que je quitte son appartement alors qu'il est encore plein d'invités et qu'ils discutent avec gaieté et animation.

Les vacances étaient terminées et en octobre tous les étudiants des facultés diverses commencèrent à revenir à Montpellier. Parmi eux revint aussi mon amie d'Orenbourg. Elle m'apporta beaucoup de choses de mes parents, raconta beaucoup d'histoires sur eux et je sentis qu'elle ne me confiait pas tout ce qu'elle savait. En quoi je ne me trompais point, ce que j'appris quelques mois plus tard.

Je commençai à travailler à l'amphithéâtre. La première fois que j'eus à disséquer un cadavre me fut odieuse au possible. L'odeur spécifiquement cadavérique qui imprégnait les mains me donnait la nausée et m'empêchait de manger. Certains étudiants et étudiantes se sentaient si mal dans l'amphithéâtre qu'ils s'évanouissaient et devaient renoncer à la faculté de médecine (Goukoski). En faisant la dissection du corps allongé devant moi, il me semblait que nous faisions un sacrilège et j'étais obsédée par le désir de savoir qui avait été ce cadavre, comment il avait vécu, quelles avaient été ses pensées, etc.

Les étudiants français avaient une tout autre attitude. Ils plaisantaient, mettaient des cigarettes entre les dents du cadavre et riaient. On donnait un cadavre à disséquer à plusieurs étudiants. Et, sans savoir pourquoi, je ne parlais avec aucune de ces camarades de travail. Un bonjour poli quand nous nous rencontrions, et c'était tout. Sans doute étais-je gênée par ma mauvaise connaissance de la langue et la crainte de dire quelque chose qui ferait rire et laisserait une trace dans les annales du milieu étudiant.

Aux examens même, je tâchais de parler de telle sorte que le professeur pût m'entendre et non l'auditoire. Évidemment, il y avait d'autres étudiantes russes auprès desquelles j'étais savante en français et qui n'avaient aucune timidité pour parler cette langue, ou qui même épousaient des Français. L'une d'elles un jour, s'adressant à un gardien du Jardin des Plantes à Paris s'écria : « Oh, combien chez vous de moustaches », pensant aux moustiques.

Ma mauvaise santé me gênait beaucoup pour travailler comme je l'aurais voulu. Tout de même, j'arrivais la première le matin à l'amphithéâtre et en partais la dernière, ce qui étonnait toujours l'appariteur. Chez moi, après le dîner (que je préparais moi-même) j'étudiais jusqu'à dix heures, puis dormais jusqu'à deux ou trois heures du matin, me levais et travaillais jusqu'à cinq. Je reprenais mon sommeil et me levais définitivement à sept heures et demie.

Tout l'hiver passa dans ce travail et je commençais déjà à bâtir des plans pour passer les vacances à la maison. Mais dès le mois d'avril, je reçus une lettre de ma sœur aînée qui, d'un seul coup, me força à tout abandonner et à partir.

Je quittai l'université avec une véritable souffrance de l'âme. Espérant revenir à Montpellier, je ne pris que le strict nécessaire, laissant là-bas tous mes papiers, y compris mon acte de naissance, et toutes mes affaires : samovar, tapis, mobilier, livres et les bottes de feutre qui m'arrivaient aux genoux que l'on m'avait envoyées d'Orenbourg pour me tenir les pieds chauds tandis que je travaillais chez moi car le sol de ma chambre était carrelé. Plus tard, je donnai tout cela à la communauté russe.

Orenbourg 1895*

Je partis tout à fait malade d'épuisement physique et d'épreuves morales. À Vienne, gravissant les marches du wagon, je tombai de faiblesse. On me porta dans le compartiment et j'eus à peine la force d'arriver jusqu'à Varsovie.

J'arrivai à Varsovie le samedi. Dans le wagon de deuxième classe, il n'y avait avec moi que deux jeunes et élégantes Polonaises et un ami à elles. Ils lièrent conversation avec moi et notre entretien était fort agréable. Mais soudain l'une des Polonaises, ayant contemplé avec satisfaction notre compartiment où il y avait beaucoup de place, s'écria :

— Comme c'est agréable de voyager un samedi. Il n'y a pas un seul youpin dans le train.

Il fallut bien répondre :

— Mais je ne veux pas vous cacher qu'il y a une youpine bien qu'il me soit très pénible de vous priver d'un plaisir si rare. Mais, même le samedi, vous voyagez avec une youpine.

La scène ordinaire en pareil cas suivit alors : confusion et assurance : « Ce n'est pas possible, vous n'êtes pas juive (le mot de youpin ne se dit plus), vous êtes tellement sympathique, etc., etc. » Mais cela me suffisait et c'est comme prisonnière que je débarquai à Varsovie.

De cette ville à Orenbourg et sans changement, on mettait six jours et sept nuits. C'était le samedi de Pâques, peu de gens voyageaient et j'étais la plupart du temps seule dans mon compartiment où je me reposais comme dans un sanatorium. Ainsi, je pus arriver à la maison sans faire peur par ma mine à mes parents et à mes amis. Je ne parlerai pas du bonheur commun qu'éprouva toute notre famille en me retrouvant. Ma sœur aînée, à cause de laquelle j'étais venue avant les vacances, habitait aussi chez mes parents, mais sans son fils, un petit enfant d'un an.

Le soir même de mon arrivée, je fus mise entièrement au courant du pénible drame qu'avait vécu ma sœur.

Ma venue, on aurait dit, l'avait animée. Et d'ailleurs j'étais la seule avec qui elle pouvait tout partager et à qui elle pouvait tout raconter sans rien dissimuler. Nous nous aimions vraiment et ma sœur s'était toujours occupée de moi d'une façon particulière, d'une façon maternelle, veillant toujours à mes toilettes et rêvant pour moi d'un bonheur exceptionnel. Déjà dans notre petite enfance, lorsqu'on nous donnait, à elle et à moi, des friandises, elle cachait toujours sa part pour me la donner ensuite. Lorsque j'avais quelque tourment, je crois qu'elle en souffrait plus que moi-même.

Ma sœur était éclatante de toutes manières. Son visage, animé de couleurs rares, saines, ses grands yeux marron et myopes, très beaux et expressifs, ses cheveux châtains tout bouclés, faisaient grande impression sur ceux qui la voyaient. Elle ne savait pas, ne pouvait pas et enfin ne voulait pas cacher ses sentiments et ses pensées. C'est pourquoi sa franchise pouvait ressembler souvent à une mauvaise éducation et même à de la grossièreté. Notre père, homme d'une rare délicatesse (quand il entendait quelqu'un mentir, il baissait les yeux) qui préférait sa fille aînée à tous ses enfants, comprenait que ce caractère entier lui amènerait beaucoup de souffrances dans la vie, et il lui disait souvent :

— On ne doit pas mentir, mais il ne faut pas dire la vérité.

Ma sœur avait des facultés et une mémoire très bonnes. Elle assimilait tout très rapidement. Déjà au lycée, elle pouvait lire beaucoup et avec fruit et elle était toujours entourée par une jeunesse avide de savoir qui discutait ardemment des problèmes qui alors émouvaient l'opinion. On parlait et on étudiait surtout le fameux livre de Tchernichevski *Que faire ?*.

Une jeune fille telle que ma sœur méritait un meilleur lot dans la vie que celui qui lui fut accordé par le destin. Mais on dit que « chacun est le forgeron de son bonheur » – si ce proverbe est juste, ma sœur fut véritablement son propre forgeron, et voici pourquoi.

Quand notre famille quitta la campagne pour venir habiter en ville, mon père acheta une maison. Le propriétaire de cette maison était un soldat de Nicolas Ier qui était resté juif malgré toutes les tentatives pour faire de lui un chrétien. Enfant, à six ou sept ans, il supporta une faim torturante, le froid sibérien et des coups inhumains sans fléchir. Il avait une grande famille qu'à notre arrivée nous trouvâmes encore dans la maison achetée par mon père. Cette famille ne ressemblait en rien à la nôtre. L'ancien soldat était un homme grossier, inculte. Comment aurait-il pu en être autrement quand il avait passé vingt-cinq ans dans les casernes. Il aimait ses enfants à sa manière, mais ils avaient peur de lui jusqu'à la panique. Sa femme était une créature douce et faible, sans aucune instruction. Et pour cacher à son mari les fautes même les plus innocentes de ses enfants, elle leur enseignait à mentir. Il le devinait et alors devenait encore plus dur à l'égard de sa femme et de ses enfants et en venait souvent à des corrections corporelles. Cependant, c'était un homme qui avait beaucoup lu, qui avait un grand bon sens, et fort intelligent.

Seul son fils aîné pouvait parler avec ce père despote qui bourrait le cerveau d'un petit lycéen en deuxième classe de lectures que ne pouvait assimiler un esprit de son âge. Or c'est avec ce lycéen que ma sœur qui avait le même âge lia tout de suite amitié. Et leur roman commença alors.

Ma mère, assez étrangement, eut tout de suite de l'hostilité pour toute cette famille, comme si elle pressentait tout le chagrin qu'elle lui causerait.

Malgré l'éternelle escorte de lycéens et d'étudiants qui lui faisaient la cour, malgré l'attitude ouvertement hostile de mes frères aînés, ma sœur, à la sortie du lycée, était complètement prise par le sentiment qu'elle avait eu étant enfant et qui était devenu une sorte de fidélité maladive. Les portes de notre maison furent définitivement fermées à ce jeune homme. Tous ses camarades, même ceux qui l'aimaient le plus, voyaient en lui un garçon grossier et presque anormal. Mais, pour ma sœur, c'était uniquement une attitude injuste à son égard.

Pour la sauver, mes parents l'envoyèrent à Varsovie, espérant la distraire ainsi de son sentiment pour A. et l'aider à l'oublier. À Varsovie, ma sœur apprit la coupe chez une couturière et à son retour, comme il était prescrit dans le livre *Que faire ?*, ouvrit un atelier modèle sur les bases les plus nouvelles. Cet essai ne donna rien que tourments et désillusion. Ma sœur était complètement incapable de plaire aux clientes et de contrôler le travail des ouvrières (et d'ailleurs elle était beaucoup trop jeune pour créer et diriger un atelier idéal : elle avait dix-neuf ans).

En outre elle était entièrement possédée par son amour. Seulement, les entrevues ne se passaient plus chez nous. (Dans ces entrevues, j'étais complice de ma sœur et nous avions même établi une signalisation optique par bougies.)

Souvent, je voyais ma sœur pleurant lorsqu'elle revenait de ces rencontres. Toutefois, ni les prières de mon père et de ma mère ni les avertissements des amis de ma sœur et de toute notre famille ne servirent à rien. Il fallut consentir au mariage. Je me rappelle si bien la nuit avant la cérémonie. Notre grande maison était surpeuplée par les parents et les amis arrivés de tous côtés. Tout était prêt pour le mariage. Ma mère avait commandé un repas pour tous les Juifs pauvres de la ville, le même que pour les invités de la noce, et elle avait fait des costumes pour tous les élèves de l'école juive. On eût dit que par ces cadeaux généreux elle voulait attendrir le destin.

Cette nuit, nous dormions, ma sœur et moi, ensemble. Or bien avant dans la nuit, ma mère entra dans la chambre et elle dit à ma sœur :

— Je sens que déjà tu es malheureuse. Je t'en supplie, renonce à ton mariage avec A. Oublie que tous les invités sont arrivés et que tout est prêt. Je distribuerai tout aux pauvres et toi tu t'en iras étudier ce que tu veux et où tu veux.

Ma sœur répondit par un refus. Puis nous pleurâmes toute la nuit. Et ma prière ardente dans le même sens fut également rejetée par ma sœur.

La cérémonie du mariage, le dîner, tout se passa très bien. Et ma sœur et le jeune époux semblaient à la hauteur de la fête. Mon père était si joyeux qu'il exécuta même la danse Kamarinska[1]. Il croyait à cet instant que le bonheur de ma sœur était possible, confiance dans laquelle le soutenait un de ses amis médecin, homme véritablement saint qui n'appartenait pas à ce monde. La fidèle domestique de ma mère, munie de vaisselle empaquetée dans des barils, accompagnée de meubles et de toutes

1. Danse folklorique russe due au compositeur Mikhail Glinka.

les choses nécessaires à un ménage, avait été envoyée par voiture à l'avance dans une petite ville où moi aussi je m'étais rendue quelques mois auparavant spécialement pour acheter un établissement de pharmacie ; le fiancé de la sœur ne pouvait pas le faire alors car il faisait son service militaire. Les jeunes mariés s'en allèrent emportés par une troïka dans un chariot où mon père avait lui-même tout disposé de la manière la plus commode et la plus plaisante. Toute la famille les accompagna jusqu'en dehors de la ville. Quand nous retournâmes à la maison, les invités festoyaient encore mais moi je ressentais déjà une tristesse intolérable pour ma sœur.

Je ne pus tenir plus d'une semaine tellement j'avais envie de la revoir. Je persuadai mon père d'aller chez elle. Lui, visiblement, avait une envie au moins aussi grande que la mienne de retrouver sa fille aînée et préférée dont la présence lui manquait profondément. J'avais une angine très forte et ma mère ne se décidait pas à me laisser partir en plein hiver dans les gelées du mois de janvier. Mais quand on est jeune, il n'y a pas d'obstacle qu'on ne puisse franchir si on le veut vraiment. Je persuadai notre ami médecin de me donner la permission, ou plutôt je lui mendiai ce mensonge, et il le fit à cause de sa douceur naturelle et de sa tendresse pour moi. Le cocher attela nos chevaux. On m'enveloppa dans une énorme pelisse de « Enot » et comme il restait encore une place dans la voiture, on offrit au beau-père de ma sœur de venir avec nous.

Nous n'avions pas prévenu ma sœur de notre arrivée. Sa joie en nous voyant fut grande et sincère mais on y sentait aussi un fond de gêne. La nuit qui suivit, il me sembla entendre quelqu'un pleurer (la maison était en bois et les cloisons défendaient mal le secret des chambres). Le matin, Douniacha, servante fidèle, s'approcha de moi plusieurs fois avec le désir visible de me confier quelque chose. Mais elle en fut tout le temps empêchée. Au visage de ma sœur, il était clair qu'elle était terriblement déprimée. Nous ne restâmes chez elle que deux jours.

Je la revis seulement au cours de l'été que nous passâmes dans le domaine du comte Nesselrode[1] acquis récemment par mon père. C'est ma mère qui avait obtenu par son insistance que ma sœur vînt nous rejoindre car son mari essayait de la retenir par tous les moyens. Ce fut alors que je fus complètement convaincue que ma sœur était profondément malheureuse. En six mois de mariage, elle était complètement méconnaissable. Elle avait perdu cette animation du regard et cet éclat du visage qui la distinguaient tellement des autres. Même sa manière de parler était changée qui, par sa franchise, allait jusqu'à l'agressivité. Une petite scène insignifiante en apparence m'aida à comprendre la vie conjugale manquée de ma sœur.

Un jour, en présence de ma mère et de ma sœur, la femme de l'intendant du domaine, fort jeune encore, se plaignait de son mari. Je répondis à ses plaintes :

— Eh bien moi, je n'agirai pas ainsi. Je ne tiendrai pas compte de tous les désirs, de toutes les exigences, de tous les caprices de mon mari.

Alors, ma sœur répondit à cette remarque d'une voix basse et soumise :

— Moi aussi, je parlais de cette façon avant mon mariage.

Ma mère et moi, nous nous bornâmes à regarder ma sœur avec étonnement, ne voulant pas lui demander des explications devant une étrangère. Mais la nuit (nous avions avec ma sœur une chambre commune car je ne

1. Famille de diplomates russe qui compta notamment un ministre des Affaires étrangères d'Alexandre Ier, Karl Robert comte de Nesselrode.

voulais pas me séparer d'elle-même pour dormir) au cours d'une conversation « cœur à cœur », je dis :

— En te regardant et en voyant combien tu as changé, je n'aurai plus jamais envie d'épouser qui que ce soit.

Alors, ma sœur murmura :

— Oui, je me suis trompée, je me suis trompée consciemment. Ma vie est finie.

Et toute la nuit elle me raconta la grossièreté de son mari qui allait jusqu'aux coups, sa jalousie, ses menaces perpétuelles de se tuer, quand il était encore son fiancé, si elle ne l'épousait pas.

— Comment, m'écriai-je avec indignation, comment as-tu pu consentir à ce mariage, connaissant A. depuis tant d'années, connaissant sa grossièreté et sa famille.

Ma sœur me répondit :

— Je pensais et j'espérais que grâce à moi il changerait. Et surtout, la crainte de son suicide m'a toujours empêchée de rompre. Et d'ailleurs il m'aime, il m'aime vraiment, mais à sa façon.

Ayant passé toute la nuit à pleurer avec ma sœur, je lui déclarai le matin avec tout l'emportement de la jeunesse :

— Tu ne retourneras pas dans ta maison ; je raconterai tout à notre père.

— Pour rien au monde, dit ma sœur. Il m'est impossible de faire une peine pareille à nos parents. As-tu oublié comment la veille même du mariage, ma mère me suppliait de rompre. Donne-moi ta parole que tu ne diras rien à nos parents, sinon tu ne me reverras jamais.

Je fus bien obligée de promettre.

Ma sœur rentra chez elle, mais bientôt la pharmacie de son mari brûla dans un incendie. En attendant d'avoir acheté un nouveau magasin, ma sœur et son mari vinrent habiter chez nous.

C'est alors que je pus prendre une leçon chez ma mère en ce qui concerne la maîtrise de soi et l'art de se taire. Sans doute le mari de ma sœur s'efforçait de ne pas montrer son vrai caractère devant mes parents, mais il ne fallait pas grand-chose à l'intelligence et au don d'observation de ma mère pour se rendre compte de leurs vraies relations. Malgré quoi, et malgré son attitude antérieure à l'égard de A., elle s'occupait de lui avec une profonde sollicitude, l'accueillait aimablement et pas une fois dans les conversations elle ne le blessait d'un mot ni d'une allusion, ni lui ni sa famille. A. était devenu membre de notre famille.

Cette maîtrise de ma mère m'étonnait beaucoup car alors je n'en étais pas capable. Mon père, lui, était tellement heureux de voir sa fille de nouveau avec nous qu'avec son indulgence exceptionnelle pour tous les gens, il ne remarquait pas et peut-être ne voulait pas remarquer les incidents qui pouvaient se produire entre les jeunes mariés. Seulement, comme dit le proverbe « on ne peut pas dissimuler un poinçon dans un sac ».

Plus d'une fois, de la chambre de ma sœur, arrivaient les cris et les hurlements de son mari, les sanglots de ma sœur, le fracas des portes refermées violemment. Des scènes pareilles ne pouvaient point passer inaperçues de mes parents. Après de longs débats et des essais de persuasion sans fin, mes parents insistèrent pour que ma sœur divorçât. Elle consentit enfin. Mais alors, A. recommença son chantage. Il était pharmacien. Tous les poisons se trouvaient à sa disposition et il menaça ma sœur d'avaler devant elle, si elle exigeait le divorce, le poison le plus violent. Il sortit même à cette occasion un poison de sa poche.

Moi, je ne croyais pas à ces propos. Il y avait longtemps que je le jugeais un simple comédien. Après des scènes sauvages, il tombait à genoux devant ma sœur et la suppliait de le pardonner, promettait, jurait que plus rien de pareil ne se produirait à nouveau.

Son père et surtout notre grand ami le médecin réussirent par leurs prières à persuader ma sœur de faire encore une tentative de vie commune. En effet, à cette époque, le divorce était une marque honteuse pour une famille et, même dans le milieu juif intellectuel, n'était admis que pour des raisons bien déterminées comme la stérilité ou la folie.

Ma sœur nous quitta de nouveau et moi je retournai à l'étranger poursuivre mes études de médecine.

Pendant mon absence, ma sœur mit au monde un enfant et, d'après ses lettres, je pensais qu'une vie plus possiblement heureuse avait commencé pour elle. Soudain, j'appris que ma sœur était revenue chez mes parents, et, cette fois, avait abandonné son mari pour toujours.

Voici pourquoi :

Les querelles que lui faisait son mari devenaient de plus en plus fréquentes et dangereuses. Dans la ville où ils habitaient, le caractère du mari était déjà connu de tous et ainsi que la vie affreuse de ma sœur avec lui. Dans la dernière dispute, son mari s'emporta au point qu'il la saisit par le cou et la jeta sur le sol avec une telle force qu'un hasard miraculeux la sauva. Sa tête porta à deux ou trois centimètres seulement plus bas que le coin d'un coffre et si un client n'était pas entré dans la pharmacie, déclenchant la sonnerie, il est vraisemblable que ma sœur fût morte étranglée. La fidèle Douniacha attendit que A. fût occupé au magasin, releva ma sœur et celle-ci, en plein hiver, sans manteau, enveloppée seulement d'un grand châle de la servante, s'enfuit de la maison chez le représentant commercial de mon père dans cette ville.

Là, elle ne put dire qu'avec une extrême difficulté ce qui l'amenait car ses cordes vocales étaient dans un état pitoyable et l'empêchaient complètement de parler. On fit venir tout de suite deux chevaux de poste et le représentant de mon père emmena lui-même ma sœur chez nos parents, dans un voyage de cent cinquante verstes sans chemin de fer.

A. ne put retrouver ma sœur car Douniacha lui indiqua tous les endroits sauf le véritable où ma sœur aurait pu se cacher, malgré les menaces de son maître :

— Je te tuerai si tu ne dis pas la vérité.

Ma sœur arriva chez nos parents juste pour les Pâques juives. Tout le monde fut ravi mais aussi stupéfait. Aux questions qu'on lui faisait, quand on lui demandait comment elle s'était résolue à laisser son petit garçon, ma sœur répondait d'une voix à peine perceptible :

— Je m'ennuyais tellement de vous.

Et quand on lui demandait pourquoi elle parlait si bas, elle disait :

— Je me suis enrhumée en route.

Mais le représentant de mon père raconta à mes parents tout ce qu'il savait de la vie de ma sœur. Alors commencèrent les négociations pour son divorce.

On proposa au mari de ma sœur de lui laisser tout : pharmacie, mobilier – seulement pour qu'il rendît l'enfant. Mais il ne voulait pour rien au monde accepter cette dernière condition et ma sœur devenait folle sans son petit garçon.

Ayant appris tout cela, je résolus de nouveau d'abandonner toutes mes études et de rentrer à la maison pour aider ma sœur à reprendre son enfant chez son mari. Je savais qu'elle n'avait personne d'aussi proche que moi.

Une semaine après mon arrivée, mon père, ma mère et moi, nous partîmes pour discuter avec A.

C'était le mois de mai. Dans la voiture, je restai étendue tout le temps car la faiblesse m'empêchait de rester assise. Nous fûmes reçus aimablement. Le mari de ma sœur continuait à espérer qu'elle lui pardonnerait de nouveau et resterait avec lui. Avant tout le monde, ce fut mon père qui s'entretint avec A. Mais, malgré sa sagesse et sa logique talmudique, il ne peut arriver ni à convaincre A. ni à obtenir de lui par des prières qu'il rendît l'enfant à ma sœur et qu'il se séparât d'elle pour toujours. Ensuite, ma sœur, A. et moi, nous allâmes dans leur jardin et, là, commença une conversation interminable coupée par les supplications et les larmes de A. Ma sœur, au début, semblait très ferme, mais lorsque son mari, comme un bon acteur, commençait à jouer sur son sentiment maternel, elle se mit à faiblir. Alors, moi qui avais peur de ces instants de faiblesse chez ma sœur, je demandais tranquillement à son mari :

— Tu dis que tu aimes beaucoup T. Je te crois, mais alors comment peux-tu expliquer les scènes que tu lui as faites et certains de tes actes ? Es-tu d'accord sur ce que ta femme n'a commis aucune faute envers toi et que tu as failli l'étrangler ?

Il disait que j'avais raison et ma sœur, au rappel de ces épreuves sauvages qu'elle avait supportées et que j'essayais sans cesse de ressusciter dans sa mémoire, reprenait toute sa fermeté.

Enfin, épuisée, elle me laissa seule avec son mari. Il se mit à me supplier d'user de toute mon influence sur ma sœur pour qu'elle reste avec lui. Mais je lui répondis presque tout le temps, quand il disait que ma sœur ne voulait plus vivre avec lui par la même phrase :

— Ce n'est pas qu'elle ne veut plus, elle ne peut plus.

C'est seulement à la nuit tombée que nous réussîmes d'arracher le consentement de A. à ce que nous emmenions l'enfant pour quelque temps pour les mois chauds de l'été et lui démontrions que le petit garçon serait mieux soigné que chez lui. Aussitôt cet accord obtenu, et craignant que A. changeât d'idée, nous fîmes tout de suite nos préparatifs pour le départ. Douniacha empaqueta rapidement tout ce qu'il fallait pour l'enfant, les chevaux étaient déjà attelés et nous voici en voiture.

Cependant, A. jouait sa dernière scène et disait à ma sœur :

— Laisse-moi au moins une des petites chemises de notre fils !

Mon père, qui était très tendre, très sensible, fut bouleversé par cette phrase et me dit :

— Est-ce que nous agissons vraiment bien en emmenant l'enfant et en ne persuadant pas T. de consentir à un dernier essai de vie commune avec A. ?

À quoi je pus répondre seulement par un cri indigné.

— Allons, Papa, est-ce que vous pensez que c'est admissible ?

L'enfant, ne voyant plus que des visages étrangers, ne cessa de crier pendant toute la route. Pour le calmer, ma sœur chanta sans cesse, et même moi qui avais si peu d'oreille que, commençant une berceuse je terminai avec *La Marseillaise*.

L'enfant apporta quelque paix dans le cœur déchiré de ma sœur.

Mariage

Le temps s'écoulait et la date de l'arrivée de K.[1] approchait. Il devait venir de Montpellier où il défendait sa thèse de doctorat en psychiatrie.

Personne à Orenbourg ne connaissait ni K. ni sa famille, sauf quelques amis de mes parents qui se trouvaient être de la même ville que lui. Mes parents estimèrent nécessaire de se renseigner auprès d'eux sur K. L'ayant fait, ma mère fut complètement tranquillisée.

Elle disait toujours que la richesse et les honneurs la séduisaient peu. Elle attribuait une importance particulière à la famille dans laquelle étaient élevés les enfants. Cette règle de conduite était dictée en cela par quelques proverbes comme les suivants :

« Un corbeau effrayé a peur même du [mot manquant dans le tapuscrit] » ou bien :

« Celui qui s'est brûlé au chaud souffre même sur le froid » ou encore :

« Le fils ressemble au père, le père au chien et toute la race des chiens. »

Mais de tous les proverbes, son préféré était :

1. Il s'agit de Samuel Kessel.

« La pomme ne tombe jamais loin du pommier. »

On lui assura que la famille de K. était pauvre mais respectable, que la petite affaire dont elle vivait auparavant (une auberge) était liquidée depuis longtemps, que l'un des fils avait émigré en Amérique et que le père, avec le fils le plus jeune, était parti pour Capstadt[1], en Afrique du Sud.

Pour ce frère, nous eûmes à payer plus tard six cents roubles car, d'après la loi russe, un Juif qui ne s'était pas présenté au service militaire était tenu pour déserteur et ses parents devaient payer pour lui une amende de trois cents roubles.

Le frère le plus jeune, le préféré de K., adolescent plein de talent, mourut en Afrique d'un accident et le frère d'Amérique n'écrivit à ses parents que beaucoup d'années après son départ. Par son adresse, on apprit qu'il était devenu propriétaire d'un magasin de confection, mais bientôt il cessa d'écrire et personne ne sut plus rien de lui.

Le père de K. revint de Capstadt aussi pauvre qu'il était parti. Pour son retour chez lui, nous envoyâmes l'argent nécessaire et il revint trois ans après.

Mon père avait confiance dans mon choix et était déjà très bien disposé pour K. à cause de la lettre qu'il avait reçue de lui. Dans cette lettre, K. faisait savoir à mon père qu'il était tuberculeux et qu'il n'aurait jamais résolu de m'épouser si les professeurs n'avaient pas estimé ses cavernes complètement guéries et ne lui avaient pas permis le mariage (je joins cette lettre écrite il y a quarante-cinq ans[2]).

---

1. Kaapstadt ou Le Cap est la capitale parlementaire d'Afrique du Sud.

2. Cette lettre ne figure pas dans les documents dont nous disposons.

Dans l'atmosphère tranquille, paisible et heureuse de ma blanche chambre de jeune fille, conversant avec mon père, ma mère et ma sœur et faisant des projets pour aller rencontrer K. à quelques stations de chemin de fer d'Orenbourg, je dis :

— Vous allez voir, Papa, vous aimerez K. tout de suite, il vous sera sympathique et vous approuverez mon choix.

— Et si, demanda mon père, il ne nous plaît pas, et si nous disons non, qu'arrivera-t-il ?

Je répondis :

— Alors, ce sera tout de même oui.

Mon père se mit à rire de cette manière d'enfant qu'il était seul, je crois, à posséder et s'écria :

— Alors, il n'est pas besoin de parler davantage, pars à la rencontre de K. et que l'heure soit favorable.

Ma mère ne pouvait admettre que j'aille rencontrer K. « seule » et je fus accompagnée par ma cousine (Tanitchka-Alinka).

L'arrivée de mon fiancé et l'examen qu'on lui passa furent tout un événement pour les parents et les amis. Le bagage du fiancé « de l'autre côté des mers » n'était pas lourd ; une seule valise qui contenait tous ses vêtements et son linge (ce qui n'était pas entré dans la valise avait été laissé ainsi que beaucoup de mes affaires) et une malle grande et lourde remplie de livres. K. était habillé comme cela convenait à un médecin à cette époque en France : une jaquette, des pantalons rayés, un col haut et amidonné et… un melon. Naturellement, il avait une canne, mais qui n'était plus celle que connaissait si bien toute la colonie russe de Montpellier. La barbe était là aussi, mais un peu raccourcie.

Même dans ses vêtements d'apparat, K. ne parvint pas à plaire à ma sœur. Peut-être eût-elle été satisfaite par l'apparition d'un prince charmant (son amour pour moi lui faisait exiger que mon fiancé fût un homme tout à fait exceptionnel) et elle voyait quelqu'un de tout à fait ordinaire, et de plus assez gros et pour tout achever avec une barbe. Mon fiancé n'avait ni beauté, ni élégance, ni manières mondaines, en un mot rien de ce qui, à la première rencontre, frappe agréablement les gens. Ma sœur, avec son incapacité de cacher ses sentiments, se détourna tout de suite de K. comme si elle avait été profondément déçue par quelque chose. Souvent même par la suite, elle se moquait de lui.

Le docteur Samuel Kessel,
photo prise à Orenbourg lors d'un retour en Russie.

Si K. avait été simplement un bon ami, elle aurait été très contente de lui et l'eût jugé à sa valeur, mais elle ne pouvait par l'imaginer en tant que mari de sa sœur préférée et c'est seulement grâce au caractère véritablement très noble de K., qui comprenait les sentiments par lesquels était guidée ma sœur dans son hostilité pour lui, et seulement grâce à mon sang-froid que furent évités des incidents déplaisants.

Il fallut beaucoup d'années pour que ma sœur finisse par reconnaître la valeur de mon mari, se mettre à l'aimer. Son attitude me causa alors beaucoup de chagrin, mais notre tendresse et notre amitié demeurèrent intactes.

Après le mariage, nous demeurâmes encore un mois à Orenbourg. Chaque minute était prise tantôt à recevoir des invités, tantôt à rendre visite aux amis et connaissances. Tel était le destin des jeunes mariés dans les villes de province s'ils ne partaient pas aussitôt après les noces. Ma mère n'avait même pas voulu entendre parler d'une cérémonie discrète dans un cercle intime. Elle aimait organiser tous les événements solennels avec beauté, largesse et pompe. Ni mon père, ni mon fiancé et moi n'arrivâmes à la faire changer d'idée. Comme nous ne voulions pas lui faire de peine, il fallut accepter tout le programme selon ses désirs.

Les parents arrivèrent d'Oufa ; les amis arrivèrent de Varsovie avec leurs enfants et emplirent toute la maison. Puis vinrent les préparatifs de notre départ pour Paris. Je ne sais d'où surgirent des malles et des coffres énormes desquels on sortait par douzaines les draps, le linge, les couvertures, etc., etc. Je fus stupéfaite par la quantité et la qualité de tout cela. Cependant, je décidai de laisser au moins la moitié de tous ces biens préparés avec tant de soin et d'amour par ma mère à Orenbourg et n'emportai avec moi que le reste.

Le mariage se déroula selon tout le rituel consacré : une magnifique robe blanche de mariage (je la conserve jusqu'à présent), un voile, la fleur d'oranger et ma tête, pour la première et dernière fois (si je ne compte pas les coiffures faites lorsque je prenais part à des spectacles d'amateur) fut livrée entre les mains du coiffeur. Les franges étaient alors un ornement obligatoire pour une fiancée.

Notre salon était plein de fleurs. Il y avait un beau fauteuil qui m'était destiné dans lequel on me fit asseoir en épanouissant d'une façon décorative la traîne immense de ma robe de mariage. On me couvrit la tête et le visage du voile. Et sous l'accompagnement d'une marche triste et solennelle (*La Polonaise* d'Oguinski[1]) K. fut amené. Immédiatement nous fûmes couverts de fleurs et de houblon (emblème de la fécondité et de la beauté).

Les parents retiennent rarement leurs larmes à cette cérémonie. Et ma mère aussi laissa couler des pleurs amers qu'elle ne put retenir bien qu'elle m'eût promis de ne pas pleurer. Ensuite, tous se rendirent à la synagogue dans les plus beaux équipages de la ville. La coutume permettait d'utiliser les voitures luxueuses des amis et connaissances car celles que la famille possédait elle-même ne pouvaient suffire pour tous les parents.

En outre, il y avait peu de landaus à Orenbourg. On se servait à l'ordinaire de chars à bancs ou de tonneaux.

Dans le carrosse où j'étais se trouvait mon père et dans un autre landau venait K. avec sa mère.

En arrivant à la synagogue, je la reconnus à peine.

J'avais été chez elle pour le Yumkipur[2]. J'étais venue voir comment elle supportait ce jour sans manger ni boire, dans la section de la synagogue réservée aux femmes et surpeuplée jusqu'à la limite du possible.

1. Michał Kleofas Ogiński (1765-1833) : homme d'État polonais, qui fut également compositeur, notamment de polonaises, pièces de musique évoquant une danse.

2. Yom Kippour est la fête juive du Grand Pardon qui consiste en une journée chômée où l'on jeûne.

Ces femmes étaient presque toutes habillées de blanc et accompagnées de leurs enfants. Les pleurs, les sanglots, l'air raréfié par les gens et les bougies, les toutes petites fenêtres dans le mur qui séparaient la partie réservée aux hommes de celle où se tenaient les femmes – je n'ai jamais pu comprendre comment ma mère, dans cette atmosphère et avec [mot manquant dans le tapuscrit] priant des journées entières et lisant à haute voix des prières pour les femmes qui l'entouraient, car les femmes des soldats de Nicolas Ier ne savaient pas lire l'hébreu, je n'ai jamais pu comprendre comment elle pouvait supporter le Yumkipur sans souffrance.

Ce jour-là, les Juifs pieux et croyants demandent à Jéhovah de leur pardonner leurs fautes et péchés et prient pour les bénédictions qui doivent s'étendre à l'année entière. Ce jour-là, Dieu distribue à qui les faveurs, à qui les malheurs. Voilà pourquoi, dans la partie réservée aux femmes dans la synagogue résonnent la journée entière pleurs, sanglots et gémissements.

Le soir, un équipage allait chercher ma mère à la synagogue tandis que le matin elle s'y rendait à pied. Elle revenait épuisée mais munie d'une tranquillité, d'une paix toutes particulières. (Son écharpe blanche faite exprès pour le Yumkipur est encore conservée par moi.) On dressait la table à la manière des jours de fête, avec pompe. On servait les fruits les meilleurs mais pour ma mère, avant tout, une tasse de café pour soutenir son cœur. Et les enfants arrivaient pour le dîner.

Dans la synagogue, depuis le seuil jusqu'à l'hôtel était étendu sur le sol un magnifique tapis de Tachkent. Mon fiancé et moi, nous fûmes placés sous un baldaquin et tenant des bougies, nos pères et mères symboliques – mon frère aîné et sa très belle femme, et mon second frère avec sa jeune et non moins belle épouse – commencèrent à nous faire tourner sept fois autour du [mot manquant dans le tapuscrit]. À l'échange des anneaux, le fiancé doit prononcer une courte prière en hébreu. Ensuite, on nous donna à boire du vin rouge dans le même verre et le rabbin le brisa aussitôt. La cérémonie du mariage terminée, commencèrent les félicitations et les embrassades sans nombre.

Nous quittâmes la synagogue déjà mari et femme et je me souviens jusqu'à maintenant des paroles que nous échangeâmes. Nous leur sommes restés fidèles toute notre vie.

À l'entrée de notre maison, nous fûmes salués par ma toute petite nièce avec un luxueux bouquet de camélias blancs, qui était une rareté à Orenbourg, et c'est de sa bouche que j'entendis pour la première fois mon nouveau nom de famille.

Le bal fut ouvert par une valse que je dansai d'abord avec mon frère aîné et ensuite avec notre ami F. S. Mandel qui m'appelait « mon Rai ». Mon mari n'a jamais dansé. Il ne le fit pas davantage cette fois-ci. Néanmoins, le bal dura jusqu'au matin et mes parents eux-mêmes y prirent part. Ma mère dansait très bien et mon père, lorsqu'il était particulièrement content et heureux, se lançait dans une kamarinska effrénée qu'il exécutait à sa manière.

Il y eut également un repas interminable avec toasts et discours.

À toute cette joie s'ajoutait la présence de ma meilleure amie (Deborah) et de son fiancé.

Avec Deborah, j'étais restée assise sept ans de suite sur le même pupitre de lycée. Grâce à moi, elle put terminer ses études et passer ses examens car je sais souffler d'une manière si magistrale qu'elle put sans l'avoir lu raconter au professeur un chapitre entier des *Âmes mortes*[1], stupéfiant

1. Roman de Nicolas Gogol, paru en 1842.

ainsi toute la classe. Je corrigeais ses compositions et ses problèmes à l'examen de sortie et une fois même je la sauvai d'une noyade tandis que nous prenions un bain dans la rivière à Samara.

La seule circonstance qui gâtait le plaisir de mon mariage était la solitude de ma sœur qui, déjà, avait entrepris les premières démarches pour son divorce, et également la solitude de la mère de mon mari, car son mari à elle était à Capstadt. En outre, elle n'était pas tout à fait contente que le mariage de son fils eût lieu entre Roshashana (Nouvel An juif) et le yimkipur, période pendant laquelle il convient aux Juifs de prier et non pas de se marier, de festoyer et de s'amuser. D'ailleurs, deux ou trois dames de la ville particulièrement pieuses n'étaient pas venues à cause de cela au mariage. Le lendemain matin, je trouvai sur le piano une montagne de présents apportés par les parents, amis et connaissances. Longtemps encore il y eut chaque jour, à chaque repas, à la table de notre salle à manger, de quinze à vingt personnes, quelquefois davantage.

Deux semaines plus tard, Deborah et Boris se marièrent. Nous fûmes leurs père et mère symboliques. Leur mariage fut modeste. Le père de Deborah était à cette époque presque complètement ruiné et déjà malade de la tuberculose qui l'emporta à cinquante-trois ans. Après le repas de cérémonie, nous les accompagnâmes à la gare et ils partirent pour Moscou.

Il était temps pour nous aussi de partir. Mon mari avait reçu une offre de la JCA (fondation du baron Hirsch) d'occuper une place de médecin dans ses colonies en Argentine. Ma mère, sous des prétextes divers, retarda ce départ. De plus, le rabbin officiel était absent à notre mariage : il était en voyage, s'étant marié lui-même à ce moment, et nous avions été unis par un rabbin spirituel (pour être rabbin officiel, il fallait, d'après une loi qui venait d'être promulguée en Russie, avoir un diplôme universitaire, et les Juifs de notre ville avaient choisi pour ce poste Chapiro, un jeune juriste) et ce rabbin officiel étant tout nouveau dans ses fonctions et ne nous ayant pas mariés lui-même, avait peur de contrevenir à la loi et pour rien au monde il ne consentait à inscrire notre mariage dans le livre officiel. Mais cela put s'arranger. Mon père jouissait d'une grande influence dans toutes les affaires de la communauté juive comme grand connaisseur du Talmud. Il se moqua très gentiment du rabbin quand celui-ci vint nous rendre visite avec sa jeune femme. Et le rabbin finit par nous donner le certificat nécessaire pour obtenir notre passeport commun, mon mari et moi.

Des conversations avec mes parents quand mon mari leur communiqua l'offre du baron Hirsch, nous vîmes tout de suite qu'ils n'étaient pas d'accord pour notre départ en Argentine. Il fut donc décidé qu'en attendant, nous nous installerions en France et que je continuerais l'étude de la médecine.

Les véritables préparatifs pour le départ commencèrent. Mon père, qui faisait cela à merveille, fit lui-même les valises que nous prenions avec nous. Il s'en acquitta si bien (comme d'ailleurs de tout ce qu'il entreprenait) que lorsque nous eûmes à ouvrir l'une de ces nombreuses valises, il nous fut impossible de la refermer : les mêmes affaires n'y rentraient plus. Quant à ma mère, pleine de sollicitude, elle plaça dans nos bagages – ce que je ne savais pas – assez de thé, de tabac et de cigarettes pour suffire à plusieurs années.

À tout cela s'ajoutaient dans un panier à part d'énormes pots de confiture, de beurre et quelques pots de graisse d'oie. On eût dit que nous allions non point à Paris mais dans quelque lointaine et affamée province russe.

Nous fûmes accompagnés à la gare, selon l'usage de ce temps, non seulement par les parents et les amis mais encore par toutes nos connaissances. Le quai en était surpeuplé. Les serrements de mains, les vœux, les baisers ne finissaient point. J'avais tant envie, fût-ce pour ces dernières minutes avant le départ, d'être seule avec les miens. Je n'oublierai jamais le visage de ma mère. M'ayant serrée contre elle sans un mot, elle se retourna ensuite et, s'étant adossée contre un mur, se mit à pleurer doucement, amèrement. Elle m'a laissé l'impression de la statue de la tristesse maternelle.

Je ne voulais pleurer pour rien au monde et je supportai stoïquement les adieux avec mes parents que j'aimais tant, avec mes frères et sœurs qui m'étaient si chers, mais voyant les larmes de ma mère, je ne pus résister et traversai les dernières stations de notre voyage tout en pleurs.

Cela fit de la peine à mon mari :

— On pourrait croire que tu es malheureuse de partir avec moi, dit-il.

Il avait lui-même beaucoup de mal à s'en aller. Il s'était pris à aimer toute ma famille et tous l'aimaient également excepté ma sœur aînée.

Mon père s'était lié avec lui vraiment à fond de cœur et d'âme. Ils avaient beaucoup en commun : la douceur, la délicatesse, la règle : « ne juge point ton prochain pour ne point être jugé toi-même », l'amour de la science, des livres et de la Bible. Plus tard, à Nice[1], quand mon mari était déjà à moitié invalide, ils passaient ensemble des heures à étudier des bibles en langues hébreue, allemande et russe

1. Depuis le milieu du XIXe siècle, la ville de Nice (qui appartenait au Piémont) était prisée des Russes. La flotte russe possédait une base dans le port voisin de Villefranche et en 1856 des membres de la famille impériale y avait fait leur villégiature.

et à comparer les expressions qui étaient le mieux traduites dans ces livres. Je conserve la Bible en hébreu de mon père. Elle est ancienne. Mes enfants ne pourront jamais la lire par ignorance de l'hébreu, à moins que, comme Léon Tolstoï, dans leur vieillesse ils ne soient pris du désir d'apprendre la langue de leurs aïeux. Je voudrais que cette Bible aille en Palestine chez un Juif vraiment croyant et bon. Mon père savait à quelle page, à quelle ligne se trouvait tel ou tel vers des prophètes. Telle était la force de la mémoire chez les élèves exceptionnels de Hédéra.

Notre voyage commença par des incidents divers.

Déjà à Kinel, nœud de communication pour Samara et Oufa, le contrôleur du train nous fit remarquer que nos bagages tenaient beaucoup de place. Et pourtant, qui ne connaît l'énorme capacité des filets pour valises dans les compartiments russes et combien étaient aimables les contrôleurs qui, pour un rouble, nous permettaient de placer dans le wagon presque une maison entière.

À Samara, les passagers recommencèrent à protester. Il fallut de nouveau s'adresser à la bienveillance du contrôleur et nous pûmes arriver ainsi jusqu'à Kovno[1].

À Kovno, nous fûmes retenus deux semaines et voici pourquoi :

En France, mon mari, au cours de ses fréquentes crises de maladie, avait perdu son passeport pour l'étranger. Il avait fait en temps voulu une déclaration au consulat russe de Montpellier et on lui avait remis un certificat de perte de passeport. Revenant en Russie, il avait montré son certificat à la station frontière de Bergeolovo et là on avait dû marquer son passage. Un nouveau passeport pour l'étranger ne pouvait être délivré à mon mari que par le

1. Actuellement Kaunas en Lituanie.

gouverneur de Kovno car sa ville de natale de Chavli[1] faisait partie du gouvernement de Kovno. Mon mari fit la demande nécessaire. La réponse fut :

— Vous n'avez aucune preuve d'avoir passé la frontière légalement.

Ni les prières ni les relations n'arrivèrent à faire avancer l'affaire. La réponse était la même : fournissez-nous une preuve de votre passage légal.

Mon mari se rendit lui-même à Bergeolovo avec l'espoir de trouver dans les registres de la gare une note établissant son passage légal.

Il y trouva un officier garde-frontière complètement ivre qui fit semblant de chercher dans les registres, les referma au bout de quelques instants et déclara :

— Il n'y a aucune date de votre passage à la date que vous indiquez.

Mon mari revint très accablé car il ne nous restait qu'une alternative : ou nous munir d'un faux passeport pour passer la frontière russe, ou la traverser clandestinement par le chemin des contrebandiers. Mais je refusai l'un et l'autre moyen car alors le chemin d'un retour légal dans ma patrie nous eût été fermé pour toujours. Je décidai de tenter ma chance et d'aller moi-même à Bergeolovo. Et la chance me sourit. J'y trouvai un officier jeune, aimable et décent. Avec beaucoup de bonne volonté, il trouva tout de suite en ma présence l'inscription qui témoignait de notre passage légal le jour que nous avions indiqué. Il me remit sur-le-champ les « preuves » nécessaires et nous eûmes notre passeport rapidement. À Kovno, je fis connaissance avec cette femme qui n'était déjà plus jeune (la mère de Rosa Ogouze) dont mon mari m'avait

1. Chavli ou Šiauliai est une ville de Lituanie d'où Samuel Kessel était originaire.

beaucoup parlé et que connaissaient et estimaient tous les riches et les pauvres de la ville, et surtout les jeunes gens qui étudiaient. Elle prenait chez elle comme pensionnaires des lycéens et des élèves de l'école technique. Ils étaient pour la plupart fils de médecins de petites localités où il n'y avait pas d'établissement d'études secondaires. Tous, ils lui donnaient fort peu d'argent, et mon mari singulièrement. Et elle s'arrangeait pour leur donner un coin pour habiter, du linge, un copieux déjeuner à midi (le soir, mon mari se contentait d'une tasse de thé, souvent de la simple eau chaude avec un morceau de pain noir) pour trois roubles par mois.

Je devins bientôt très amie avec elle et elle me raconta en jargon yiddish beaucoup de choses sur l'adolescent K. qu'elle avait toujours distingué des autres pour sa délicatesse, sa douceur et son amour du travail. Nous avons échangé avec elle une correspondance amicale durant de longues, longues années jusqu'à la fin de sa vie. Elle entretenait les mêmes rapports avec beaucoup de médecins, de juristes répandus à travers la vaste Russie et aussi en Amérique et en Afrique. La fille de cette femme bonne et noble qui est restée notre amie jusqu'à présent (Rose de Kovno) m'a également beaucoup parlé de K. pendant son adolescence et, entre autres, elle me disait qu'il était impossible de lui faire accepter à dîner avec elles alors que la fille et la mère savaient très bien qu'il avait faim. Souvent, la fille et K. discutaient avec chaleur, car ils étaient du même âge et en arrivaient à se quereller « à cause de mon mauvais caractère, de mon obstination et de mon emportement », me disait-elle, ce qui ne l'empêcha point d'aimer K. comme un frère et de garder ce sentiment jusqu'à sa vieillesse.

De Kovno, nous nous rendîmes à Chavli pour dire adieu à la mère de mon mari et pour que je puisse faire connaissance avec ses sœurs. Là, je fus stupéfaite et profondément étonnée par la façon de vivre de la famille de mon mari. Je n'avais jamais encore vu pareille misère. Cela venait de ce que je n'avais jamais vécu dans un ghetto réservé à la population juive et n'avais jamais vu cette existence dont le dénuement était presque celui des mendiants.

Dans notre province, où avaient le droit d'habiter les Juifs seulement de profession libérale, les commerçants de première catégorie, les artisans patentés et les soldats du temps de Nicolas Ier, même les plus pauvres ne se pressaient pas dans une petite maison en bois aussi vieille, humble et branlante, divisée en deux moitiés et reçue en héritage d'un grand-père, que celle où je trouvai la famille de mon mari.

Tout me désemparait dans cette maison : et la mère[1] épaisse, lourde, qui se déplaçait avec difficulté et était affligée d'une maladie de cœur, et la sœur aînée, peu cultivée, déjà fiancée à un de ses parents, qui attendait de nous une dot pour se marier, et la plus petite sœur de douze ans qui se faisait remarquer tout de suite par sa vivacité d'esprit, ses dons et son désir de s'instruire. Tout était différent de ce dont j'avais l'habitude dans ma famille : et le mobilier, et la nourriture, et les intérêts. Les parents de mon mari venaient faire connaissance avec moi. En un mot, les rôles étaient intervertis. À Orenbourg, c'était mon mari qui excitait la curiosité de tous. Ici, c'était moi. Naturellement, il fut impossible de ne pas rendre les visites (Kirkel, Stachonski, sous les fenêtres desquels mon mari, lorsqu'il était un petit garçon, écoutait pendant des heures la bonne musique).

J'observais que mon mari n'avait pas cet attachement pour sa famille qui régnait dans la nôtre. Il ne restait qu'un sentiment du devoir, sentiment caractéristique pour toute

1. Guita Kahan, mère de Samuel Kessel.

la race juive. Et comment eût-il pu en être autrement. Il avait laissé les siens lorsqu'il était un enfant de quatorze ans et n'était revenu qu'à l'âge de trente.

Je laissai une partie de mon linge et des accessoires de mon mariage à la sœur de mon mari, par quoi je suscitai, comme je l'appris par la suite, le mécontentement de ma mère qui, pourtant, était très bonne et généreuse. Mais donner quelque chose de la dot qu'elle avait préparée pendant tant d'années, avec tant d'amour pour sa fille, était blessant pour elle. Je pouvais acheter des cadeaux, donner de l'argent, mais non point le linge de ma dot.

Nous décidâmes de placer la sœur cadette de mon mari au lycée et nous prîmes des professeurs pour l'y préparer. Quant à la sœur aînée, il fut décidé de lui envoyer de l'argent pour sa dot sur le premier gain de mon mari et d'assurer une pension régulière à sa mère. Nous ne pouvions pas leur laisser beaucoup d'argent à ce moment. Nous-mêmes, nous étions très à court car j'avais refusé de prendre chez mes parents, comme c'était pourtant l'habitude dans les familles, une dot en argent. D'ailleurs, à ce propos, je ne l'ai jamais reçue, pas plus que l'héritage qui me fut laissé par mes parents.

Notre voyage approchait de sa fin, c'est-à-dire de Paris.

Nous arrivâmes sans incident à Berlin avec l'énorme bagage qui nous suivait dans notre wagon. Mais dans la capitale allemande, le porteur nous déclara tout de suite qu'il nous serait impossible de monter dans n'importe quelle classe avec nos bagages encombrants.

— Voulez-vous voyager en quatrième ? – Là, peut-être je pourrai arranger qu'on accepte vos incroyables bagages. Pourquoi ne les mettez-vous pas dans le fourgon comme tout le monde ?

Il ne savait pas que dans le fourgon nous avions déjà pas mal d'immenses paniers.

Le porteur reçut un bon pourboire et réussit à nous caser en quatrième classe, mais le contrôleur qui survint bientôt nous déclara sévèrement :

— *Verboten.*

Quelques passagers allemands nous tirèrent d'affaire en nous conseillant de donner pas mal de marks au contrôleur. En effet, tout s'arrangea ainsi. Ce n'est pas pour rien que l'un de mes beaux-frères répétait sans cesse : « Avec un rouble dans les dents, tu n'es jamais perdu » – lorsqu'il voyageait dans un pays étranger dont il ne connaissait pas la langue. Nous voici donc à Liège. Était-ce que les Belges avaient plus d'honnêteté que les Allemands, je n'en sais rien, mais nous fûmes obligés, à cause de nos valises, de passer la nuit en ville. Au matin, un porteur serviable, voyant notre ignorance et notre air perdu, se procura un énorme sac, y plaça beaucoup de nos affaires et mit tout dans le fourgon à bagages. Oh, que tout devint léger et agréable !

Et nous voilà à la frontière française : à Jeumont, uniquement avec les valises légères, faciles, peu nombreuses.

La douane. Mon mari ne porte qu'une petite valise.

— Avez-vous quelque chose à déclarer ? demande le douanier.

Pleinement convaincu qu'il disait la vérité, mon mari répondit :

— Non, rien.

— Ouvrez.

Mon mari obéit et, à sa profonde stupeur et, semble-t-il, à celle du douanier, des paquets et des paquets de cigarettes et de thé sortent de la valise. Alors, ordre fut donné de vérifier une à une toutes nos affaires. Le train s'en alla. Je fus appelée dans un compartiment pour femmes où l'on me fouilla soigneusement. Toutes les choses qui avaient à payer une taxe de douane furent mises à part sur une table et l'on fit le compte de ce que nous devions payer pour elles. La somme totale s'élevait à plus de cent roubles.

Nous n'avions que de l'argent russe. La caisse de change était déjà fermée. Alors un fonctionnaire de la douane nous proposa de payer l'amende à Paris.

En attendant le train, nous nous assîmes sur le perron de la gare et eûmes une conversation fort aimable avec deux chefs de la douane qui nous avaient pris, à cause de mes affaires et de la nombreuse argenterie, pour des artistes.

Ayant appris que nous étions russes, on diminua notre amende, car l'alliance franco-russe[1] était alors en pleine fleur.

Enfin, Paris. Ayant changé notre argent, nous allâmes payer l'amende. Ayant remarqué cela, un des employés s'approcha de nous et ayant appris de quoi il s'agissait, nous fit un clin d'œil significatif et dégagea toute notre contrebande pour quelques francs de pourboire.

Les porteurs fixèrent avec peine toutes nos affaires dans une voiture. Et le cocher, en la déchargeant, plaça le panier aux confitures si maladroitement que le pot le plus grand fut cassé. Ma pauvre mère, qu'aurait-elle dit si elle avait vu la confiture de framboise – celle que je préférais – ruisselant sur l'asphalte. Je distribuai toutes les autres denrées au réfectoire des étudiants russes.

Nous nous logeâmes boulevard Saint-Michel (Hôtel des Mines) et passâmes trois mois à Paris. Je profitais peu de la ville car j'étais arrivée très fatiguée. Un jour, mon mari me proposa de l'accompagner à pied jusqu'à l'Hôtel de Ville, me disant que c'était tout à fait près. Je le suivis, mais après cela, je dus rester trois jours couchée.

1. Accords de coopération politique, économique et militaire conclus entre la France et l'Empire russe au début des années 1890.

Mon mari se souvint des années d'étudiant qu'il avait passées à Paris et me prépara lui-même, dans la cheminée de notre chambre, un bouillon excellent (à Montpellier, il se nourrissait très bien car un large crédit était ouvert là-bas aux étudiants dans les restaurants, chez les tailleurs et dans les librairies. À l'ordinaire, lorsqu'ils étaient établis, les jeunes médecins payaient scrupuleusement leurs dettes d'étudiants).

En somme, je souffrais des suites de ma promenade à Aigues-Mortes. Sur le conseil du professeur Pozzi[1], chirurgien célèbre, on dut m'opérer.

Il fit lui-même cette opération, dans la clinique du professeur Broca[2]. J'occupais une chambre séparée, ce pour quoi nous payâmes cinq francs par jour. Tandis que j'étais là-bas, une jeune femme mourut qui avait été opérée par Pozzi le même jour que moi, par la faute de ce chirurgien illustre qui avait oublié d'enlever les pinces de son ventre après l'opération. C'est à la clinique que je fêtai Noël, puis mon anniversaire. Tout se passa très bien, mais mon mari me raconta ensuite que les premiers trois jours, il pensait qu'il deviendrait fou de l'obsession que je pouvais mourir pendant ou après l'opération et se reprochait sans cesse d'y avoir consenti (pour opérer, il fallait l'accord des parents ou du mari).

Je pensais qu'après l'opération, et ayant affermi ma santé, je pourrais continuer mes études en médecine. Mais ensuite, le grand Potin lui-même estima que cela m'était impossible à cause de l'état de mon cœur. Encore une désillusion et un chagrin profond à vingt-deux ans.

1. Samuel Pozzi (1846-1918) était un célèbre médecin gynécologue, père de la poétesse Catherine Pozzi et ami d'Adrien Proust. Il fut l'élève de Paul Broca.

2. Paul Broca (1824-1880) était chirurgien et anthropologue.

D'ailleurs, la direction des colonies du baron Hirsch insistait en même temps avec énergie pour que mon mari acceptât un poste de docteur dans les domaines juifs du baron en Argentine. Dans ces colonies, les médecins étaient ou des Espagnols ou des Italiens avec lesquels les colons ne pouvaient en aucune façon s'entendre. Un médecin juif devait être très utile là-bas. Mon mari estimait de son devoir de s'y rendre pour rembourser par un travail utile les secours que lui avait accordés le baron Rothschild dans le temps de sa maladie et des nécessités quand il était étudiant. J'étais entièrement d'accord avec lui. Mais mes parents étaient absolument contre notre départ. Encore à Orenbourg dès qu'il était question d'Argentine. Mes lettres les aidèrent peu à peu à se familiariser avec la pensée d'une longue séparation. Avant de donner une réponse à la direction du baron Hirsch, nous reçûmes un télégramme d'eux annonçant leur accord.

Dès lors, mon mari s'occupa uniquement d'acheter les livres de médecine nécessaires et les instruments. Il acheta également beaucoup de livres de ses auteurs préférés. Ajoutés à mes livres russes, cela fit une bibliothèque assez vaste. Nous emportâmes toutes les œuvres de Victor Hugo, de Michelet, de Rousseau, de Zola et beaucoup de poètes français, Musset, etc. (Une grande partie de notre bibliothèque est passée à mes fils.)

Notre départ avait été fixé pour une date déterminée et il était impossible de le remettre car des colons juifs seraient restés complètement sans aide médicale, leur docteur partant pour l'Europe. Malgré la faiblesse qui m'était restée après l'opération (on m'avait ramenée chez moi dans un jour froid et la chambre, je ne sais pourquoi, était si glacée qu'il fallut nous couvrir d'une pelisse et de fichus très chauds pour que je pusse me réchauffer et revivre), nous partîmes pour Gênes, d'où appareillait notre paquebot. Pour nous accompagner à la gare, il y avait très peu de monde. Pas du tout comme cela s'était passé dans ma ville d'Orenbourg.

Mon mari avait employé une partie de l'avance reçue de la JCA à l'achat d'instruments et de livres et il en avait envoyé une autre partie à sa mère. De sorte qu'il nous restait très peu d'argent. Je me rappelle qu'approchant de Buenos Aires, nous n'avions plus qu'une seule pièce de vingt francs.

Arrivés à Gênes le matin, nous allâmes prendre du café dans un bistrot du port. On nous y donna un tel mélange que je ne pus distinguer si c'était du café au lait, ou du chocolat ou quelque chose d'autre. Nous eûmes le temps de voir la ville avec ses palais, ses musées, et naturellement le Campo Santo. La nuit approchait quand nous nous trouvions au cimetière. Nous étions les derniers visiteurs. Je ne sais pourquoi mon mari était resté un peu en arrière et soudain un moine dominicain se dressa devant moi. Il me fit une peur intense, mais c'était seulement un monument sur une tombe, la reproduction d'un moine vivant de taille naturelle. Nous passâmes à Gènes une soirée merveilleuse, nous amusant et faisant des bêtises comme des enfants. En revanche, le matin suivant fut triste. D'un seul coup l'eczéma sur la tête de mon mari, qui était à peine perceptible à Orenbourg, se développa et il dut se raser les cheveux. Déjà à Paris, les spécialistes de maladies de peau avaient conseillé à mon mari de changer de climat et, en effet, dans les vingt-cinq jours passés sur l'océan, l'eczéma disparut.

Personne ne nous accompagna au bateau, personne n'agita de mouchoir et personne ne nous envoya de baisers. J'étais enchantée d'un tel départ en pensant à l'épreuve qu'eût traversée ma mère en voyant partir le paquebot.

La traversée

La navigation sur le bateau italien dura vingt-cinq jours. Les passagers étaient pour la plupart et tout naturellement des Italiens très gais, très vivants.

C'était la première fois que je voyais quelle quantité de plats était capable de manger un Italien, quel rôle étonnant jouait à ce propos [mot manquant dans le tapuscrit] et avec quelle vitesse un énorme plat de spaghettis pouvait disparaître.

Mais la cible des plaisanteries était un jeune couple qui passait sa lune de miel sur le paquebot. La femme passait la plupart du temps sur le pont tandis que le mari restait étendu tout le temps sur la cabine, souffrant du mal de mer. Il suffisait qu'il apparaisse à l'air libre, verdi, maigri, pour que tous le regardassent avec des sourires à double sens.

Nous eûmes à subir une tempête très forte. Le capitaine du bateau disait qu'il n'avait pas le souvenir d'en avoir traversé de pareille. Dans notre cabine, tout fut cassé. L'un des passagers se préparait tout à fait sérieusement à mourir et, à genoux, répétait sans cesse avec désespoir :

« Pauvre Marco, pauvre Marco ! »

Pour le petit déjeuner, nous fûmes les seuls à venir dans la salle à manger, car le médecin du bord lui-même n'avait pu supporter le roulis infernal.

Les vagues étaient si énormes et si hautes qu'il semblait à chaque minute que notre bateau serait engouffré par elles.

Le voyage fut pour moi d'un intérêt extrême. Je n'avais jamais pris un paquebot et j'avais l'impression d'avoir été jetée dans un univers de rêve : Gènes, Gibraltar d'où l'on voyait en même temps les rivages d'Europe et d'Afrique, la première escale en Espagne où, pour un franc, on nous donna un énorme panier d'oranges.

Mariage

Le capitaine du bateau était un vieillard charmant et plein d'intérêt. J'admirais chaque soir les couchers de soleil, mais lui me persuadait de me lever pour l'aube car il disait qu'il n'y avait pas de plus bel instant dans la nature.

Au passage de l'équateur se déroula la fête rituelle.

Ceux qui s'amusaient le plus étaient un couple d'Italiens déjà fort avancés en âge qui se rendaient à Montevideo chez des fils qui avaient fait fortune là-bas. À l'ordinaire, tous se réunissaient pour les admirer tandis qu'ils dansaient malgré leur âge de la façon la plus belle. Un soir, comme d'habitude, ce couple avait dansé sans répit ni fatigue. Mais le lendemain, j'aperçus le visage de la petite vieille changé jusqu'au point que je la reconnus mal. Elle était en deuil. Son mari, après un grand plat de macaroni et une nuit de danse, était mort au petit matin. On avait abandonné à la mer son corps quelques instants plus tard. Tout s'était passé si vite et silencieusement que les passagers eurent seulement connaissance de l'événement quand arriva le matin.

Argentine

Buenos Aires. Le port.

Personne ici ne nous connaît et, seul, l'agent de la JCA vient nous chercher comme il le fait pour tous ceux qui arrivent au service de cette société.

Nous lui empruntâmes l'argent nécessaire pour donner les pourboires aux gens qui nous avaient servis sur le bateau, car il ne nous restait plus rien. L'agent nous aida également à passer la douane et nous mena à l'hôtel.

À ce propos, nos dépenses sur le paquebot pour lesquelles payait la JCA étaient si réduites que la note présentée à l'administrateur de notre colonie le rendit très confus car cette note devait beaucoup gêner par la suite ceux qui étaient envoyés également dans la colonie et qui usaient largement de la possibilité de faire des dépenses utiles ou inutiles.

Dès le premier repas à l'hôtel, je fus stupéfaite par l'abondance de la nourriture. On mangeait très bien sur le bateau et sans économie, et d'ailleurs à Orenbourg même j'étais habituée à une table excellente, mais ici le nombre des plats était de dix à douze sinon plus et leur qualité était stupéfiante (quarante-cinq ans plus tard, cet usage n'avait pas changé d'après ce qu'on m'a raconté récemment).

Après Paris, la ville de Buenos Aires ne faisait pas grande impression. En effet, elle ne comptait pas à cette époque de gratte-ciel et les maisons avaient trois étages au plus. Je fus surprise seulement par les femmes qui portaient des robes noires dans la chaleur la plus torride (nous étions arrivés à la fin du mois de janvier, ce qui est le plein été en Argentine). Je fus également frappée par la beauté de leur visage. Durant la journée, les femmes restaient chez elles, se cachant de la chaleur, et le soir elles ouvraient leurs fenêtres et, dans des poses langoureuses, s'éventant avec de grands éventails, contemplaient les passants. Leurs yeux, leur peau mate et une inimitable nonchalance me forçaient à les admirer.

Nous ne restâmes pas longtemps à Buenos Aires. Mais ce bref séjour suffit aux voleurs pour dérober le portefeuille de mon mari.

Après une visite officielle à la direction et toutes instructions reçues, nous partîmes pour la colonie de Mauricio, appelée ainsi en mémoire du fils unique perdu par le baron Hirsch[1]. Quelques heures de voyage en chemin de fer nous amenèrent à la station de Cassario[2] après laquelle il fallait faire quinze kilomètres dans une voiture à cheval. Un équipage et un cocher gaucho très décoratif (Surveillan) nous attendaient. C'est avec une émotion très vive que j'attendais l'apparition de ma première colonie juive. Le paysage qui se déroulait des deux côtés de la route rappelait notre steppe d'Orenbourg. Sur une étendue

1. Contrairement à ce qu'écrit Raïssa Kessel, le fils du baron de Hirsch était prénommé Lucien. Maurice était le prénom du baron.

2. Probablement Casa Río, lieu situé sur l'estuaire du Río de la Plata, non loin de la colonie fondée en 1891 par le baron de Hirsch.

de quinze kilomètres, je ne voyais ni un arbre ni un monticule. On ne voyait que le vol d'oiseaux.

Et de temps à autre apparaissaient des autruches et de jeunes gazelles et des hiboux se reposaient sur les *alhambras* (clôtures de fil de fer barbelé).

Nous fûmes reçues par l'administrateur de la colonie, un Juif blond[1] (je n'avais jamais vu un Juif blond auparavant), avec beaucoup d'amabilité mais avec une certaine confusion. Il apparut par la suite qu'il ne savait pas que le médecin arrivait avec sa femme, car la direction ne l'en avait pas prévenu. Et c'est avec la même confusion qu'il nous mena dans le local assigné au médecin.

Mon mari fut immédiatement appelé chez un malade. L'administrateur s'en alla lui aussi et je restai seule. J'entrai dans la maison et je fus tout de suite accablée par la saleté complète qui régnait à l'intérieur. Tout était dégoûtant, les murs, les portes, les fenêtres. On avait envie de fermer les yeux pour ne pas voir le mobilier lamentable qui consistait en un lit immense (comme il me parut douteux !), une table ronde à laquelle il manquait un pied et, appuyées contre la table, quatre chaises à propos desquelles il fallait se souvenir de toutes les lois de l'équilibre avant de s'asseoir sur elles pour ne pas tomber.

J'avais pensé toujours, avant d'arriver là, que nous allions vivre dans une charmante petite maison de bois telle que j'en avais vu dans nos villages, où tout serait d'une propreté impeccable. Au lieu de cela, je voyais une demeure qui ressemblait à une mauvaise caserne. Il manquait des marches au perron. Le sol était en ciment. Le toit en tôle

1. L'administrateur de la colonie de Mauricio était un ingénieur agronome nommé Eusébio Lapiné, né à Grodno (Biélorussie) en 1858. Il avait épousé Sofia, dite Sonia, Kaplan. Émigré en France, il est mort à Annemasse en 1934.

plein de tâches qu'avait faites la pluie et qui bougeait sans cesse. Quant à la toiture, elle était en zinc.

Je ne pouvais pas défaire nos bagages qui n'avaient pas encore été apportés de la gare et je n'avais rien à faire. De chagrin, je me couchai sur le lit en ayant pris la précaution préalable de prendre dans ma petite valise une serviette et d'en recouvrir l'oreiller qui était d'une propreté douteuse.

Mon mari revint quelques heures plus tard et me dit qu'il aurait beaucoup de travail, d'abord parce que les Juifs aiment en général se faire soigner, et aussi parce que les colons avaient envie de voir le nouveau médecin avec lequel ils pourraient parler leur langue natale et se faire comprendre de lui. En outre, leurs habitations étaient très dispersées.

L'administrateur de la colonie avait obtenu ses diplômes d'agronomie et des sciences naturelles dans les universités russes et allemandes. Il avait passé son enfance dans les grands domaines polono-russes (région de Grodno[1]) et estimait que les colons juifs devaient vivre de la même manière que les colons italiens, c'est-à-dire loin des villes. À cause de cela, il ne les organisait pas en villages mais seulement par groupes de quatre à six maisons. Cet administrateur jugeait aussi que les colons n'avaient pas besoin de médecin et qu'un simple infirmier eût été tout à fait suffisant pour eux. Dans cette opinion entrait son souci de réduire les dépenses pour la JCA. Or on payait un médecin cinq cents francs par mois. On lui donnait une demeure, des chevaux, un cocher, le billet du voyage d'Europe aller et retour et un contrat de trois ans.

Cependant, ces dépenses médicales n'étaient pour cette société qu'une goutte d'eau dans la mer, étant donné

1. Grodno ou Hrodno est une ville de Biélorussie frontalière avec la Pologne et la Lituanie.

qu'avant et après notre arrivée, des sommes colossales étaient dépensées et volées, tantôt par ignorance lors de l'achat des terrains et de l'inventaire, tantôt par incapacité de choisir des hommes expérimentés et honnêtes pour le poste d'administrateur.

Le soir, nous fûmes invités à dîner dans la famille de l'administrateur. Elle était composée de sa femme, jeune, belle, intéressante, élégante (malgré son état) et de deux adorables petits garçons de cinq et sept ans (Micha et Sacha[1]) et de leur institutrice et de la fille de celle-ci qui avait cinq ans (Fenia Goukovski[2] et Vitia). Notre bon ami Goussovski se trouvait être un parent de Fenia et cela nous rapprocha l'une de l'autre tout de suite.

La maison de l'administrateur, construite par un Anglais auquel le terrain pour la colonie avait été acheté, était grande, belle et commode, bien meublée et intime grâce aux qualités singulièrement féminines de la maîtresse de maison. Elle ne ressemblait en rien à la demeure-caserne construite par la suite pour l'agronome, le comptable et dans laquelle l'administrateur avait également logé le médecin.

Le jour suivant, à peine mon mari fut-il parti chez les malades (il avait à sa disposition un tilbury et un infirmier cocher ; la pharmacie et la chambre de réception pour les malades se trouvaient à cent mètres de notre maison), je m'armai d'un balai, de savon, couvris ma tête d'une écharpe

1. Sacha Lapiné, né en 1889 à Grodno, s'établit comme médecin à Annemasse vers 1910. Son frère Michel, né en 1881, travailla comme ingénieur à Lyon.

2. Originaire d'Odessa, Fenia Chertkoff (1869-1927) avait épousé Gabriel Goukovsky avec qui elle eut une fille, Victoria (Vitia). Militants socialistes, ils durent émigrer en Italie. Devenue veuve, elle partit pour l'Argentine où elle joua un grand rôle dans la colonie de Villa Clara, donnant aux habitants des cours de russe et d'espagnol, mais aussi par ses activités de journaliste et de traductrice.

et je commençai à laver soigneusement les fenêtres et les portes de nos deux chambres et de la cuisine. Hélas, les efforts que je fis pour améliorer l'état de la peinture se montrèrent inutiles. Elle était effacée depuis longtemps, s'était fanée, assombrie. L'administrateur, me surprenant avec tout mon arsenal de chiffons, de brosses et de balais, s'en montra fort étonné, et je conquis ainsi tout de suite sa sympathie. En effet, de retour chez lui, il déclara à sa femme :

— Eh bien, tu sais, la femme du docteur, je crois, aime encore plus la propreté que toi. Dès l'aube, elle frotte et récure tout elle-même.

C'est la femme de l'administrateur qui me rapporta ses paroles plus tard lorsque nous nous connûmes mutuellement beaucoup mieux et devînmes les amis de cette famille qui nous est restée chère.

Le samedi, tout le monde se reposait dans la colonie et toute l'administration se réunissait chez nous pour le thé. Nos chambres sans grâce semblaient plus vivantes et un peu plus intimes, eût-on dit, que chez les autres. J'avais en effet beaucoup d'étoffes brodées et autres, et beaucoup d'argenterie, ce qui sans doute ne s'harmonisait pas très bien avec le reste du service de table que nous avions reçu de l'administration.

Ce qui intéressait les enfants, aussi bien ceux de l'agronome et du comptable allemand que ceux de l'administrateur, c'était mes gâteaux. Il avait bien fallu apprendre à les faire, ce qui n'était pas difficile avec l'abondance de beurre, de lait et d'œufs et étant donné que j'avais plus de temps libre que je ne l'aurais voulu. Il fallait bien se contenter de mes gâteaux car il ne pouvait être question de petits fours ou de tartes du pâtissier : on ne pouvait s'en procurer à dix lieues à la ronde.

Seul l'administrateur avait une bonne domestique, une Française d'âge mûr qu'il s'était procurée avec beaucoup de mal à Buenos Aires car personne ne voulait quitter la ville pour les colonies. Et les femmes et filles juives disaient qu'elles n'étaient pas venues en Argentine pour devenir domestiques. Il y avait aussi des péons juifs dans l'administration mais seule la famille de l'administrateur pouvait utiliser leurs services ainsi que ceux des nombreux chevaux et cochers.

Les premières semaines, il me fut difficile de satisfaire aux nécessités de mon petit ménage. Mon mari, en tant que tuberculeux, devait être suralimenté et jouir d'une nourriture aussi variée que possible. Sans doute, les provisions de bonne qualité ne manquaient pas et même surabondaient, mais je n'avais aucune idée comment il fallait préparer un repas. Je fus sauvée par le livre « cadeau pour les jeunes ménagères » et comme, selon le proverbe russe, « ce ne sont pas les dieux qui mettent la pâte au four », j'arrivai assez vite, sans avoir de grand talent pour l'art culinaire, à préparer des plats pour mon mari selon les règles de la science de ce temps. De plus, nous avons eu la chance d'enrôler pour un mois une femme juive cordon-bleu. Elle n'était pas venue avec les colons et, à Moscou, avait été au service des Tzenerbaum, rédacteur en chef d'un journal juif.

À part ce mois, je ne disposai d'aucune aide extérieure. J'appris à faire la cuisine, à nettoyer la maison, à laver le linge et à repasser. J'avais aussi des poules et des poussins, malgré quoi il me restait beaucoup de temps pour la lecture. Les journaux d'Europe n'étaient reçus qu'avec retard par les paquebots. Nous avions ainsi *Le Matin*[1]. Mais les journaux locaux en espagnol, nous les avions chaque jour. Mon mari apprit très vite la langue espagnole

1. *Le Matin* est un quotidien français fondé en 1887 auquel Joseph Kessel collabora entre les deux guerres.

et, de la sorte, nous ne nous sentions plus isolés des nouvelles du monde.

Bientôt, je fis vraiment amitié avec Fenia Goussovski et, comme elle était occupée toute la journée avec ses élèves, je lui proposai de faire travailler sa petite fille, très intelligente, douée et intéressante.

Nous fîmes mieux connaissance également avec notre infirmier (Abelianski) chez qui la solitude – à part la maison de l'administrateur et notre caserne destinée à tous les fonctionnaires, c'est-à-dire en tout à trois familles, il n'y avait pas âme qui vive à des kilomètres et des kilomètres – avait développé une neurasthénie aiguë. Mon mari s'entretenait longuement avec lui au cours de leurs déplacements chez les malades et se prit à l'estimer profondément comme un savant talmudiste et surtout comme un jeune homme gentil, modeste et timide. Je lui demandai de prendre ses repas chez nous. Au début, il se gênait beaucoup mais la bonhomie, la douceur, la sollicitude de mon mari et son pouvoir d'accueil changèrent en quelques semaines l'infirmier à un point méconnaissable. D'un garçon fatigué, accablé et silencieux, il devint gai et alerte. Et la pensée du suicide dont il fit ensuite l'aveu à mon mari le quitta définitivement.

Nous lui fîmes connaître la fille du rabbin qui vivait auparavant en Angleterre et ils se marièrent.

Notre administrateur, homme exceptionnel sous tous les rapports, n'arrivait pas à comprendre comment nous avions pu inviter un étranger, et singulièrement l'infirmier, à partager notre vie. Il avait le culte de sa famille, idolâtrait sa femme et chaque personne de l'extérieur lui était un fardeau.

Trois mois après notre arrivée, la femme de l'administrateur mit au monde un fils (Maurice[1]). Pour cet

1. Maurice Lapiné, fils d'Eusébio et Sonia, est né en 1896.

accouchement devait venir de Buenos Aires un médecin qui était un bon ami à eux. Mais il n'arriva pas à temps. C'est mon mari et moi qui nous trouvâmes la nuit au chevet de la jeune femme. Tout se passa très bien.

En revanche, un autre accouchement dans la colonie eut un dénouement tragique. On appela mon mari seulement après qu'une sage-femme d'occasion eut visiblement infecté la malheureuse à qui elle avait donné ses soins. Il faut dire que dans les conditions contraires à toute hygiène où les gens vivaient là-bas, on ne pouvait vraiment accuser personne. Mon mari revint de chez l'accouchée complètement désespéré. Seul, il ne pouvait rien faire. L'administrateur, lui, ne voulait rien entendre pour faire venir un autre médecin. Alors, nous appelâmes à nos frais un docteur italien du voisinage. Tout ce qui était possible fut essayé, mais la malade mourut bientôt. Je me souviens jusqu'à présent, et du mobilier de la maison du colon, et du visage malheureux, défiguré par la souffrance, et son ventre énorme. Il nous fallut beaucoup de temps pour retrouver le calme.

Le mari de la morte y réussit beaucoup plus vite que nous. Quelques semaines, plus tard, il se remaria, ce qui d'ailleurs est conforme à la loi et à la coutume juives.

Nous demeurâmes un an dans la colonie Mauricio.

Toute la famille de l'administrateur accompagnée par Fenia Goussovski partit bien avant nous car la direction générale avait transféré Lap. dans la grande colonie de Clara[1], province d'Entre Ríos (l'administrateur Varchavski qui remplaça Lap. était mal préparé à diriger une colonie et donna bientôt sa démission).

1. Colonie fondée en 1894 dans la province d'Entre Ríos par le baron de Hirsch qui lui donnera le prénom de son épouse, Clara Bischoffsheim.

J'ai déjà dit que l'administrateur de Mauricio estimait qu'un médecin était superflu pour cette colonie et on nous proposa d'aller dans une autre colonie du nom de Mosesville[1] dans la province de Santa Fe. L'administrateur de cette dernière colonie vint nous chercher. C'était un homme jeune (blond également), énergique, et qui aimait sa colonie à la passion. Il me rappela le docteur Mert du roman de Balzac. Sa conception de la colonisation et de l'organisation des colonies et des besoins des colons était diamétralement opposée à celle de l'administrateur de Mauricio.

En route, nous nous arrêtâmes quelques jours à Buenos Aires pour y acheter le mobilier nécessaire aux frais de la société. Nous trouvâmes Mosesville à l'état d'une agglomération déjà importante, très judicieusement disposée, et avec la possibilité de développer dans l'avenir des jardins et avec des arbres devant la maison. Ces arbres étaient des Alparaso[2], seule espèce qu'épargnent les sauterelles.

La place centrale était entourée par une grande et belle synagogue, la maison du docteur, la pharmacie et l'école. Tout avait été conçu d'une façon intelligente et cohérente. Et tout avait été bien exécuté. Il existait déjà à Mosesville une boucherie et quelques petits magasins où les colons italiens et les gauchos venus de loin pouvaient acheter les objets nécessaires à leur existence.

L'administrateur qui, pourtant, n'avait pas d'instruction supérieure et qui n'était pas agronome réussissait à faire tout dans sa colonie mieux qu'ailleurs.

---

1. Mosesville est une ville de la province de Santa Fe créée en 1889. D'abord nommée Kiryat Moshe (« Ville de Moïse » en hébreu) afin d'honorer le baron Maurice Moshe de Hirsch, elle devint Moïsesville, hispanisé en Moisés Ville (son nom actuel).

2. Peut-être le tamarin indien.

Il avait invité quelques colons qui avaient été en Russie des commerçants expérimentés pour travailler avec lui. Ainsi s'était formé une sorte de conseil des Anciens. Par leur intermédiaire, l'administrateur apprenait à connaître les besoins véritables des colons.

En dehors de cette agglomération centrale, il y avait des colonies réparties par petits groupes. Mais les Juifs n'aimaient pas y vivre, redoutant les attaques des gauchos. Je me rappelle comment un colon était venu se plaindre à l'administrateur que la nuit il avait entendu des gauchos ramper vers sa maison.

— Voici un revolver, tire la prochaine fois, lui dit l'administrateur.

Quelques jours plus tard, le même colon revint de nouveau et rendit l'arme.

— J'ai tiré, dit-il piteusement, mais le gaucho a tiré aussi. *Doss is nit kin tachless*[1].

À cette époque, les Juifs ne savaient pas se défendre et détestaient les armes à feu.

Notre administrateur était un original au point de vue nourriture. Il ne mangeait que du bouillon de poule (remède juif pour les maladies d'estomac) et arriva ainsi jusqu'à l'épuisement complet. Il n'avait personne pour le soigner, car il n'était pas marié. Nous l'invitâmes à prendre ses repas avec nous. Peu à peu il en vint à une nourriture normale, recouvra la santé et ne voulut même plus entendre le mot bouillon de poule.

Son père qui habitait avec lui, vieillard pieux, le persuada qu'il était temps et devoir pour lui de se marier. Mais ce père estimait qu'il n'y avait point parmi toutes les jeunes filles des colonies et même de Buenos Aires

1. Traduction phonétique d'une phrase en yiddish, « *dos iz nisht keyn tachles* » qui signifie : « Ce n'est pas très approprié. »

une seule qui convint à son fils. C'est pourquoi il se rendit en Russie, dans sa ville natale, pour amener de là-bas une fiancée à son fils, qui était de leur famille. Pendant tout son voyage en Europe, qui dura plus de deux mois, le vieillard se nourrissait sur le bateau et en train seulement avec des conserves pour être sûr qu'il ne mangeait rien qui ne fût kocher. Revenu dans notre colonie juste à la veille du Yumkipur, il amena la fiancée chez nous et s'en alla lui-même à la synagogue pour y prier et pour écouter le chant du kolnidré, obligatoire le soir de cette fête. Après le service religieux et plein d'une ferveur spirituelle toute particulière, il passa chez nous et... horreur... aperçut la fiancée qui dînait avec nous. Il ne dit rien mais pâlit mortellement, dut se retenir à une chaise pour ne pas tomber et s'affaissa péniblement sur elle. Que nous, nous mangions ce soir où toute nourriture était interdite, cela ne pouvait pas étonner ni peiner le vieillard. Il connaissait depuis longtemps nos habitudes irréligieuses ; en outre, on tolérait beaucoup à un docteur, même dans une colonie juive. Mais la fiancée de son fils – d'une famille pieuse, amenée par lui de mille et mille lieues – le vieillard ne pouvait pas lui pardonner un tel sacrilège.

Cependant, la jeune fille se montra très charmante et très intelligente. Sans doute ne connaissait-elle pas encore de langue étrangère. Par contre, elle parlait à la perfection l'hébreu et pouvait s'entretenir librement avec les directeurs de la société (Kazès et Hirsch[1]) quand ils vinrent de Paris pour inspecter les colonies.

1. David Cazès et Samuel Hirsch (qui n'était pas parent avec le baron de Hirsch) étaient les responsables de la JCA à Buenos Aires.

Une des colonies du baron de Hirsch en Argentine.

La première année à Mosesville, je la passai dans une solitude presque absolue. Mon mari était absent de la maison des journées entières. Tantôt, il s'en allait en voiture chez les malades, tantôt on venait le consulter. On l'appelait très souvent même la nuit. Les Juifs en effet, en général, aiment se faire soigner. Et là ils avaient un médecin juif et un infirmier juif gratuitement. Grâce à la bibliothèque amenée par nous, je lus beaucoup au cours de cette année. Bien que je fusse seule des journées entières et souvent la nuit, comme notre maison était située sur la place centrale et n'était pas éloignée des autres demeures, je redoutais peu les gauchos (en vérité j'avais bien mon revolver, cadeau de notre ami Fournier, mais il fut volé ensuite chez mon mari dans cette même colonie).

Les gauchos étaient très polis, ne dépassaient jamais la barrière qui entourait la maison sans avoir sonné. Il eût été pourtant facile de cisailler cette barrière ou même de sauter par-dessus elle car elle était composée de quelques fils de fer barbelés tendus très bas. À l'ordinaire le gaucho, couvert de son poncho pittoresque et de son grand chapeau et chaussé d'espadrilles, sautait légèrement et hardiment de son cheval sauvage qu'il fallait toujours rattraper au lasso et, ayant enlevé son chapeau fort bas, demandait s'il pouvait être reçu par le señor docteur.

En revanche, si courtois eux-mêmes, ils ne toléraient pas un seul mot insultant pour eux et s'en vengeaient férocement. C'est ainsi que fut tué devant nous un magnifique colon herculéen, d'une taille et d'une force énormes (Rotech) parce qu'il avait, lors de la moisson, appelé un gaucho *ladrone*, c'est-à-dire crapule.

Bien que dans la colonie il y eût un commissaire spécialement attaché à elle et deux *alkados* (gendarmes) payés aux frais de la JCA, jamais un criminel n'y fut arrêté. Ils sautaient sur leurs chevaux rapides des pampas, joignaient la petite ville voisine et disparaissaient. La plupart du temps d'ailleurs, les commissaires étaient eux-mêmes d'anciens criminels que l'on pouvait corrompre facilement. Et si par hasard, pour ménager leur prestige, ces commissaires rattrapaient un criminel, celui-ci réussissait toujours à s'enfuir quelques jours plus tard.

À Mosesville, j'ai appris à connaître bien des choses.

Et d'abord l'orage sous les tropiques. Pour une minute, alors, toute la nature semble mourir, prise dans un silence et un calme absolus. Soudain d'effroyables roulements de tonnerre ébranlent le monde et les zigzags incessants d'immenses éclairs parcourent le ciel tandis qu'un vent d'une force terrible arrache sur les maisons les toits de zinc. Au début, quand on m'a raconté que, surpris par un orage pareil, le cavalier doit descendre de cheval et se coucher par terre pour éviter que la force du vent ne l'arrache à son cheval, je n'y croyais pas. Mais après avoir assisté à une de ces tornades, je fus persuadée par mes propres yeux.

Ces orages m'effrayaient particulièrement. Même les orages d'Europe me rendent nerveuse car dans mon enfance j'ai été rendue sourde quelque temps par le tonnerre et j'ai vu la foudre tuer près de moi deux femmes. Mais mon mari était dans l'enchantement devant ce spectacle extraordinaire, devant ces feux d'artifice des éclairs, tandis que moi je tremblais littéralement d'un effroi panique.

J'appris également à Mosesville ce que signifiait une invasion de sauterelles. Avant de l'avoir expérimenté moi-même, j'avais peine à croire ce que me racontaient les gens qui pourtant en avaient été témoins. J'avais peine à croire que les sauterelles pouvaient assombrir l'éclat du soleil, arrêter les trains, et qu'en quelques minutes le vert alfalfa qui réjouissait tant les yeux devant les fenêtres de notre maison, que le blé, les arbres et les fleurs soignés avec tant d'amour dans le petit jardin de l'école par le jeune instituteur pouvaient disparaître comme si rien de tout cela n'avait jamais poussé. La terre devenait toute noire après le passage des sauterelles. Et les visages des colons devenaient noirs de chagrin eux aussi. Ce fléau de Dieu anéantissait tous les labeurs d'une année entière et réduisait l'espoir d'une bonne récolte.

À Mosesville également, j'appris à connaître l'obstination des gens lorsqu'un danger menace la vie de ceux qui leur sont proches. Ainsi, trois, quatre fois par heure, on accourait chercher mon mari pour aider aux couches d'une jeune femme dont c'était le premier accouchement. Je savais que mon mari devait rentrer bientôt et j'assurai aux messagères qu'il serait à temps pour l'accouchement et qu'il viendrait à coup sûr. Mais cela ne servait à rien et les femmes qui survenaient l'une après l'autre commencèrent à me demander de venir moi-même tout de suite. J'avais beau répéter que je n'étais pas médecin et que je ne pouvais aider en rien, elles ne voulaient pas m'écouter. Il fallut me résoudre à aller chez la jeune femme pour la voir et surtout pour la rassurer, elle et ceux qui l'entouraient.

Mon mari arriva quelques minutes plus tard et l'accouchement se passa très bien. Quant à moi, je fus classée dans le nombre des gens qui, par leur présence, portent chance pour un accouchement difficile (je parlais très mal le jargon yiddish, ne comprenais pas tout ce que l'on me disait et les colons pensaient que j'étais une goy qui s'était convertie au judaïsme).

À Mosesville également, je fis connaissance pour la première fois avec une révolution en miniature. La cause en fut le refus de l'administrateur de satisfaire aux exigences des colons. Après que tous les champs et les promesses d'une merveilleuse récolte en blé qu'ils portaient eurent été détruits par les sauterelles, il fallait donner aux colons de nouveau de l'argent pour les ensemencer et en outre leur accorder ce qu'on appelait *chtiza* (secours pour leur subsistance).

L'administrateur ne voulut pas augmenter encore les dettes des colons (car pour toutes les dépenses faites à leur bénéfice les colons devaient commencer des paiements au bout d'un nombre d'années déterminé) et leur conseilla de se borner au montant de l'aide qu'il proposait. Mais il y a partout des têtes chaudes et il se trouve partout des gens mécontents de tout. À Mosesville également, surgit un [mot manquant dans le tapuscrit] local et commencèrent des réunions sans nombre. Pour beaucoup de colons, c'était une distraction exceptionnelle. On s'assemblait dans la synagogue ou sur la place. On discutait. On s'échauffait, on proposait d'envoyer une délégation d'abord à l'administrateur, ensuite au directeur de Buenos Aires. Et même, si cela restait sans résultat, certains conseillaient de se mettre en marche tous ensemble, colons, femmes et enfants, de se rendre à la maison de l'administrateur et d'obtenir de lui par force qu'il acceptât les exigences.

Il se trouva aussi des écrivassiers. Ils envoyèrent aux rédactions des journaux de Buenos Aires des articles sur les malversations de l'administrateur local et de la direction tout entière.

Cela alla si loin que l'administrateur et le caissier durent partir clandestinement. Les vieux colons le leur conseillèrent car, disaient-ils, dans l'état d'indignation où étaient les esprits, ils ne pouvaient se porter garants des conséquences.

Nous, nous restâmes chez nous. Et ces événements me donnèrent la possibilité de comprendre l'influence de la parole imprimée et du mensonge des journaux. Jusqu'au jour où je lus dans une gazette des articles sur « la sanglante révolution dans une des colonies juives », j'avais cru à la sainteté des informations dans un journal.

Or les conditions de vie dans cette colonie étaient très acceptables pour les colons. Ils vivaient même beaucoup mieux que leurs voisins colons italiens et autres. Ils recevaient un inventaire parfait, le bétail nécessaire, une bonne maison. Ils étaient soutenus pendant des années par le chtiza. Ainsi que dans les autres colonies de la JCA, ils ne payaient ni le médecin, ni le pharmacien, ni l'école. Et si une opération urgente était indispensable à un colon, on l'envoyait à Buenos Aires également aux frais de la société. Mais ces facilités que les colons italiens et leurs familles eussent estimées à leur vrai prix et dont ils auraient été satisfaits et heureux, les colons juifs, et en particulier leurs femmes, n'y attachaient aucun prix. D'ailleurs, ils ne le pouvaient pas. Le climat éprouvant, la nature difficile, une langue inconnue, les gauchos effrayants et l'ignorance complète du travail agricole – tout était pour eux nouveauté, peur et peine. Les femmes juives n'avaient jamais eu de vaches et ne savaient pas les traire. Et les vaches même, en Europe, étaient autres, domestiquées. Là, en Argentine, il fallait avant tout attraper la vache à l'aide d'un lasso, c'est pourquoi il fallait une grande adresse et une grande expérience car on ne gardait pas les vaches à l'étable. Ensuite, on devait laisser approcher d'elle un petit veau, sinon, elle ne donnait pas de lait : seulement alors on pouvait commencer à traire. Lorsque tout ce travail était enfin terminé et que la femme ou la fille du colon était prête à retirer le seau plein de lait, souvent la vache commençait à ruer, et tout le lait se répandait par terre.

Atterrée, la femme se mettait à injurier dans sa colère et la vache et le baron Hirsch – « *Gei in drert mit baron in eïnem*[1] ».

La nourriture du colon consistait en magnifique viande argentine, en pain le plus blanc et en volaille qui se multipliait dans les basses-cours sans qu'on prît aucun soin d'elle. Et aussi de tous les produits laitiers provenant des vaches. Chez eux, en Russie, ils n'auraient pas même pu rêver ni d'une pareille abondance ni d'une si belle qualité. Et pourtant, combien de fois j'ai entendu personnellement les revendications et les plaintes des femmes de colons.

— Aujourd'hui, un canard. Demain, encore un canard. Il n'y a même pas un petit bout de hareng.

Ces harengs qui étaient à l'ordinaire l'unique nourriture des Juifs dans le ghetto qui leur était réservé en Russie. Et encore, les mères disaient à leurs enfants :

— Prends un grand morceau de pain (noir naturellement) et un petit morceau de hareng.

1. « *Gei in drert mit baron in eïnem* » signifie en yiddish : « Va te faire voir avec ton baron. »

Car le hareng était acheté par ces pauvres gens en morceaux, l'argent faisant défaut pour s'en procurer un entier. (Une jeune fille me raconta que, alors qu'elle était déjà adolescente, ses parents ne pouvaient pas lui donner le seul kopeck nécessaire pour aller au cirque.)

Les colons souffraient en outre, en Argentine, d'insectes et de mouches inconnues dans les plaines russes, tels que le « *bice colorado* ». Une fois, on amena à mon mari un petit garçon dans la bouche duquel grouillaient des vers provenant d'œufs qu'y avaient déposés des mouches pendant son sommeil. Il fallut envoyer l'enfant à Buenos Aires pour l'opérer. Si les parents étaient mécontents de la vie et des conditions de travail dans la colonie, en revanche, leurs enfants étaient heureux. Ils apprenaient vite et la langue espagnole et à monter sans selle sur des chevaux non dressés et sauvages. Les filles ne le cédaient en rien pour l'audace aux garçons. La terre était labourée la plupart du temps par des adolescents de douze à treize ans hissés sur une charrue. La terre était égale comme une nappe sans [mot manquant dans le tapuscrit], sans une petite pierre. Il était possible que jamais le pied de l'homme n'avait foulé ces terres avant l'arrivée des colons.

Les gauchos, naturellement, ne savaient rien des « gudillose », de leur histoire, des lois de leur religion, du « kocher ». Ce n'était pas une petite surprise pour eux que de voir un gamin galoper avec une volaille vivante à travers des kilomètres pour qu'elle soit tuée selon les rites. Et aussi par le fait qu'un colon refusait leur invitation habituelle et hospitalière, de faire cuire tout un mouton ou un veau en l'honneur de son invité et de le partager avec eux.

Les mœurs des gauchos étaient tout à fait différentes de celles des Juifs en ce qui concernait également la famille et les femmes. Ils changeaient souvent de femme, laissant celle qui avait été la leur avec un enfant sans s'occuper en rien d'elle, et disaient tout naturellement d'une femme qu'elle avait [été] leur « moujer » auparavant.

Toute la vie si particulière de la colonie m'attirait, m'intéressait profondément. Mon mari supportait le climat à merveille. Il n'y avait pas d'hiver. Nous ne savions pas ce que c'était que d'allumer un poêle pour chauffer la chambre et les voyages chez les malades avec l'infirmier pour cocher dans une atmosphère idéalement pure donnèrent un résultat excellent. Pas une fois mon mari n'eut d'hémoptysie.

En revanche, je souffrais cruellement de la chaleur. Préparer les repas dans une cuisine recouverte d'un toit en zinc (il n'y avait aucun plafond, fut-ce en toile) sur un fourneau chauffé au rouge (il n'y avait d'autre moyen de cuisson), me passer en tout de toute aide domestique, me lever souvent la nuit lorsqu'on appelait mon mari chez un malade pour lui donner une tasse de thé chaud tandis qu'on attelait le cheval, sans quoi il se serait trouvé en mauvaises conditions de santé, et parfois ne pas dormir jusqu'à l'aube par crainte des effets de la maladie sur mon mari – voilà quel était mon régime.

Je me souviens fort bien de l'une de ces nuits. Mon mari était parti vers huit heures du soir. D'après mes calculs, il ne devait rentrer en aucune façon après onze heures. À ce moment-là, arriva chez nous un colon (Kaplan), pour demander à mon mari de venir chez un malade qui habitait dans un autre groupe de maisons assez éloigné. Ce colon, quoique avec nervosité, attendit patiemment le retour du docteur. Je l'appelai dans notre salle à manger (d'ailleurs, il n'y avait pas d'autre entrée dans la maison car la pharmacie qui servait également de salle d'attente était fermée pour la nuit ; outre cette antichambre-salle à manger, nous avions encore deux petites pièces) et j'offris

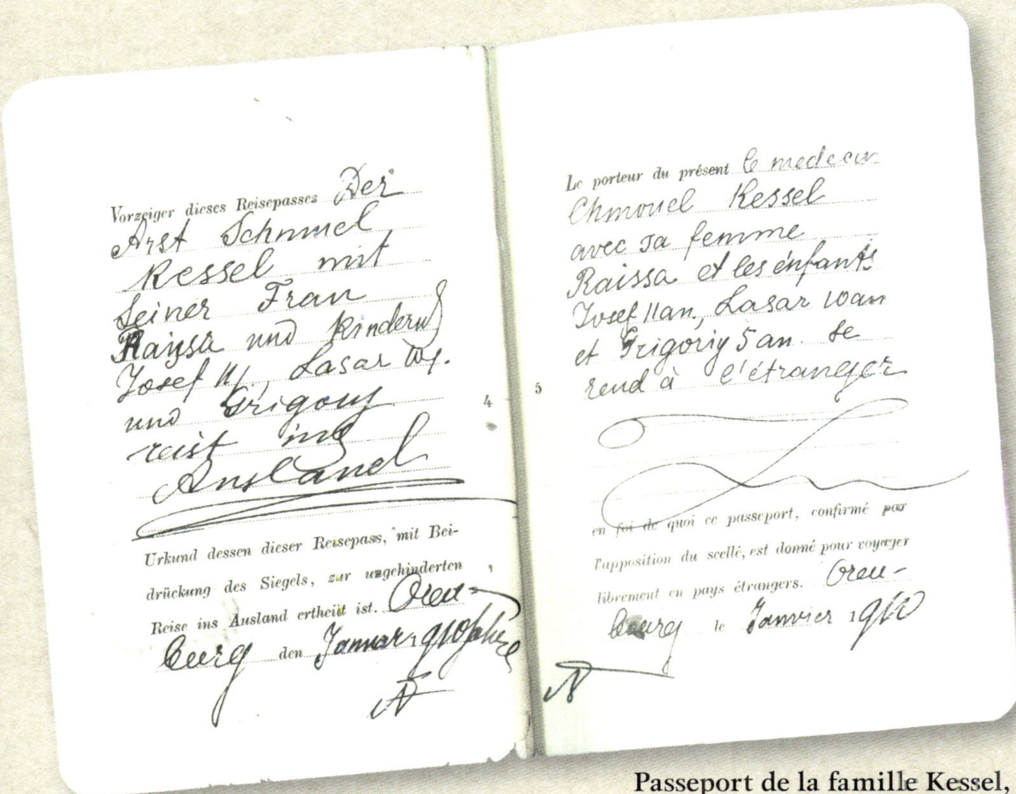
Vorzeiger dieses Reisepasses Der Arzt Schmuel Kessel mit seiner Frau Raissa und Kindern Josef 11 J. Lasar 10 J. und Grigory reist ins Ausland

Urkund dessen dieser Reisepass, mit Beidrückung des Siegels, zur ungehinderten Reise ins Ausland ertheilt ist. Orenburg den Januar 1910

4

5

Le porteur du présent le medecin Chmouel Kessel avec sa femme Raissa et les enfants Josef 11 an, Lasar 10 an et Grigoriy 5 an se rend à l'étranger

en foi de quoi ce passeport, confirmé par l'apposition du scellé, est donné pour voyager librement en pays étrangers. Orenbourg le Janvier 1910

Passeport de la famille Kessel, établi à Orenbourg en 1910. Ce sera le dernier contact officiel avec la Russie.

Raïssa et Samuel Kessel, dans les années 1910, peu de temps après leur installation définitive en France.

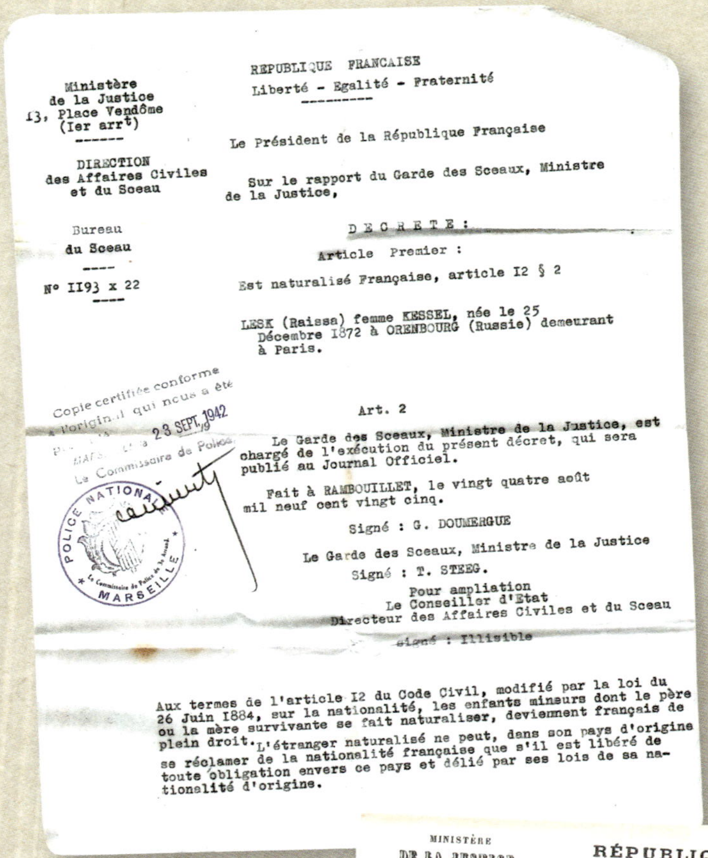

Ministère
de la Justice
13, Place Vendôme
(Ier arrt)

DIRECTION
des Affaires Civiles
et du Sceau

Bureau
du Sceau

N° II93 x 22

REPUBLIQUE FRANCAISE
Liberté - Egalité - Fraternité

Le Président de la République Française

Sur le rapport du Garde des Sceaux, Ministre de la Justice,

DECRETE :

Article Premier :

Est naturalisé Française, article I2 § 2

LESK (Raissa) femme KESSEL, née le 25 Décembre 1872 à ORENBOURG (Russie) demeurant à Paris.

Art. 2

Le Garde des Sceaux, Ministre de la Justice, est chargé de l'exécution du présent décret, qui sera publié au Journal Officiel.

Fait à RAMBOUILLET, le vingt quatre août mil neuf cent vingt cinq.

Signé : G. DOUMERGUE

Le Garde des Sceaux, Ministre de la Justice

Signé : T. STEEG.

Pour ampliation
Le Conseiller d'Etat
Directeur des Affaires Civiles et du Sceau

Signé : Illisible

Copie certifiée conforme à l'original qui nous a été [illegible]
[illegible] 23 SEPT. 1942
Le Commissaire de Police

POLICE NATIONALE
Le Commissaire de Police de St Amand
MARSEILLE

Aux termes de l'article I2 du Code Civil, modifié par la loi du 26 Juin I884, sur la nationalité, les enfants mineurs dont le père ou la mère survivante se fait naturaliser, deviennent français de plein droit. L'étranger naturalisé ne peut, dans son pays d'origine se réclamer de la nationalité française que s'il est libéré de toute obligation envers ce pays et délié par ses lois de sa nationalité d'origine.

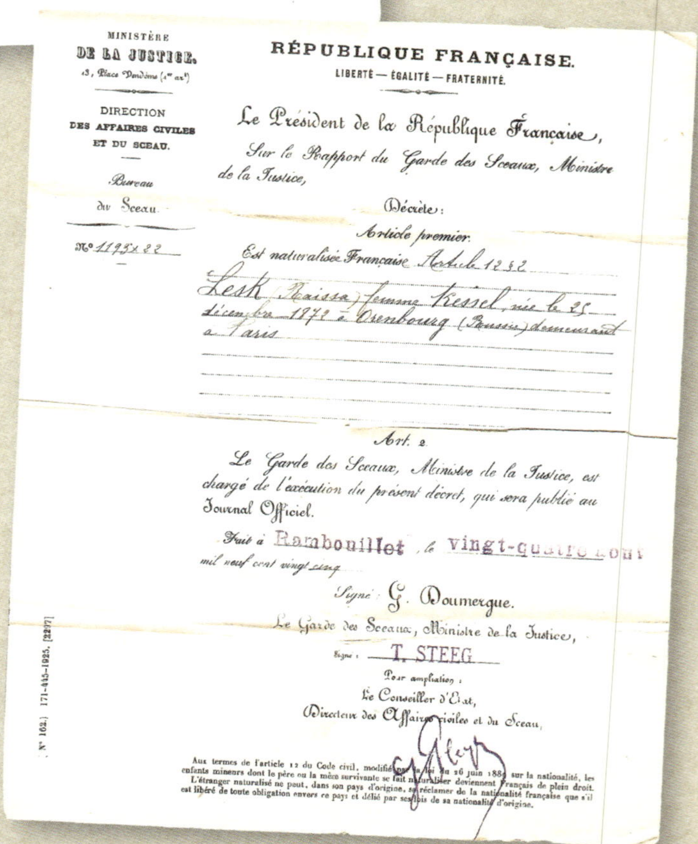

MINISTÈRE
DE LA JUSTICE.
13, Place Vendôme (1er arr.t)

DIRECTION
DES AFFAIRES CIVILES
ET DU SCEAU.

Bureau
du Sceau

N° 1193 x 22

RÉPUBLIQUE FRANÇAISE.
LIBERTÉ — ÉGALITÉ — FRATERNITÉ.

Le Président de la République Française,

Sur le Rapport du Garde des Sceaux, Ministre de la Justice,

Décrète :

Article premier.

Est naturalisée Française Article 12 § 2

Lesk (Raissa) femme Kessel, née le 25 décembre 1872 à Orenbourg (Russie) demeurant à Paris

Art. 2

Le Garde des Sceaux, Ministre de la Justice, est chargé de l'exécution du présent décret, qui sera publié au Journal Officiel.

Fait à Rambouillet, le vingt-quatre août mil neuf cent vingt-cinq

Signé G. Doumergue.

Le Garde des Sceaux, Ministre de la Justice,

Signé T. STEEG

Pour ampliation :
Le Conseiller d'État,
Directeur des Affaires civiles et du Sceau,

Aux termes de l'article 12 du Code civil, modifié par la loi du 26 juin 1889 sur la nationalité, les enfants mineurs dont le père ou la mère survivante se fait naturaliser deviennent Français de plein droit. L'étranger naturalisé ne peut, dans son pays d'origine, se réclamer de la nationalité française que s'il est libéré de toute obligation envers ce pays et délié par ses lois de sa nationalité d'origine.

N° 162.) 171-415-1925. [2297]

Documents attestant de la naturalisation française de Raïssa Kessel en 1925.

Réfugiée à Toulon, Raïssa pose en 1942, entourée de son fils Joseph (à l'arrière-plan) et de ses petits-fils Maurice Druon (à gauche) et Patrick Kessel (au premier plan). Elle quittera Toulon pour s'installer à Vaison-la-Romaine jusqu'à la fin de la guerre.

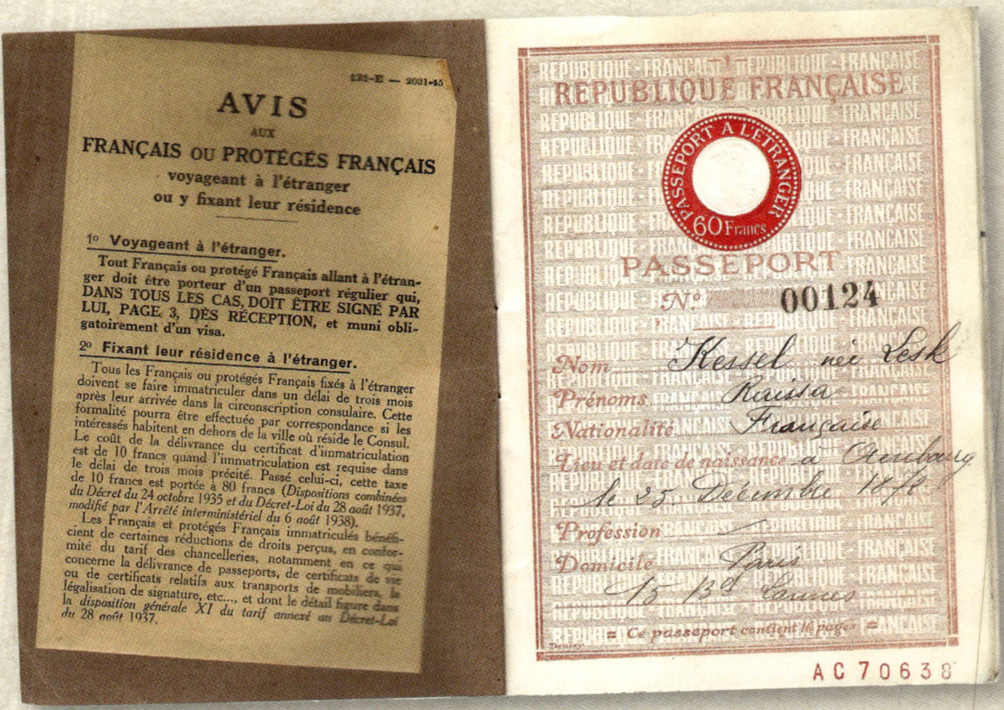

121-E — 2031-45

AVIS
AUX
FRANÇAIS OU PROTÉGÉS FRANÇAIS
voyageant à l'étranger
ou y fixant leur résidence

1° Voyageant à l'étranger.

Tout Français ou protégé Français allant à l'étranger doit être porteur d'un passeport régulier qui, DANS TOUS LES CAS, DOIT ÊTRE SIGNÉ PAR LUI, PAGE 3, DÈS RÉCEPTION, et muni obligatoirement d'un visa.

2° Fixant leur résidence à l'étranger.

Tous les Français ou protégés Français fixés à l'étranger doivent se faire immatriculer dans un délai de trois mois après leur arrivée dans la circonscription consulaire. Cette formalité pourra être effectuée par correspondance si les intéressés habitent en dehors de la ville où réside le Consul. Le coût de la délivrance du certificat d'immatriculation est de 10 francs quand l'immatriculation est requise dans le délai de trois mois précité. Passé celui-ci, cette taxe de 10 francs est portée à 80 francs (*Dispositions combinées du Décret du 24 octobre 1935 et du Décret-Loi du 28 août 1937, modifié par l'Arrêté interministériel du 6 août 1938*).

Les Français et protégés Français immatriculés bénéficient de certaines réductions de droits perçus, en conformité du tarif des chancelleries, notamment en ce qui concerne la délivrance de passeports, de certificats de vie ou de certificats relatifs aux transports de mobiliers, la légalisation de signature, etc..., et dont le détail figure dans la *disposition générale XI du tarif annexé au Décret-Loi du 28 août 1937.*

Quelques pages du passeport français de Raïssa Kessel.

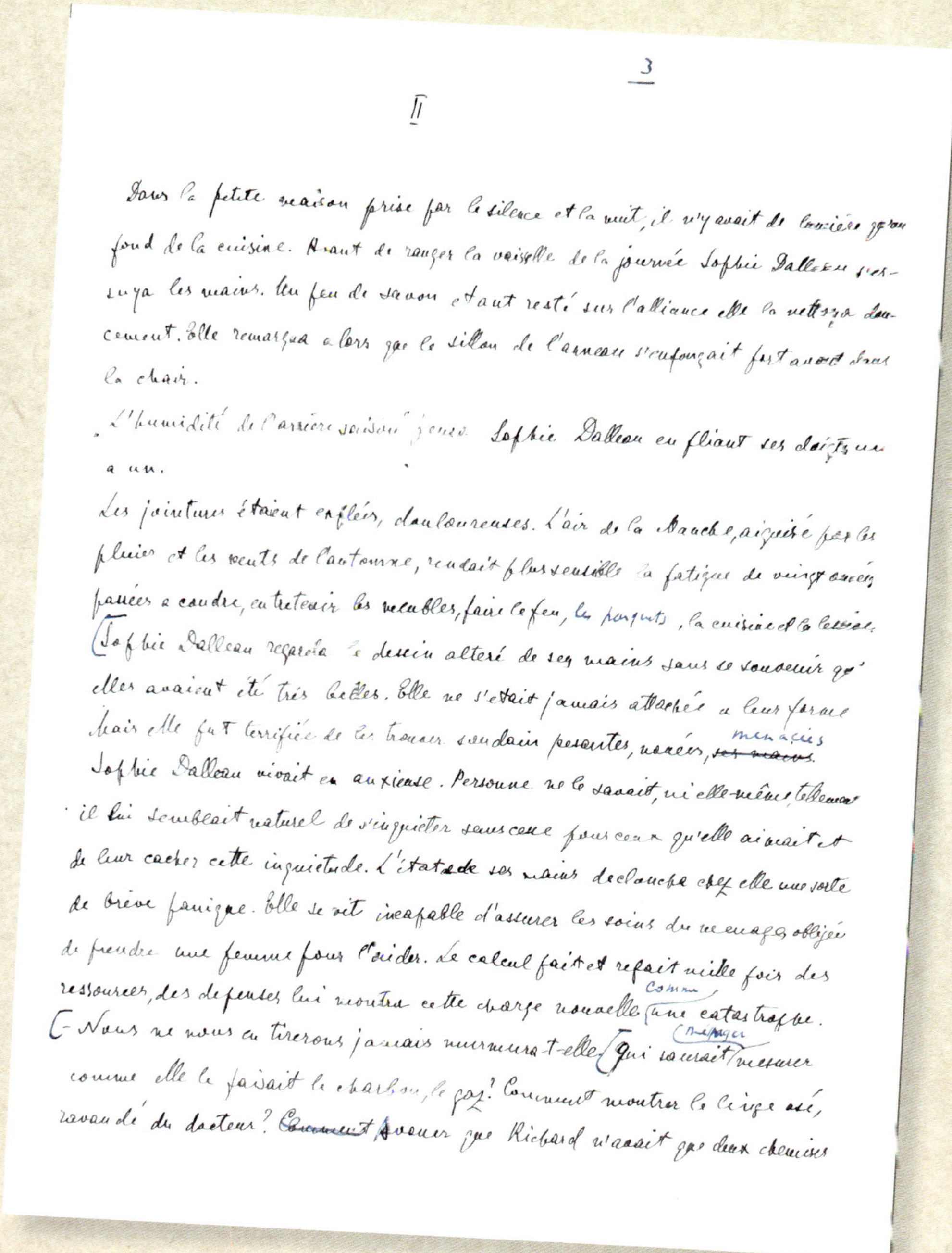
3

II

Dans la petite maison prise par le silence et la nuit, il n'y avait de lumière qu'au fond de la cuisine. Avant de ranger la vaisselle de la journée Sophie Dalleau s'essuya les mains. Un peu de savon étant resté sur l'alliance elle la nettoya doucement. Elle remarqua alors que le sillon de l'anneau s'enfonçait fort avant dans la chair.

« L'humidité de l'arrière-saison » pensa Sophie Dalleau en pliant ses doigts un à un.

Les jointures étaient enflées, douloureuses. L'air de la Manche, aiguisé par les pluies et les vents de l'automne, rendait plus sensible la fatigue de vingt années passées à coudre, entretenir les meubles, faire le feu, les parquets, la cuisine et la lessive.

Sophie Dalleau regarda le dessin altéré de ses mains sans se souvenir qu'elles avaient été très belles. Elle ne s'était jamais attachée à leur forme mais elle fut terrifiée de les trouver soudain pesantes, nouées, menaçantes ~~ses mains~~.

Sophie Dalleau vivait en anxieuse. Personne ne le savait, ni elle-même, tellement il lui semblait naturel de s'inquiéter sans cesse pour ceux qu'elle aimait et de leur cacher cette inquiétude. L'état de ses mains déclencha chez elle une sorte de brève panique. Elle se vit incapable d'assurer les soins du ménage, obligée de prendre une femme pour l'aider. Le calcul fait et refait mille fois des ressources, des dépenses lui montra cette charge nouvelle comme une catastrophe.

— Nous ne nous en tirerons jamais murmura-t-elle. Qui saurait ménager comme elle le faisait le charbon, le gaz ? Comment montrer le linge usé, ravaudé du docteur ? ~~Comment~~ Avouer que Richard n'avait que deux chemises

Page manuscrite du *Tour du malheur*, roman de Joseph Kessel paru en 1950 que Raïssa avait scrupuleusement recopié à la main et conservé pendant la guerre.

© Izis /Paris-Match / Scoop

Depuis 1947, Raïssa, ébranlée par les années de guerre, vivait en pension chez Mademoiselle Hourdeau à Mary-sur-Marne (Seine-et-Marne). Joseph Kessel habitué de l'hôtel Le Marysien décida de louer trois pièces dans la grande maison Hourdeau pour se rapprocher de sa mère malade.

© Izis /Paris-Match / Scoop

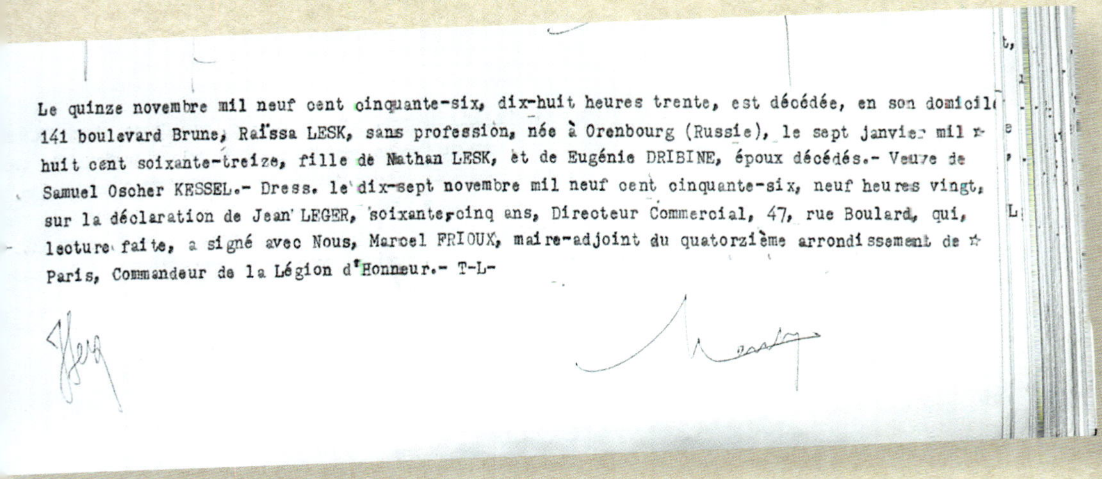

Le quinze novembre mil neuf cent cinquante-six, dix-huit heures trente, est décédée, en son domicil
141 boulevard Brune, Raïssa LESK, sans profession, née à Orenbourg (Russie), le sept janvier mil
huit cent soixante-treize, fille de Nathan LESK, et de Eugénie DRIBINE, époux décédés.- Veuve de
Samuel Oscher KESSEL.- Dress. le dix-sept novembre mil neuf cent cinquante-six, neuf heures vingt,
sur la déclaration de Jean LEGER, soixante-cinq ans, Directeur Commercial, 47, rue Boulard, qui,
lecture faite, a signé avec Nous, Marcel FRIOUX, maire-adjoint du quatorzième arrondissement de
Paris, Commandeur de la Légion d'Honneur.- T-L-

L'acte de décès de Raïssa,
décédée à Paris le 17 novembre 1656.

ENFANCE

ADOLESCENCE

Mon fils me demande d'écrire mes souvenirs. Je le fais par amour pour lui. Je ne me serais jamais résolue à écrire quelque chose sur ma vie, ni sur la vie des gens qui me sont proches. Pourquoi ? A quoi bon ? D'autant plus que, malgré que je sois arrivée à la vieillesse, il n'y a pas dans mon existence de joie exceptionnelle ni de chagrin singulier. Toute ma vie s'est passée comme celle des gens les plus ordinaires.

Maintenant, quand la jeunesse russe lit Tourguenieff ou Tolstoï, ou Alkaskoff et d'autres écrivains russes, bien des choses lui sont étrangères dans ces livres. Elle ne connait pas les moeurs, les rites ni l'âme du peuple, ni la nature décrits par les auteurs de cette époque. Mais pour moi, une phrase me suffit pour faite naître dans ma mémoire les images du passé, de mon enfance et de mon adolescense. Les images naissent éclatantes, vivantes, et les champs familiers et les villages s'étalent devant moi.

Mon premier souvenir très net remonte à l'âge de cinq ans et, dans xxx ma conscience, c'est le déplacement de ma famille partant de la province de Samara pour celle d'Orenburg.

Nous sommes arrivés, en été, dans un énorme village disposé le long d'une rivière. Le premier jour même, mon père nous a emmenées, ma soeur et moi, pour nous baigner.

- 22 -

Pharmacienne

Les études pharmaceutiques m'intéressaient-elles à ce point ? En aucune sorte. Mais, juste à ce moment, un décret avait été pris permettant aux femmes de recevoir le diplôme de préparateur en pharmacie. Et cela singifiait pour la Jive que j'étais le droit d'habiter les deux capitales et les villes universitaires (Saint-Pétersbourg, Moscou, Kasan, Kiev, etc...).

J'étais, dans notre ville d'Orienburg, la premiere élève de pharmacie. Personne encore ne connaissait l'interprétation de la loi et j'avais à montrer le chemin. Aujourd'hui, tout est changé. Les élèves femmes en pharmacie peuvent travailler avec les élèves hommes dans la même pharmacie. En ce temps, les élèves hommes vivaient chez le pharmacien même et n'avaient de jour de congé qu'une fois par semaine. Moi, j'habitais chez mes parents, et il fallait trouver un pharmacien qui consentit à avoir une élève femme. Avec beaucoup de difficulté et uniquement grâce à nos relations je pus m'établir comme élève externe dans une pharmacie.

Avant cela il avait fallu éclaircir quels diplômes étaient encore nécessaires pour que j'obtienne l'immense titre d'élève en pharmacie (le stage était de trois ans).

A l'ordinaire, ceux qui se destinaient à cette fonction étaient des lycéens qui n'avaient pas fini le lycée, incapables de continuer leurs études par manque de facultés ou paresse, ou encore ceux/qui leur situation matérielle interdisait de continuer leurs études. J'ai déjà dit que pour moi, outre le certificat de fin de lycée et l'examen en latin, on

Deux pages extraites du tapuscrit retrouvé de Raïssa, sur lesquelles figurent les annotations de Joseph.

à cet homme un livre et du thé. Une heure, deux heures du matin – mon mari n'était toujours pas là. Le colon se trouva être un homme sensible et délicat ; il remarqua mon émotion, mon inquiétude, bien que je ne les exprimasse point par des paroles et, alors que sa famille pouvait être angoissée autant que moi et même plus par l'absence incompréhensible la nuit du docteur, il s'en alla sans attendre le retour de mon mari. Plus d'une fois, j'eus la tentation de me rendre au local de l'administration situé à quatre cents mètres de notre maison, mais je fus arrêtée chaque fois par la peur de déranger et d'inquiéter tout le monde. Il aurait fallu réveiller l'administrateur, faire réveiller son cocher, attraper les chevaux au lasso (car deux ou trois chevaux restaient toujours à paître la nuit auprès de la maison) et en pleine obscurité chercher mon mari sur des routes diverses. Dans toute ma panique, je comprenais tout de même que jusqu'à l'aube, les recherches ne pouvaient rien donner. Et peut-être aussi la peur de voir mon mari tué par des bandits me retenait sans que j'en prisse conscience. En effet, il arrivait que les gauchos tuaient les voyageurs sur les routes pour les voler et emmenaient leurs chevaux.

Mon mari rentra sain et sauf. Ce qui l'avait retenu, c'est quand dans le groupe de maisons où il s'était rendu, il y avait plus d'un malade. En outre, en route, on l'avait appelé vers une autre petite agglomération fort éloignée. Or mon mari ne savait refuser, quel que fût l'endroit où l'on avait besoin de lui et quelle que fût l'heure.

C'est à Mosesville qu'il m'était destiné de devenir mère. J'essayai de passer le temps jusqu'à l'accouchement selon toutes les exigences de la médecine. Je me promenais beaucoup, seule – mon mari étant toujours pris, et n'ayant dans la colonie ni amie ni connaissance. En effet, si dans les colonies d'Entrarios il y avait beaucoup de familles d'intellectuels (des colonies devaient être une sorte de pépinière pour les médecins, juristes, députés juifs futurs en Argentine), dans notre colonie, il n'existait pas une seule de ces familles. Le temps arriva de préparer tout ce qui était nécessaire pour l'enfant qui devait venir au monde et cela se trouva être d'une difficulté terrible pour moi. Je ne savais rien de la couture, et n'ayant jamais joué aux poupées, n'avais pu apprendre les rudiments de cet art auquel la plupart des petites filles s'initient ainsi. Je ne savais même pas couper une minuscule chemise pour un nouveau-né et pourtant je voulais faire tout moi-même pour mon premier-né. (Je fus sauvée par une petite blouse que Sonia, la femme de l'administrateur, m'avait laissée en souvenir de son garçon, Maurice.)

Il fallut décider du lieu où se passerait l'accouchement. Dans notre colonie régnait constamment le typhus apporté de Russie par les colons et il y avait même des cas d'ulcère sibérien. Mon mari ne pouvait pas cesser de recevoir les malades pendant mon accouchement, ni les jours avant ni les jours après. Or il ne se trouvait pas de sage-femme diplômée dans la colonie. Donc, je devais partir. Mais où ? Le sens commun désignait Buenos Aires où, en cas d'urgence, il y avait des médecins spécialistes, des cliniques d'accouchement, etc. Mais mon inexpérience (je pense plutôt ma bêtise) et le désir d'être près d'amis sûrs (Lap. et Fenia) me firent accepter la proposition faite de tout cœur par Sonia Lap. de venir accoucher chez eux dans la colonie Clara à Entrarios.

Mon mari ne pouvait pas m'accompagner car il ne voulait pas laisser sa colonie sans médecin et le docteur qui devait le remplacer avait du retard. Fenia vint me chercher, resta chez nous trois jours, et ensuite nous partîmes chez les Lap. Je me rendis compte très vite de la stupidité de ce voyage, mais il était déjà trop tard pour changer de route. En effet, j'aurais pu aller jusqu'à Buenos Aires dans un wagon très confortable et sans changement. Tandis que pour se rendre chez les Lap. le voyage dura deux jours, et je ne l'oublierai jamais. D'abord, il fallait se rendre à la station de chemin de fer à vingt kilomètres en voiture à chevaux. Puis, le train allait jusqu'à Santa Fe. La chaleur était intolérable. Fenia se sentait si mal que c'est moi qui devais prendre soin d'elle mais bientôt, moi aussi, je dus m'étendre sur le plancher du train, presque évanouie. C'est dans cet état que nous surprit un homme que nous connaissions qui voyageait dans le même train. Il prit peur à notre aspect et, au premier arrêt, nous apporta une [mot manquant dans le tapuscrit] fraîche et de la glace à mettre sur nos têtes, ce qui nous soulagea un peu. À Santa Fe, il fallut passer la nuit. Nuit de cauchemar. Il était presque impossible de respirer à cause de l'air étouffant et de plus nous étions dévorées de punaises. Au matin, nous prîmes un bateau, puis de nouveau le train jusqu'à la station où vinrent nous chercher l'administrateur de la colonie et Lap. C'est avec lui que, dans une très bonne voiture, ayant parcouru les derniers quinze kilomètres, nous arrivâmes enfin à une magnifique estancia également achetée par la société à des Anglais et qui comprenait une très grande maison avec dépendances diverses. C'est dans cette maison que logeait la famille de l'administrateur avec trois enfants, une gouvernante et une nombreuse domesticité.

Je fus accueillie très chaleureusement, mais j'eus tellement envie de rentrer tout de suite chez moi ! En effet Sonia, ne m'ayant même pas donné le temps de reprendre haleine, déclara :

— C'est moi qui prendrai soin de toi et pas Fenia.

Une telle scène de jalousie me sembla alors inutile et blessante pour Fenia. Cette impression fut un peu effacée par le ravissement enfantin de E. Lap à la vue des pastèques et du raisin (il n'y en avait pas dans la colonie) que j'avais achetés pour lui à Santa Fe.

On me logea dans une petite maison à part construite auprès de la grande demeure. Une semaine ne s'était pas passée, que nous avions employée à faire des promenades en canot, à lire des vers le soir et le samedi à organiser sur la terrasse des danses pour les jeunes voisins qu'arriva mon mari en amenant une petite voiture pour le bébé attendu.

La colonie Clara se distinguait de la nôtre en ceci qu'elle comptait beaucoup de familles intellectuelles et de jeunes gens (chez nous, il n'y avait que l'instituteur, originaire de Syrie, où son père était resté avec la lèpre). La femme de l'administrateur, qui avait passé son diplôme de médecine, avait su grouper la jeunesse, avait fondé pour les femmes une école de coupe, et elle enseignait elle-même la couture, avait ouvert une bibliothèque, visitait les écoles, organisait des causeries sur des sujets divers.

Elle était aidée dans tout cela par Fenia, mais souvent c'était elle qui était l'initiatrice. Ces deux femmes ont beaucoup fait pour la culture dans la colonie, et ces médecins, avocats et députés juifs en Argentine qui ont maintenant mon âge leur doivent beaucoup en ce qui concerne leur éducation et leur situation.

Le docteur Iarcho[1], médecin de la colonie de Clara, vint me rendre visite pour faire ma connaissance et décida d'après ma seule apparence que l'accouchement serait facile et promit de venir absolument dès qu'on l'enverrait

1. Noé Yarcho (1860-1912) fut le premier médecin engagé par la JCA. Ne comptant ni son temps ni sa fatigue, parcourant la colonie par tous les temps, il fut surnommé par la population « le docteur miracle ».

chercher. De plus, une sage-femme diplômée était également à ma disposition. Toutes ces mesures de prévoyance ne me servirent de rien car un jour après l'arrivée de mon mari, les douleurs commencèrent de nuit. Je ne sais pas comment tout aurait fini si mon mari avait été en retard de vingt-quatre heures. Mon mari eut à peine le temps de réveiller et de faire venir Sonia (elle était médecin et mère de trois enfants) qui, à grands coups de gong, appela le cocher et lui ordonna d'aller immédiatement quérir le médecin. Mais tandis que le cocher attrapait les chevaux au lasso, je mis au monde un fils[1] (31 janvier 1898). L'accouchement en tout dura une heure. Mon mari et Sonia étaient tellement émus que leurs mains tremblaient.

Ensuite, nous restâmes encore un mois chez nos amis, ce dont mon mari profita beaucoup. Il étudia à fond la colonie qui, par ses dimensions et par sa végétation, différait tant de Mosesville. Quant à moi, j'étais complètement absorbée par l'enfant. C'était une occupation suffisante dans la chaleur tropicale, sans nurse, pour une femme affaiblie qui nourrissait elle-même. Je passais souvent des nuits entières sans sommeil à cause de mon inexpérience et aussi à cause de la crainte de voir l'enfant mordu par un scorpion car j'avais trouvé une fois dans sa voiture un scorpion énorme.

Les amis voulurent absolument que le « Briss[2] » se passât chez eux. Les amis, réunis, festoyèrent longtemps et gaiement, surtout le charmant docteur qui fit l'opération de mon fils. (À Mosesville, les colons fêtaient également la naissance du fils de leur docteur ami ; nous avions commandé pour eux toute une barrique de bière.)

1. Joseph Kessel est né le 31 janvier 1898. Il fut déclaré le 20 février de cette année avec une date de naissance au 10 février.

2. Briss (en hébreu la Brit milah) est le rite juif de la circoncision du nouveau-né de sexe mâle survenant le huitième jour après la naissance.

Le voyage de retour fut tout aussi fatigant que le voyage d'aller, bien que, cette fois, mon mari m'accompagnât. Jusqu'à la station de chemin de fer, nous fûmes escortés en « volante » (équipage) par Sonia et le docteur. Pour déjeuner, nous nous arrêtâmes tous ensemble chez une famille de nos connaissances (les parents de Berthe Lap.). Mon mari, qui ne buvait jamais d'alcool, ne sut refuser au docteur de trinquer avec lui. Le résultat fut le suivant : quand nous entrâmes dans le wagon et que je me sentis faible au point de laisser tomber l'enfant et que je demandai à mon mari de le prendre, il me répondit :

— Je ne peux pas, je m'endors.

Dieu que j'eus mal à cet instant !

Je ne laissai pas tomber l'enfant. Sans doute l'amour maternel pour cet être sans défense est plus fort que tout. Il eût semblé qu'avec cet équipement, je ne saurais jamais nourrir l'enfant et changer ses langes, mais cela était nécessaire et bien que je trébuchasse sans cesse, tout était fait à temps pour lui.

Enfin, nous voici sur le bateau. « Je pourrai respirer », me dis-je. Mais dans la cabine, en défaisant l'enfant de ses langes, je commençai à l'examiner et – ô terreur ! – j'aperçus une rougeur aux aisselles. Comment avais-je pu ne pas la remarquer ! ne pas prévenir chose pareille. Comment avais-je pu laisser se manifester cette rougeur ? Mon remords et mon autoflagellation ne connurent pas de limites et je m'inscrivis véritablement parmi les mères criminelles. Toutes les assurances de mon mari que c'était une bêtise, que cette rougeur passerait avec un peu de poudre ne servirent de rien. La seule chose qui m'apaisa un peu, ce fut de voir que l'enfant s'endormait tranquillement et que dans son sommeil rien n'indiquait qu'il souffrît.

Et voici que nous remontons dans un train et, de nouveau, voyageons dans une voiture à cheval. Enfin, nous sommes à la maison, chez nous, à Mosesville.

Là, de nouveau, mon mari disparut tous les jours en allant chez les malades éloignés et, de nouveau, je fus seule avec l'enfant et les soucis du ménage. D'ailleurs, je n'aurais permis à personne de bercer le petit garçon, de prendre le soin de lui, de laver ses langes. Ce qui me valut de la part du vieux K., père de l'administrateur, la remarque suivante :

— J'ai vu pas mal de mères dans la vie, j'ai eu moi-même huit enfants, mais je n'ai jamais encore rencontré une mère aussi folle que vous.

La première année d'existence de mon premier-né fut particulièrement pénible pour nous. Jusqu'à l'âge de quatre mois, l'enfant se développa à la perfection – je le nourrissais moi-même – et me procurait un sentiment que je ne sais pas comment nommer car il n'y a pas de mot pour exprimer un sentiment pareil : joie, satisfaction, non, ce n'est pas cela. Peut-être seulement le mot « enivrement » qui va jusqu'à une extase sans limites, se rapproche-t-il de l'état que j'éprouvais alors.

Dans un climat aussi chaud, l'enfant était toujours couché vêtu seulement d'une blouse légère, très courte. Il jouait avec ses petites mains, tirait son petit pied dans sa bouche et chantonnait toujours. Je pouvais rester avec lui sans fin et l'admirer jusqu'au moment où il s'endormait sur ma poitrine.

Les atteintes à ma santé d'alors, qui étaient douloureuses, désagréables, ne se répercutaient pas sur l'enfant (j'avais des abcès sur les doigts l'un après l'autre).

Cette période heureuse de ma vie se termina trop vite car je dus cesser l'allaitement. Je devais garder des forces pour un autre être que j'attendais dans six mois et ne pas gêner son développement normal dans mon corps.

Il est très dangereux pour un enfant d'être nourri artificiellement dans un climat très chaud. C'est pourquoi la femme du pharmacien-infirmier-cocher, qui avait une petite fille nouvellement née, me proposa d'allaiter mon petit garçon fût-ce deux fois par jour. Je lui fus infiniment reconnaissante pour son offre si humaine, mais mon enfant ne voulait de son sein pour rien au monde, même affamé et même quand il faisait obscur. Il fallut donc commencer à le nourrir de l'extérieur. Tout était encore compliqué par le fait qu'il n'y avait pas de bonne eau potable dans notre puits peu profond et il ne pouvait être question de glace. On était obligé de baigner l'enfant dans de l'eau bouillie et, malgré cela, à sept mois, il eut la typhoïde (j'ai déjà dit que cette maladie ne cessait pas dans la colonie).

Je ne sais par quel miracle l'enfant survécut et commença à se remettre fort bien. Je me rappelle comment, à dix mois, il se tenait fermement sur ses pieds et exigeait qu'on lui donnât les rênes quand parfois mon mari, ayant achevé ses visites, nous emmenait en tilbury pour faire promener l'enfant quelques instants. Il savait déjà prononcer « Papa », ce qui me fit beaucoup de peine. Il me semblait que la première parole dans la bouche d'un enfant devait absolument être « Maman ». Par suite de la chaleur, des orages, de la maladie de mon fils et aussi de mon état, mon cœur commença de faiblir et je dus consentir à prendre quelqu'un à la maison pour m'aider. D'autant plus que l'enfant dormait déjà moins et que j'avais à m'occuper davantage de lui.

On se mit à chercher une domestique, mais on ne put trouver personne sauf une petite fille de quatorze ans qui d'ailleurs avait l'air beaucoup plus âgée. (En Argentine, on pousse et on se développe très rapidement.) C'était une fille gaucho, belle, tranquille, impassible. Le contraste que faisait sa beauté brune avec celle si blanche de l'enfant, avec des cheveux bouclés et clairs comme le lin, était d'une beauté saisissante. Je suis jusqu'à présent reconnaissante à cette fille si jeune de ce que, étant assise sur le perron avec l'enfant dans ses bras, elle ne bavardait pas, ne disait pas de bêtises, ne l'empêchait pas de regarder, de rêver mais seulement chantonnait avec beaucoup de douceur de naïves chansons espagnoles et disait de temps à autre très tendrement au petit : « *Jose, Josesito muy blanco* ».

Enfant des pampas, elle n'avait pas le moindre sens de l'hygiène et il fallut avant tout la laver, la débarrasser de ses parasites, l'habiller et même, par la suite, nous devions sans cesse la surveiller à cet égard. Elle dormait d'un sommeil de plomb et il était impossible de la réveiller la nuit. Il fallait la laisser dormir jusqu'à ce qu'elle se réveillât elle-même le matin.

Or voici que cette charmante Ramona, on faillit me la ravir, et cela sans son consentement. En effet, les rapts effectués par les jeunes gauchos sur les jeunes filles qui leur plaisaient étaient événement banal. L'un des admirateurs de Ramona ayant appris que la noce de l'administrateur serait fêtée à l'école près de notre maison et que, assurément, nous y prendrions part, décida de mettre à profit le grand mouvement inhabituel qui aurait lieu cette nuit et peut-être une porte qu'on aurait oublié de fermer.

Sans le vouloir, j'empêchai ce désir. En effet, je ne sais quelle étrange inquiétude m'obligea soudain à quitter la société de tous ces gens qui s'amusaient et à rentrer chez moi pour jeter un coup d'œil sur mon petit garçon. Sur notre perron, j'aperçus une silhouette d'homme qui, à ma vue, sauta rapidement sur le sol et disparut. Je n'aurais pas fait attention à cela si je n'avais pas trouvé Ramona en larmes. Elle me raconta qu'elle avait bien fermé la porte ainsi que je lui avais demandé, mais que l'homme avait appuyé si fort qu'il allait faire sauter la serrure et elle-même avait eu si peur qu'elle voulait sauter par la fenêtre. Ma présence arrêta toute tentative.

Un gaucho souple et adroit n'a pas besoin de deux ou trois minutes pour faire irruption dans une maison ou sous une tente, se saisir d'une jeune fille, la jeter sur sa selle et partir au galop.

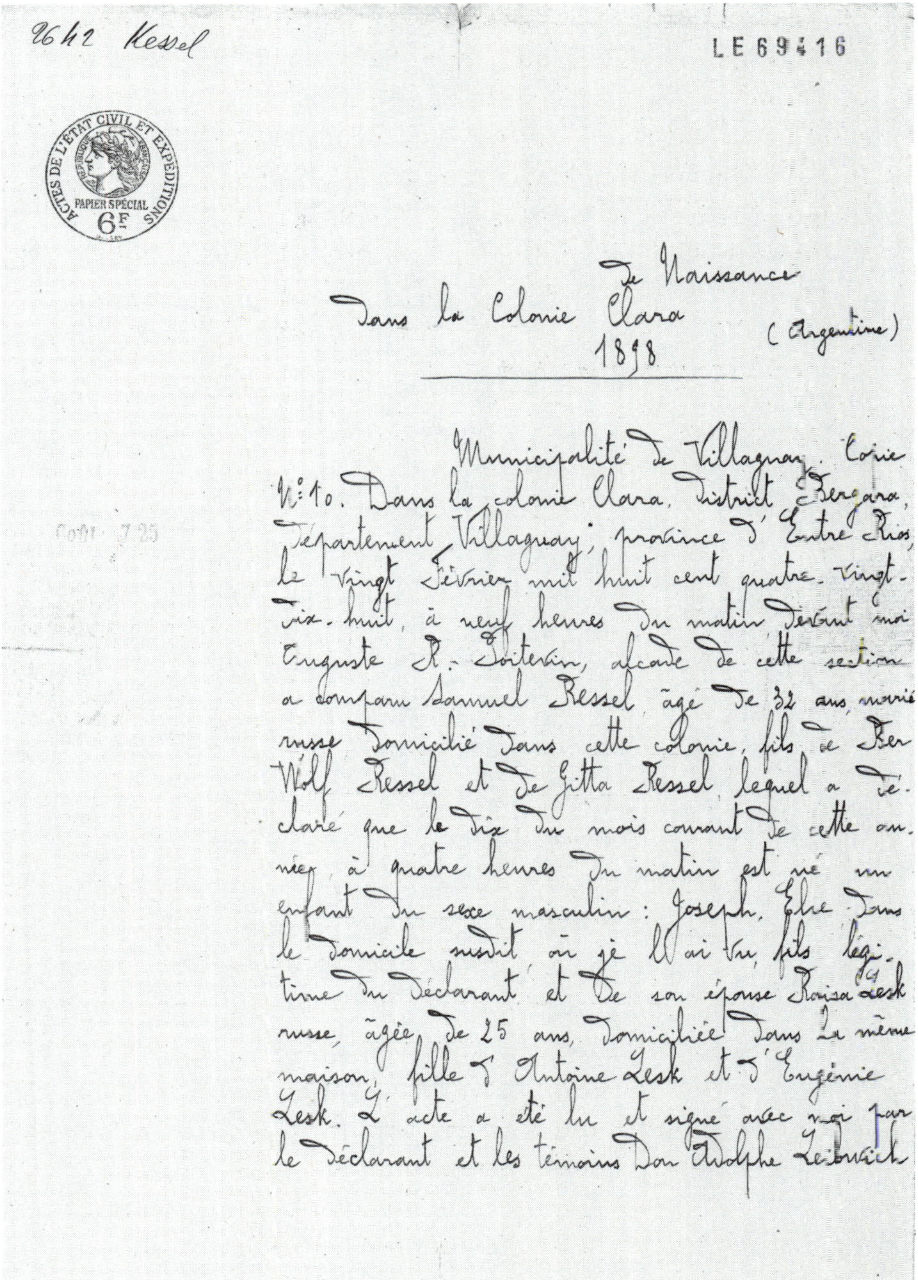
2642 Kessel

LE 69416

ACTES DE L'ÉTAT CIVIL ET EXPÉDITIONS
PAPIER SPÉCIAL
6F

Coût 7.25

De Naissance
Dans la Colonie Clara (Argentine)
1898

Municipalité de Villaguay. Copie
N° 10. Dans la colonie Clara, district Bergara,
Département Villaguay, province d'Entre Rios,
le vingt février mil huit cent quatre-vingt-
dix-huit, à neuf heures du matin devant moi
Auguste R. Doiteran, alcade de cette section
a comparu Samuel Kessel âgé de 32 ans, marié
russe domicilié dans cette colonie, fils de Ber
Wolf Kessel et de Gitta Kessel lequel a dé-
claré que le dix du mois courant de cette an-
née, à quatre heures du matin est né un
enfant du sexe masculin : Joseph, Elie dans
le domicile susdit où je l'ai vu, fils légi-
time du déclarant et de son épouse Raisa Lesk
russe, âgée de 25 ans, domiciliée dans la même
maison, fille d'Antoine Lesk et d'Eugénie
Lesk. L'acte a été lu et signé avec moi par
le déclarant et les témoins Don Adolphe Leibovich

Duplicata de l'acte de naissance de Joseph Kessel (ici et pages suivantes).

russe, âgé de 25 ans, marié et Don Jacob Bezchnisky. D. J. Kessel, A. Leibovich, J. Bezchnisky, Augusto R. Poitevin alcade. Ceci est la copie fidèle de l'original qui se trouve à la feuille huit du tome onze des actes de naissance et de décès qui m'est confié. Augusto R. Poitevin alcade. Il y a un sceau libellé ainsi: Bureau de l'alcade de la Colonia Clara District Bergara; concorde fidèlement à la copie de l'original reçue dans ce bureau municipal du district Bergara de ce Département. Je délivre la présente copie à la demande de l'intéressé et je le scelle et signe dans la ville de Santa Rosa de Villaguay, le 29 Mars 1898. Pedro L. Olivera second chef R. C. Reçu par la trésorerie sceau et copie 3 pesos moneda nacional, Villaguay. Registre de l'état civil. Pour traduction conforme à l'original. Nice, le 19 Février 1909, le vice-consul de la République Argentine signé: Illisible. D'après les documents présentés au Consulat impérial de Russie à Nice, il résulterait que dans l'acte de naissance de M. Joseph Kessel dressé à Villaguay

(Argentine) son nom a été par erreur orthographié Kessel, ce qui n'est pas exact, en foi de quoi cette mention est portée sur ce document. Nice, le 13/26 février 190[illegible] Le Consul de Russie à Nice, signé : Illisible. Suivent deux légalisations.

Collationné sur pareille expédition déposée à la mairie du 4e Arrt de Paris, lors du mariage Kessel et Jolizza Miesunesti contracté le 3 Mai 1921 sous le N° 538.

Rayé un mot nul

Collationné
G. A.

Délivré par le Greffier du Tribunal Civil de Première Instance du Département de la Seine

Au Greffe, séant au Palais de Justice à Paris, ce dix sept neuf mars mil neuf cent trente quatre

GREFFE DU TRIBUNAL DE 1re INSTce DU DÉPt DE LA SEINE
ÉTAT CIVIL

Partie II
Le retour
Buenos Aires

Mon mari commençait déjà à penser à notre retour en Europe : notre contrat de trois ans approchait en effet de sa fin.

Je ne voulais pas écrire aux miens et leur demander conseil à ce sujet pour leur éviter des émotions. Pour la naissance de mon fils, je ne les en avertis qu'après sa venue au monde.

Pour décider de notre départ, je commençai une correspondance très active avec nos amis chez qui était né mon fils. Ils voulurent à toute force venir chez nous avec leurs trois enfants pour nous dire au revoir au cas où notre voyage serait résolu. Ayant vécu avec nous, ils furent convaincus que les conditions de notre existence rendaient impossible notre séjour prolongé surtout dans l'attente d'un second enfant. Ainsi, notre départ fut décidé.

Nos amis nous quittèrent et je commençai les préparatifs du très long voyage. Mon mari était encore plus pris qu'à l'ordinaire et ne pouvait en rien m'aider. Les colons, ayant appris que nous partirions bientôt, s'en montrèrent très émus et ils venaient sans cesse prier mon mari de rester ou du moins, si nous ne pouvions pas le faire maintenant, ils demandaient de promettre qu'il reviendrait absolument parmi eux. L'administrateur s'engageait à construire pour nous une grande maison et à obtenir de la JCA beaucoup de terres pour nous aux conditions de prêt les meilleures, à nous organiser une hacienda et à la remplir de bétail :

— Vous aurez tout cela. Revenez seulement dans la colonie, disait-il.

Il fallut promettre, en posant toutefois comme condition que ma santé le permettrait.

Il s'agissait maintenant de trouver un médecin remplaçant et de partir à temps pour Buenos Aires.

La chance ne se montra pas favorable. Une pluie tropicale balaya, enleva les routes, et nous dûmes gagner Buenos Aires par un chemin détourné, via Santa Fe et Rosario, en bateau.

Je me rappelle très bien comme le capitaine, qui m'avait affirmé que nous ferions le voyage en quelques heures, ne put ni faire partir ni faire arriver son bateau à temps à cause de la tempête qui s'éleva. La chaleur m'avait empêchée de prendre beaucoup de choses nécessaires pour la nourriture de l'enfant et ce que j'avais emporté s'abîma dans cette température d'orage.

Sur le bateau, je ne pus rien trouver qui fût propre à l'alimentation du bébé et il ne cessait de crier de faim. Les pleurs de l'enfant affamé, la chaleur, la fatigue, mon état particulier et le mensonge du capitaine qui m'avait affirmé avant l'embarquement sur son petit bateau qu'il y avait tout l'indispensable pour l'enfant en cas de retard sur l'horaire, tout cela m'amena à cet état de fureur presque démente où l'homme ne peut plus répondre ni de ses expressions ni de ses actes (je me suis trouvée dans cet état dans ma longue vie seulement encore trois fois : la conversation avec Evseï à Mauricio quand il y était administrateur, à cause du poêle qui fumait tout le temps, lorsqu'il me répondit : « le poêle est bon, c'est le tuyau seulement qui est mauvais » ; le résultat fut qu'il me demanda de venir habiter dans leur maison. Une autre de mes colères eut pour objet la sœur de Ramona qui la remplaça pour un temps et une autre éclata à l'hôtel du Louvre avec Sam[1]). En ce qui concerne le capitaine du petit bateau argentin, je lui parlai avec tant d'acharnement malgré ma connaissance assez imprécise de la langue espagnole et je me laissai aller à tant d'émotion qu'il aurait pu en résulter une conséquence fatale pour moi dans l'état dans lequel j'étais. Les passagers du bateau étaient tous de mon côté et il ne restait plus rien à faire au capitaine que de s'excuser. Il me trouva enfin dans sa cabine un morceau de pain que je donnai à l'enfant tout en sachant bien que cela n'était pas bon pour lui. Pourtant, ce croûton le calma et il s'endormit.

De Rosario à Buenos Aires, nous fîmes la navigation sur un grand et confortable paquebot. Si ce voyage avait été fait dans d'autres conditions, quel plaisir n'eût-il pas donné à mon mari et à moi. Mais il me fut possible de rester seulement quelques minutes sur le pont et d'admirer le large fleuve et ses berges pittoresques couvertes de végétation tropicale. Je dus descendre dans la cabine où il faisait tellement étouffant que respirer était difficile (chaleur et humidité). Je voulais prendre l'enfant dans mes bras et remonter avec lui sur le pont. Mais dès que [je] l'eus touché, et pourtant avec les plus grandes précautions, il se réveilla et commença un concert de cris qui dura toute la nuit. D'ailleurs, se fût-il rendormi, je n'aurais pu fermer l'œil. On eût dit que tous les moustiques du monde et autres moucherons s'étaient donné rendez-vous dans notre cabine.

1. Samuel Kessel.

Enfin, nous voici à Buenos Aires. Là, nous fûmes plongés dans la plus cruelle incertitude. Tous les billets pour le premier paquebot qui partait vers l'Europe étaient déjà vendus et il m'était impossible de partir une semaine ou deux plus tard à cause de mon état. Et nous n'avions pas pu retenir nos places à l'avance car nous ne savions pas si on trouverait à temps un médecin pour remplacer mon mari dans la colonie. À cette époque il était difficile de mettre tout de suite la main sur un médecin qui réunît les qualités nécessaires pour ce travail.

Même à Buenos Aires, mon mari fut occupé sans cesse à la direction et à faire des rapports sur l'état sanitaire de la colonie. Seule à l'hôtel avec un enfant malade qui commençait à souffrir d'une dysenterie très violente, j'attendais sans cesse une communication téléphonique des Messageries maritimes pour savoir si quelqu'un, à la dernière minute, n'avait pas retourné ses places. Enfin, quelques heures à peine avant le départ du bateau, on m'informa que nous avions des billets.

Le directeur de la JCA (Kasès) vint nous dire au revoir. Mon mari, et moi portant mon fils dans mes bras, nous sortîmes dans le corridor pour l'accompagner, et mon mari le suivit un peu plus loin. L'enfant déjà affaibli par la dysenterie, ayant vu son père s'éloigner, l'appelait d'une voix faible et tendre : « Papa ! Papa ! » Cette scène fit sur le directeur une impression tellement pénible qu'en descendant l'escalier de l'hôtel, il se mit à pleurer. Il en écrivit à nos amis desquels j'appris plus tard que ce directeur n'espérait plus dans la guérison de l'enfant et craignait également pour ma santé.

Je ne sais pas trop comment à toute vitesse nous fîmes tous nos bagages et, en route pour le quai d'embarquement, eûmes le temps d'acheter un petit perroquet vert et une cage. Nous pensions que durant le voyage, ce perroquet serait une distraction pour l'enfant. Mais nous apprîmes sur le bateau qu'il était défendu de garder des oiseaux dans la cabine ; il fallut mettre le perroquet dans la soute aux bagages et nous ne le revîmes plus jamais. Quelqu'un l'avait-il adopté ? D'ailleurs, comme on le verra plus tard, nous eûmes autre chose à faire que de nous occuper d'un perroquet.

La traversée

Quelques personnes étaient venues nous accompagner jusqu'au bateau, mais leur présence ne me réjouissait guère. Je n'avais qu'un désir : arranger l'enfant dans la cabine et aménager tout ce qui lui était nécessaire. Nous avions pris avec nous, suivant ainsi le conseil de gens expérimentés, toute une caisse de lait condensé pour en donner durant tout le voyage à l'enfant. Il semblait que rien de ce qui lui était indispensable n'avait été oublié.

Le bateau quitta le quai, l'enfant s'endormit. On arriva sans incident à Montevideo. Là commença le chargement du bateau. Notre cabine se trouvait précisément près de la grue qui, avec un vacarme énorme, tantôt se levait et tantôt s'abaissait. L'enfant se réveilla, commença de pleurer, et je ne pus le calmer par rien et d'aucune manière. La dysenterie avait augmenté au point que l'on voyait littéralement fondre le petit. Je décidai de demander au médecin du bord d'examiner l'enfant. Il vint aussitôt, s'entretint avec mon mari, et déclara qu'il ne voyait rien d'autre pour le traitement et qu'il n'avait rien à proposer en plus des médicaments que nous avions déjà employés.

Je montai sur le pont avec l'enfant et je marchai en le portant sans répit malgré le roulis assez fort qui commençait. Seule une pareille promenade apaisait un peu le petit garçon. Voyant mon état de grossesse avancé et l'enfant gravement malade, une Française d'âge mûr et très sympathique qui faisait le service de notre cabine s'approcha de moi et me dit que parmi les passagers voyageait un docteur avec sa famille et que le médecin du bord n'était pas un spécialiste pour maladies d'enfants car il ne lui arrivait jamais d'avoir à soigner des bébés aussi petits que le mien (jusqu'à présent je garde la plus grande reconnaissance pour cette femme à cause de son attitude si humaine). Je transmis à mon mari qu'il y avait à bord un de ses collègues et qu'on pouvait prendre conseil de lui. Mon mari déclara catégoriquement qu'il ne voulait pas importuner un confrère et que d'ailleurs celui-ci ne pourrait rien indiquer d'autre que ce qui était déjà prescrit pour l'enfant. Je me rappelle que cette réponse me blessa profondément. Je résolus d'approcher moi-même ce médecin, bien que ce fût tellement plus simple pour mon mari, et de tout lui raconter.

Ce docteur se trouva être un Suisse qui pratiquait depuis longtemps à Buenos Aires. Il retournait dans son pays avec sa femme et deux ravissantes petites filles. Il accomplissait ce voyage pour la cinquième fois et je découvris dans ce qu'il avait emporté beaucoup de choses qui furent utiles à mon enfant malade. Il m'écouta avec beaucoup d'intérêt et de bonté, alla trouver lui-même mon mari et ils examinèrent ensemble l'enfant.

Déjà depuis quelques heures celui-ci tournait sans cesse sa petite tête tantôt dans une direction, tantôt dans l'autre. Il fut décidé de faire à l'enfant une injection d'eau salée. Mais les instruments de mon mari étaient dans la cale et il était impossible de les en retirer. On se contenta d'une seringue pour la diphtérie désinfectée avec soin, qui se trouva chez le médecin du bord. Mais l'injection n'apporta aucun secours et un changement de régime dans l'alimentation pas davantage. Le seul salut pour lui, dit enfin le médecin suisse, serait d'obtenir du lait de femme ou du lait d'ânesse. Et il me conseilla d'essayer de trouver parmi les passagers de quatrième classe une femme en train d'allaiter qui n'eût ni la tuberculose ni la syphilis.

Mon mari et lui descendirent donc dans l'entrepont des voyageurs de quatrième. Il y avait là quelques femmes qui allaitaient leur enfant mais seule une jeune Italienne se montra parmi elles animée d'un vrai sentiment chrétien. Elle revenait aussi en Europe avec son mari et deux enfants dont l'un encore au sein, à cause de la santé de son mari qui ne supportait pas le climat tropical. Elle se montra toute disposée à venir en aide à une autre mère et bien que cette mère voyageait en première classe (peut-être aujourd'hui, la lutte des classes est devenue plus féroce).

Pour que cette femme pût venir dans notre cabine, il fallut une autorisation spéciale du capitaine et un laissez-passer écrit. Je dus obtenir une autre autorisation pour employer dans la cabine une lampe à alcool.

L'Italienne vint pour la première fois avec son fils âgé de neuf mois, Antonio, un garçon bien portant et gai. Si mon enfant avait pris le sein de cette femme, tout eût été simple. Mais il s'était toujours refusé à s'apprivoiser à une femme étrangère et maintenant surtout, avec sa faiblesse, il ne pouvait pas en être question. Il fallut donc que cette femme vraiment sainte fît sortir son lait avec ses doigts, lait qui ne se manifestait en abondance que lorsque Antonio avait pris le sein de sa mère. Seulement, le magnifique Antonio était rassasié, bien nourri et content. Appuyé dans la pose la plus belle que puisse prendre un enfant contre le sein de sa mère (exactement pareil aux tableaux qui représentent les madones), il souriait, commençait à jouer et cessait tout de suite de prendre le sein. C'est avec la plus grande difficulté qu'on arrivait à collecter une petite cuiller de lait que mon fils avalait tout de suite avec avidité. Il fallait attendre longtemps pour remplir encore deux ou trois cuillers.

Dans ces minutes d'attente torturante, voyant les tourments de mon enfant affamé et agonisant dont le salut dépendait seulement de cette chrétienne dont le sein était tout couvert de bleus par la force qu'elle mettait à en faire sortir le lait, je pensais avec quelle facilité et joie j'aurais donné mon sang en échange de cette petite cuiller de lait.

Le jour encore il n'était pas très malaisé de faire venir dans notre cabine cette Italienne. Mais la nuit…

L'enfant se débat dans le délire. Il semble que ses derniers instants sont arrivés. Il ressemble à un squelette. Il ne reste de lui que la peau et les os. Un bref débat se livre en moi : dois-je aller éveiller, déranger de nouveau l'Italienne… Non. C'est impossible de la torturer ainsi. Mais je regarde l'enfant et tout scrupule disparaît. Marchant sur la pointe des pieds et à travers le pont mouillé, descendant l'escalier glissant et qui me paraissait interminable avec une précaution terrifiée, avec la crainte d'un faux pas et d'une chute qui déterminerait la mort d'un autre être cher qui vivait déjà en moi, je passe entre les rangs de passagers pauvres qui dorment à même le plancher. La nuit, la quatrième classe est éclairée très faiblement. Il me faut me courber sans cesse pour distinguer parmi ces visages endormis. Enfin, je trouve mon Italienne. Elle dort si paisiblement près de son Antonio ! J'hésite à la réveiller, à lui demander de m'accompagner une fois de plus en haut pour recommencer à prêter douloureusement encore deux ou trois petites cuillers de son lait, de son sein bleui par la souffrance. Et si, malgré toute sa bonté angélique, elle me refuse, elle me répond qu'elle est fatiguée et qu'elle n'a plus la force de faire tout cela pour un enfant qui lui est étranger et qui se trouve sur le lit d'une cabine de première classe enveloppé de beaux langes et non point comme elle, ses enfants et son mari, couché à même le sol. Je me tiens au-dessus d'elle, indécise. Il me semble qu'il y a une éternité que je me trouve là. Soudain la pensée : « Est-ce que mon enfant est encore vivant ? » – « Est-ce que ces gouttes de lait ne lui donneront pas la force pour arriver jusqu'à Ténériffe où nous pensons acheter une ânesse et l'amener avec nous avec l'autorisation du capitaine, d'après les conseils du vieux médecin suisse si expérimenté. »

Comme en rêve, je réveille doucement cette femme pour ne pas tirer Antonio de son sommeil. Me voyant si pitoyable, elle comprend sans un mot pourquoi je suis venue. Elle se lève très vite dans un silence parfait et toutes les deux comme deux ombres, sans une parole, elle pieds nus et moi sur la pointe des pieds, nous atteignons ma cabine.

Nous y trouvons le même spectacle. Le petit enfant tourne sa tête sans arrêt, tantôt d'un côté, tantôt de l'autre, et me reconnaît avec la plus grande peine (j'étais sûre qu'il avait la méningite). Quelques petites cuillers du lait de cette femme le raniment et il s'endort.

Mon mari ne pouvait m'aider qu'en très peu de choses. En effet, ce n'était tout de même pas à lui de laver les langes. On les donnait à des matelots, mais ils n'aimaient pas ce travail, même bien payé. Mon mari ne pouvait pas davantage faire cuire la soupe de la provision d'avoine que j'avais trouvée par bonheur chez la femme du médecin suisse. Elle l'avait emportée au cas où son enfant tomberait malade. Pour cette cuisson, par crainte d'incendie (et de plus le manche de ma lampe à alcool s'était cassé) je m'asseyais sur le plancher de la cabine et, tenant d'une main le manche de la casserole, je plaçais la lampe à alcool entre mes genoux et de l'autre main j'agitais l'avoine liquide pour qu'elle ne brûle pas. J'appliquais toute ma volonté, toute mon attention pour ne pas faire chavirer la casserole et pour ne pas perdre ainsi le second salut de mon fils, ce bouillon d'avoine.

En outre, je ne voulais pas qu'aux tourments moraux de mon mari s'ajoutent des souffrances physiques. Je tremblais toujours de crainte que sa tuberculose ne recommençât, et que de nouveau il fût atteint d'hémoptysie.

Sur le bateau, il n'y avait pas un passager de première classe qui ne s'intéressât à la maladie de mon fils. Une jeune femme et sa dame de compagnie étaient surtout émues à cet égard et priaient pour sa guérison. Dès le premier jour, alors que tout le monde déjeunait, nous nous étions trouvées seules sur le pont. Elle dans sa chaise longue spéciale, moi avec mon fils dans les bras. J'appris par la suite qui elle était, quelles étaient ses conditions d'existence et que ce n'était pas son premier voyage vers l'Europe. Femme d'un propriétaire des plus riches qui était beaucoup plus âgé qu'elle et qui était mort quelques années auparavant, elle revenait, après avoir liquidé une partie de ses domaines en Argentine et se préparait à se remarier à Paris. Ses toilettes, ses affaires, ses dizaines de valises remplies de choses utiles et inutiles, tout était somptueux. La famille du médecin suisse, une Allemande du [mot manquant dans le tapuscrit] et le capitaine lui-même ne cessaient de montrer l'attention la plus sincère à la marche de la maladie de mon fils. Chacun avait ses préjugés, ses superstitions, ses signes particuliers et, jugeant d'après eux, mesuraient que mon fils survivrait. L'un décidait cela d'après la lune, un autre d'après les étoiles, etc. La femme d'âge mûr qui faisait le service de notre cabine, celle qui m'avait indiqué le docteur suisse, était particulièrement touchante. Elle insistait chaque fois pour que je mange, même un tout petit peu, me disait de ne pas avoir tant de peine et de prendre en pitié l'enfant qui devait bientôt venir au monde. (En vingt-cinq jours de traversée, je n'ai pas mangé une seule fois dans la salle à manger. On m'apportait dans la cabine un peu de viande, un peu de salade et même cela, je le mangeais avec effort.)

Dans les yeux de cette femme quand elle regardait mon fils, je voyais qu'elle ne le comptait plus au nombre des vivants.

Le visage timide du docteur suisse me faisait également comprendre qu'il n'y avait plus aucun espoir. Et voici qu'un matin, je suis assise au chevet de mon enfant, priant toutes les forces mystérieuses de la terre et du ciel de me conserver ce premier-né que j'adore lorsque soudain je vois que, du fond du lit, il tend vers moi ses petites mains et me regarde avec une conscience entière. Qu'est-ce donc ? le suprême réflexe fatal ? Non, non, il demeure en vie et il attend avec impatience que je le prenne dans mes bras.

Le docteur suisse qui survint à ce moment fut tellement ému par ce miracle qu'il ne put s'empêcher de dire à mon mari que, cette nuit même, l'ordre avait été donné par le capitaine de préparer un petit cercueil et de le jeter dans l'océan aussitôt après la mort de mon enfant. (En moi alors se mêla l'épouvante qu'en cas de mort, le petit cadavre de mon fils serait jeté à l'eau et dévoré par les requins.)

Parmi les passagers, beaucoup étaient au courant de la mort imminente de l'enfant et la nouvelle qu'il était ressuscité et que je le tenais dans mes bras se répandit rapidement. On ne cessait de frapper à la porte de la cabine. Tous voulaient voir par eux-mêmes ce miracle : le bébé que certaines âmes pieuses appelaient déjà « le petit Jésus ».

L'Italienne qui l'avait sauvé montra beaucoup de joie, mais douce et calme, et la femme qui servait dans notre cabine me répétait avec une tendre plaisanterie : « Vous voyez bien, Madame, s'il fallait vous faire tant de tourment pour cette petite canaille. »

Le docteur suisse déclara qu'on pouvait, avec beaucoup de précautions, commencer à épaissir la soupe d'avoine et en donner plus souvent à l'enfant. Celui-ci se mit à dormir mieux et, visiblement, à devenir plus fort. Mais une faim constante le torturait.

Ce fut pendant cette période d'amélioration que nous passâmes l'équateur. Ce fut fêté par le bal traditionnel, l'animation et la gaieté habituelle dans cette occasion. J'ai pris part à la fête en me plongeant dans un bain, le seul qui me fut permis pendant toute la traversée (je dus plus d'une fois dormir sur le plancher, car mon mari avait de la difficulté à grimper sur la couchette supérieure). Ce bain me fut salutaire car j'étais envahie de parasites qu'avait apportés sans doute de quatrième classe la merveilleuse nourrice de mon enfant.

Enfin, voici Ténériffe. L'escale devait être très courte. Toutefois, le capitaine consentit à donner un canot et des rameurs à mon mari pour qu'il pût aller à terre acheter une ânesse et la ramener à bord. La mer, comme un fait exprès, était assez tumultueuse et mon mari fort lourd, qui ne savait ni nager ni ramer, n'avait en aucune façon le pied marin. Je fus pleine d'inquiétude en attendant son retour. Or cette tentative fut inutile. Les ânesses paissaient assez loin de la ville et le temps limité n'avait pas permis d'aller jusqu'à leur pâturage. Notre souci et notre tourment était d'autant plus fort que l'Italienne n'allait que jusqu'à Gênes alors que nous débarquions à Marseille.

Tout le reste du voyage, l'enfant affamé réclama que je le porte sans cesse, dans mes bras, ce que je faisais jusqu'à l'épuisement. J'avais appris à marcher sur le pont même par les roulis les plus forts, ce qui étonnait beaucoup les officiers du paquebot et le commissaire.

Marseille est en vue. Le dernier dîner. Les passagers se sont habillés avec un soin particulier. Tout le monde rit. Tout le monde est plein de joie d'être arrivé à bon port et chacun est heureux de revoir sa patrie et de retrouver les êtres qui lui sont chers.

Seule avec un enfant emmitouflé dans mes bras, je marche sans arrêt. Aucun jouet ne peut distraire mon fils et il tourne tout le temps la tête vers la salle à manger. Visiblement, l'odeur de la nourriture l'attire, dans sa faim inassouvie. Je me suis séparée de l'Italienne avec des larmes d'une gratitude indicible, éternelle. À ce moment également, elle se montra un être d'une qualité exceptionnelle. Mon mari et moi, nous lui proposâmes tout l'argent qui était avec nous, du linge pour Antonio et pour son mari. Elle refusa tout, et d'une telle manière qu'il nous fut impossible d'insister. Elle n'accepta qu'une caisse de lait condensé et des gâteaux pour Antonio. Elle ne fut même pas capable de me donner son adresse car elle ne savait pas où elle allait habiter. Comme je me souviens souvent d'elle et combien je me fais de reproches à la pensée que j'aurais pu être utile à elle ou à ses enfants, et j'ignore où ils sont. Qu'est-il advenu d'Antonio, qui avait le même âge que mon fils ?

La dame qui priait pour mon petit garçon et qui l'appelait le petit Jésus, ayant appris que nous devions prendre le premier train en partance pour Paris et que de là nous avions encore à passer sept jours et sept nuits dans un wagon avant d'arriver jusqu'à Orenbourg, et voyant de nouveau mon inquiétude, me donna sa parole qu'elle trouverait et ramènerait une bouteille de lait d'ânesse de n'importe quelle manière et aussi un petit hamac avant le départ du train. Et en effet, quelques minutes avant que le train ne s'ébranlât, cette femme apparut avec le lait et le hamac promis. Elle nous raconta que les ânesses se trouvaient hors de la ville, qu'elle était allée jusqu'à leur pâturage, qu'elle s'était procuré le lait et en toute hâte, tremblant d'arriver trop tard, l'avait rapporté (la bonté de cette femme me servit de leçon. Inaccessible en apparence, s'étant séparée par une sorte de barrière morale de tous les passagers, refusant de lier connaissance avec eux et même de leur parler, elle s'était cependant montrée si attentive, si pleine de sollicitude pour moi et mon enfant !). Sans doute ne peut-on juger les gens sur leur simple apparence.

Derniers adieux touchants avec la famille du docteur suisse, avec notre gentille servante, et le paquebot s'arrêta. Un canot s'approche dans lequel tous les passagers doivent sauter car il [mot manquant dans le tapuscrit] assez bas par rapport aux [mot manquant dans le tapuscrit] du paquebot. Comment faire avec un enfant dans les bras ? J'ai peur de le passer à mon mari. Je saute avec décision dans le canot et j'entends le cri effrayé des passagers et de ceux qui attendaient leur tour. Ils étaient terrifiés pour moi qui en étais au huitième mois de grossesse, et pour l'enfant que je portais. Ils étaient sûrs que j'allais le lâcher, incapable de le retenir. Heureusement, tout se passa très bien.

Mon mari me laissa avec l'enfant et une bouteille de soupe à l'avoine que j'avais préparée, encore sur le bateau, dans la salle d'attente. Lui-même, il s'en alla avec un passager allemand qui lui avait proposé de l'aider lors de la visite des bagages en douane.

Marseille-Paris

J'avais terriblement envie de m'asseoir pour laisser reposer quelques instants mes jambes enflées, mais l'enfant exigeait que je lui fasse faire ses éternelles promenades. Je sortis sur le perron de la gare, me faisant remarquer par tout le monde par ma toilette insolite : c'était le mois de mars et je n'avais pas de manteau et je portais un chapeau d'été. Le perron de la gare était éclairé par une énorme lanterne. L'enfant la prit pour la lune et se mit à répéter en espagnol, car il ne connaissait que quelques mots de cette langue : « *La luna, la luna.* » Il fallait absolument qu'on lui donnât dans les mains cette « *luna* » et il me tirait sans cesse du côté de la lanterne. (Chaque fois que je passe par la gare de Marseille, je me rappelle la « *luna* » en regardant l'éclairage du perron de la gare.)

D'après l'heure, et surtout d'après l'agitation de l'enfant, je m'aperçus qu'il était temps de lui donner sa soupe à l'avoine. Mais il fallait d'abord la réchauffer, mettre la bouteille dans de l'eau bouillante. Je marchais le long du perron, pleine d'énervement dans l'attente de mon mari. Et lui ne venait toujours pas. Or je n'avais ni porte-monnaie ni argent dans mon sac. C'était si simple, semble-t-il, d'entrer dans le buffet et de demander de faire chauffer dans de l'eau bouillante ma bouteille. Mais quand on n'a pas un sou pour donner un pourboire au garçon et qu'on est étranger, cela devient singulièrement difficile.

Très fâchée contre mon mari (il savait bien que j'avais à nourrir l'enfant) et surmontant mon profond sentiment de timidité, je pénétrai dans le buffet et demandai qu'on réchauffât la bouteille d'avoine. Le garçon le fit avec beaucoup d'amabilité et, sans pouvoir lui donner le moindre pourboire, je m'en allai pleine de confusion et de honte après l'avoir remercié de tout cœur pour ce service inappréciable à ce moment. L'enfant, une fois nourri, s'apaisa, mais je ne pouvais néanmoins oublier ma gêne devant le garçon. Enfin, arriva mon mari. À ma question fort nerveuse pour savoir où il avait pu rester si longtemps, il me répondit doucement et tendrement :

— L'Allemand m'a aidé avec tant d'amabilité à la douane que j'ai dû l'inviter à boire de la bière, et il n'était pas pressé de partir.

Que d'indignation silencieuse j'éprouvais à ce moment contre cet Allemand et, il faut bien le dire, contre mon mari : je lui demandai de retrouver le garçon qui m'avait aidée et de lui donner un bon pourboire.

Nous voici enfin dans le train, sur terre ferme. J'étais heureuse d'avoir du lait d'ânesse et le hamac. Nous nous trouvions seuls dans le compartiment : en effet, dès que les voyageurs avaient jeté un regard sur l'enfant qui n'était que os et peau, ils s'en allaient chercher une autre place.

Le hamac est suspendu. Je donne à l'enfant un demi-verre de lait d'ânesse : il le boit avec avidité et s'endort dans son hamac. Et, ô miracle ! il dort dans ce hamac plusieurs heures d'affilée. Et moi aussi, en vingt-cinq jours de traversée, je m'endormis pour la première fois. Au réveil, mes pensées furent plus claires, plus confiantes. Nous étions sur terre et non plus sur l'océan. Bientôt Paris. Là-bas, il serait plus facile de trouver du lait d'ânesse. Là-bas, il y avait des médecins pleins d'expérience. Et, en cas d'accouchement prématuré, je ne resterais pas sans assistance médicale. Et l'idée que dans dix, douze jours, je pourrais être avec mes chers parents me réconfortait si fort que je sentis que je pouvais supporter n'importe quelle fatigue.

Paris. Le premier avril. Le Quartier latin. Un hôtel. Un autre. Un troisième. Tout est occupé. Nous comprîmes seulement par la suite : on ne voulait pas nous admettre à cause de l'enfant squelette que je portais et qui, de plus, était habillé d'une façon très singulière car ma mère avait envoyé à son petit-fils un vêtement d'Orenbourg qui n'avait rien de commun pour la couleur et la coupe avec les effets élégants des enfants parisiens.

Nous trouvâmes tout de même un asile dans un tout petit hôtel de la rue Cujas. La chambre donnait sur la cour et était tout imprégnée des odeurs de cuisine. Mais nous étions reconnaissants même de cela. On pouvait allonger et nourrir l'enfant. On pouvait envoyer un télégramme à mes parents pour leur apprendre que nous étions à Paris. Ils ne savaient rien ni de notre traversée ni du fait que j'attendais un second bébé.

Ce fut mon frère le plus jeune qui reçut le télégramme. Il abandonna sur-le-champ toutes ses affaires et courut à la maison pour porter la nouvelle et réjouir ma mère. Il lui fut très difficile de la convaincre que ce n'était pas une farce de premier avril. Mon frère, en effet, était un maître en farces de sorte qu'il était très malaisé de distinguer la plaisanterie de la vérité. Ma mère ne fut persuadée qu'après s'être rendue elle-même à la poste centrale pour vérifier si le télégramme était vraiment arrivé.

Bien que nous fussions arrivés à Paris dans la soirée, nous eûmes le temps d'apprendre où l'on pouvait se procurer du lait d'ânesse et en faire chercher (ce lait ne peut pas être bouilli, de sorte qu'il est impossible d'en faire provision). À Paris, mon mari fut occupé tout le temps à la direction de la JCA où il devait faire rapport sur rapport en ce qui concerne la colonie. Je dus donc rester encore une fois seule avec l'enfant et je n'eus pas de chance car je ne trouvai pas à Paris ainsi que je l'espérais mon amie Fenia et il me fut impossible de lui laisser fût-ce pour une heure ou deux l'enfant afin d'aller chercher le minimum nécessaire pour moi et quelques cadeaux pour mes parents.

Enfin, mon mari en a terminé avec ses rapports et nous pouvons partir. Le départ de Paris ne fut pas de tout repos car nous ne savions pas avec quoi nous pourrions nourrir l'enfant au cours des dix journées de voyage jusqu'à Orenbourg.

Voyage d'Orenbourg

Les médecins nous avaient donné une adresse à Berlin où trouver un lait spécial pour tout petits enfants. Dès que nous eûmes touché la gare, mon mari s'y rendit.

Moi, je restai sur le perron avec mon fils. Il demandait sans cesse d'être tenu dans mes bras. Me voici donc marchant en long et en large sur le perron avec de telles douleurs dans le dos et les jambes que les larmes me coulaient des yeux et que je craignais de perdre connaissance et de tomber. Le fonctionnaire allemand lui-même, qui annonçait le départ et l'arrivée des trains, remarqua mon état et m'offrit une chaise.

À cette époque, ma sœur aînée et son mari se trouvaient à Berlin mais je ne connaissais pas leur adresse et ma crainte de rester trop longtemps en route était telle que je ne voulus pas perdre même un seul jour à Berlin et les chercher.

La seule personne qui vint à la gare nous voir fut la vieille amie de mon mari, Madame K. chez qui il avait été le professeur de ses enfants. Ce fut une rencontre touchante. Les adieux le furent également.

Enfin, une caisse de lait fut apportée dans notre compartiment et une caisse mise aux bagages.

La pensée de revoir bientôt ma patrie et mes parents me soutenait mais j'étais troublée et inquiète de savoir comment l'enfant supporterait ce nouveau lait. Oh bonheur ! il l'assimile très bien. Nous nous arrêtons à Chavli pour voir la mère et les sœurs de mon mari bien que la sagesse eût exigé que nous nous rendions directement à Orenbourg. La chaussée était très mal pavée, la voiture avait des ressorts misérables, de sorte que j'arrivai avec peine jusqu'à la pauvre maisonnette de la mère de mon mari. Nous la trouvâmes toute couverte d'œdèmes : sa maladie de cœur s'était accrue pendant nos trois ans d'absence et elle vivait beaucoup plus couchée que debout (il ne m'a plus été donné de la revoir, elle est morte un mois et demi plus tard).

La mère de mon mari était si heureuse de voir son fils aîné et son petit-fils que je ne regrettais pas de me trouver dans cette atmosphère malgré tout ce qu'elle avait de pénible pour moi. Les adieux furent tristes, le départ mélancolique.

Il y avait encore six jours de route jusqu'à Orenbourg. L'enfant allait visiblement beaucoup mieux, il demandait même de marcher. En arrivant à Samara, il faisait quelques pas. Mais bientôt il commença de tousser. Il avait une forte bronchite. Mon Dieu, que j'avais envie d'arriver au bout de cet interminable voyage, d'amener le petit vivant pour que chez mes parents il fût soigné par le médecin qui était notre vieil ami de famille et plein d'expérience.

Le magasin de la famille Lesk à Orenbourg (années 1900).

Orenbourg 1900

Le parcours entre les stations paraît interminable. Voici Orenbourg… mon cœur bat d'une façon épouvantable, incroyable.

Malgré notre arrivée tardive (trois heures du matin) il y a beaucoup de monde pour nous recevoir sur le quai de la gare. Les connaissances et les amis, les jeunes et les vieux, étaient venus dans la soirée chez mes parents pour ensuite venir à la gare ; ils avaient joué aux cartes et s'étaient rendus tous ensemble à notre rencontre. Je pense qu'ils étaient inspirés aussi bien par une vieille et fidèle amitié que par la curiosité de voir des gens qui arrivaient d'Argentine.

Quelle cohue ! on nous embrasse, on nous serre dans les bras, on nous regarde, on rit, on s'exclame et moi je suis comme dans un rêve avec la seule pensée de ne pas laisser tomber l'enfant et de pas le refroidir davantage.

Dans la maison de mes parents, réception de gala : on nous a réservé la meilleure chambre ; sur une immense table s'épanouissent un samovar bouillant et des *zakouski* de toutes sortes parmi les meilleurs. Dans quelque direction que je dirige mon regard, je n'aperçois que des visages chers et familiers depuis mes plus jeunes années. Les objets, les murs, je connais tout cela, j'aime tout cela. Chacun veut apporter quelque aide, être agréable en quelque chose. Comme je m'étais déshabituée de toute cette sollicitude. Je sentis physiquement un poids très lourd tomber de mes épaules et même j'avais l'impression qu'ici tout malheur me serait plus facile à supporter. Et comme la vie me parut bonne et légère quand le lendemain matin je pus mettre ma tête sur les genoux de ma mère. Ce sont des instants qui restent dans la mémoire pour la vie entière.

Mon épuisement visible chagrinait beaucoup mes parents et mes amis, bien que je fisse tout pour paraître vaillante. Mais ils étaient encore plus accablés par l'aspect squelettique de mon fils. Ils n'avaient vu de pareil enfant que pendant les années de famine en Russie. Les émotions de ce retour et de cet accueil se firent sentir très vite et bientôt, à six heures du matin, il fallut appeler une sage-femme de nos amies « Tante Macha » comme l'appelèrent par la suite mes enfants. On me fit coucher aussitôt pour éviter un accouchement prématuré et à dix heures arrivait notre médecin pour mon fils malade.

Il fut saisi par son aspect, lui trouva une forte bronchite et, en s'en allant, dit à ma mère qu'il y avait peu de chances pour la guérison, étant donné un organisme affaibli à ce point, et qu'il était beaucoup plus important maintenant de prendre soin de moi et de me faire comprendre que je devais me ménager et ne pas tout le temps porter cet enfant dans mes bras. Mais tous ces conseils raisonnables du médecin n'étaient pas acceptables pour moi car mon petit garçon ne voulait être porté par personne de ma famille, il ne reconnaissait que son père et moi. Je me levai donc pour soigner mon enfant. Le lait que nous avions amené de Berlin arrivait à sa fin. Il fallait de nouveau faire le nécessaire pour trouver un lait qui convînt à l'enfant. Nous résolûmes de nous procurer une ânesse à tout prix. Mais au début d'avril, les rivières commençaient à déborder et il n'était pas possible de se rendre à ce moment dans le domaine d'un propriétaire qui avait une très bonne ânesse. En attendant de pouvoir aller la chercher, je me rendais chaque jour dans un fiacre au-delà de la ville pour prendre du lait de jument que l'on trayait devant moi. Ces voyages étaient un supplice. Les rues étaient affreusement pavées, j'étais secouée sans cesse et la boue me jaillissait au visage. De plus, le lait de jument convenait mal au goût de mon petit garçon.

Le mois de mai s'approchait. On irait bientôt à la campagne, dans la steppe, de l'autre côté de l'Oural. Mon idée fixe à cette époque était d'avoir une ânesse. Mon frère cadet qui aimait beaucoup les enfants, voyant mon inquiétude maladive, me dit :

— J'irai n'importe où il faut aller pour trouver une ânesse et je te promets d'en ramener une.

Il tint parole. Sur des routes infâmes, balayées par les inondations, il fit plus de cent verstes mais revint avec l'ânesse qu'il avait promise, prête à donner du lait. Le pont sur l'Oural n'était pas construit alors mais nous nous rendîmes tout de même dans la steppe, transportant tout sur un bac. C'est là que se rendit aussi, dans sa petite maisonnette, Tante Macha. Elle ne voulait pour rien au monde me laisser sans son aide la nuit.

Le soir, j'allai avec ma sœur chercher Tante Macha à travers les prés. Je ne revins qu'avec beaucoup de difficultés et lorsque je fus arrivée à notre maison de campagne avant le dîner, un incendie se déclara dans une chambre du haut. On l'éteignit assez vite (avec l'eau destinée pour des *pelmenis*[1]). La fatigue de ce transfert, les émotions et la crainte devant l'incendie firent que cette nuit même je

1. Les *pelmenis* sont des raviolis russes.

dus réveiller Tante Macha et elle reçut mon second fils (20 mai – 2 juin 1899).

Tout se passa très bien et une semaine plus tard j'étais déjà sur pied. Je nourrissais mon second fils moi-même ainsi que j'avais fait pour le premier. Cet enfant se distinguait par un caractère si tranquille, il pleurait si peu et dormait si bien la nuit qu'il était difficile de croire à la présence d'un bébé dans la maison de campagne. Et pourtant, comme je m'inquiétais, comme je redoutais son apparition en ce monde. Je pensais que sa vie utérine écoulée dans des conditions anormales en un temps où j'avais souffert tant d'épreuves pouvait le rendre infirme ou difforme. J'avais eu peur de le regarder quand Tante Macha me l'avait apporté (or il n'y avait simplement qu'à lui faire une petite incision sous la langue). Non seulement il n'avait aucune difformité, mais c'était un petit garçon solide, sain et très beau (mais comme la nature plus tard fit payer cher ce que j'avais eu à traverser durant ma grossesse).

Pour mes parents, c'était une joie immense que de m'avoir vue arriver pour mon accouchement. Dix jours plus tard, on dut organiser selon l'usage juif la cérémonie de la circoncision. Une grande fête suivit et l'on appela mon fils Lazare[1] en souvenir du père de ma mère. Il devint tout de suite et il resta jusqu'à la fin de sa vie le préféré de sa grand-mère. Mon fils aîné fut appelé d'après le père de mon père et le grand-père de mon mari. Ainsi l'exigeaient les traditions juives qui voulaient qu'on donne les noms en mémoire des morts qui étaient chers.

Juste le jour de la circoncision de mon second fils, un télégramme arriva de Chavli annonçant l'état désespéré de la mère de mon mari. Il partit avec le premier train, mais les six jours exigés par le voyage lui enlevèrent toute

1. Lazare est né le 20 mai 1899.

possibilité de trouver sa mère encore vivante. Il arriva même après ses obsèques.

Il avait été décidé que mon mari ne retournerait pas tout de suite à Orenbourg mais se rendrait à Varsovie pour y passer un examen d'infirmier (bien qu'il eût le diplôme français de médecin) pour que nous puissions habiter légalement à Orenbourg. Cet examen fut rapidement passé. Mes frères et le gérant de leurs affaires se trouvaient juste dans cette même époque à Varsovie. Mon mari se souvenait de ce temps avec plaisir bien que les hommes qui l'entouraient ne pouvaient pas comprendre son attitude réservée vis-à-vis des femmes.

Ensuite, mon mari décida de dépenser l'argent qui nous restait des économies faites en Argentine à se perfectionner dans des hôpitaux parisiens où il travailla neuf mois. Pendant ce temps, ma vie avec mes enfants se déroula normalement, d'abord dans la maison de campagne où je surveillais moi-même la nourriture de l'ânesse et où je la trayais moi-même. Tous les voisins se réunissaient pour contempler ce spectacle. D'ailleurs, le fait qu'on nourrissait un enfant avec du lait d'ânesse était la fable de toute la ville. Mon fils aîné affermit beaucoup sa santé à la campagne et devint assez fort pour commencer à courir. Bientôt, il se mit à parler le russe. « *Apostarnak ne khmei laïat*[1] », criait-il à notre petit chien bâtard qui, par ses aboiements, réveillait son grand-père. Et d'autres fois, il m'appelait pour aller à la boulangerie en disant son nom « kikirod ».

Les médecins et les amis ne pouvaient pas reconnaître en lui cet enfant squelettique qui avait été considéré par tous comme incapable de vivre.

1. « Apostarnak ne t'avise pas d'aboyer », expression un peu désuète aujourd'hui.

Quand la chaleur torride d'Orenbourg toucha à sa fin, je renvoyai l'ânesse avec une reconnaissance infinie au propriétaire terrien qui était son maître.

Pendant l'été, ma sœur cadette était venue de Saint-Pétersbourg où, élève du conservatoire de la ville, elle étudiait le chant. Elle, mon frère le plus jeune et ma cousine s'occupaient énormément de mes enfants, jouaient avec eux et m'aidaient beaucoup. Ils aimaient tous trois les enfants à un degré qu'il était rare de trouver chez les gens de leur âge. J'eus également la chance de trouver une bonne nounou. Je ne voulais à aucun prix prendre la première venue car je craignais terriblement la syphilis et la tuberculose, et je demandais avant tout à celles qui se présentaient qu'elles se fissent examiner par le médecin. Aucune d'elles n'y avait consenti. Seule « la petite nounou », comme l'appelèrent par la suite les enfants, accepta tout de suite l'examen médical. Et malgré son extrême maigreur, elle fut trouvée parfaitement saine. Elle resta chez moi trois ans, puis entra au service de ma sœur.

Les enfants l'aimaient tellement que, lors d'une absence qu'elle fit pour aller à pied en pèlerinage au couvent de la Vierge de Tabyn pour tenir un vœu qu'elle avait fait auparavant, mes deux fils refusèrent de rester avec n'importe quelle autre nounou et exigeaient avec insistance leur « petite Niania ».

Plus tard, quand il le fallut, je pus laisser entièrement à ses soins mon second fils Lola qui avait alors deux ans. Elle fit le voyage avec moi et les enfants jusqu'à Oufa chez mon frère, puis elle accompagna Lola jusqu'à la frontière quand ma mère et ma sœur me l'amenèrent à Lacapelle-Biron[1].

---

1. Lacapelle-Biron est une bourgade du Lot-et-Garonne où la famille Kessel résida entre 1902 et 1903.

Cette femme n'était pas mariée mais n'avait aucun des maniérismes des vieilles filles. En lui disant adieu, je lui fis cadeau d'une grande croix en or en souvenir des enfants. Je pensais lui faire plaisir avec cette croix, mais elle ne l'accepta pas volontiers, disant que malgré tout son sentiment religieux et sa foi profonde, elle n'estimait pas les croix en or. Elle donnait d'ailleurs presque tout son traitement à sa belle-sœur et aux enfants de celle-ci. En effet, si le frère de ma Niania touchait un bon salaire comme employé des chemins de fer, il buvait tout ce qu'il gagnait et maltraitait sa femme qui se cachait souvent chez moi de crainte que son mari ne la tue.

Et l'hiver commença, que j'aimais tant en Russie, et avec lui tous les plaisirs hivernaux. Promenades en traîneaux attelés de troïka, théâtre et spectacles d'amateur.

Ma sœur aînée ainsi que moi et mes enfants vivions avec sa famille dans la maison de nos parents. Ils avaient une petite fille qui avait seulement deux mois de moins que mon fils Lola et elle s'appelait Fenitchka. Je l'allaitais en même temps que mon fils.

Nous étions tous encore très jeunes. Le second mari de ma sœur travaillait beaucoup pour diverses sociétés de bienfaisance et organisait à leur profit des représentations d'amateurs. On me demanda d'y participer également et mon frère posa même comme condition expresse, sans cela lui-même ne prendrait pas part au spectacle.

Mais, dix jours avant la représentation, je tombai malade. C'était la diphtérie. Je revenais de chez nos amis Mandel et dès mon retour j'avais beaucoup de température. Mes petits dormaient dans la même chambre que moi, je tremblais de les contaminer, eux et les enfants de ma sœur.

Les médecins m'envoyèrent tout de suite avec une infirmière dans une chambre isolée de l'hôpital. Après quelques jours d'inquiétude pour les enfants, notre docteur me rassura. Ils n'avaient rien. Le vaccin antidiphtérique et la discipline de l'hôpital me remirent vite sur pied. Une semaine plus tard, j'étais rentrée à la maison.

En partant pour l'hôpital, je m'étais demandé : « Resterai-je en vie ?... tout arrive. » En effet, pendant mon séjour à l'hôpital arriva une autre malade de la diphtérie. On lui fit le même vaccin qu'à moi et pourtant elle mourut. Il est inutile d'expliquer les pensées pénibles qui vous assaillent lorsqu'on entrevoit la possibilité de laisser orphelins des enfants aussi petits qu'étaient les miens.

La joie de mon retour fut abîmée par le fait que je ne pouvais plus nourrir moi-même mon petit garçon de neuf mois. Et je savais quelle menace représentait pour un enfant en bas âge le brûlant été d'Orenbourg. Cela, toutefois, ne m'empêcha pas de prendre part à la représentation théâtrale. Je fus très amusée d'apprendre que le docteur de l'hôpital que je venais de quitter ne reconnut pas sa malade dans la femme qu'il aperçut sur la scène.

En mars ou avril, mon mari revint de Paris où il avait fort bien employé son séjour de neuf mois. Au mois de mai, nous voici de nouveau à la maison de campagne de l'autre côté de l'Oural.

Je surveille très sévèrement l'alimentation des enfants. L'aîné supporte la chaleur à merveille. En revanche, le petit tombe malade en août d'une dysenterie effroyable. Mon mari s'adresse à ses collègues. Peu d'amélioration. L'enfant fond sous nos yeux. En désespoir de cause, nous nous adressons à un dernier docteur. Il s'appelait Issakoff et ne traitait les malades que chez lui à cause de son angine de poitrine. Il avait une grande réputation d'expérience, d'intelligence, et de soigner à sa manière. Ayant vu l'enfant, il conclut que puisque celui-ci périssait de toute manière, il ne fallait plus lui donner aucun médicament, et ordonna de le nourrir avec une purée de gruau. Ni mon mari ni moi nous ne pûmes nous décider à cet étrange traitement.

Nous regagnâmes la ville au mois de septembre et il fit plus frais. À cause de ce changement de température – ou simplement, était-ce écrit – je n'en sais rien, mais l'enfant survécut et se rétablit rapidement.

Répondant aux prières incessantes de mes parents et de tous les miens, nous avions décidé que nous ne retournerions pas à l'étranger et que mon mari passerait son baccalauréat russe et ensuite tous les autres examens nécessaires à l'obtention du diplôme de médecin russe.

En hiver, mon mari partit chez mon frère à Oufa et, là, se mit au travail. La famille de mon frère était très sympathique et entièrement provinciale. Les quatre neveux se prirent d'une grande affection pour leur oncle et étaient très étonnés de le voir se servir de leurs livres de classe.

Au printemps, j'arrivai également chez mon frère, avec mes enfants et leur Niania. Une petite maison particulière nous avait été donnée dans le jardin. Nous nous y sentîmes tous très bien. Mon frère aîné avait un art particulier d'être un hôte accueillant, chaleureux et large. Il s'étonnait sans cesse du courage de mon mari qui s'était mis à l'âge de trente-cinq ans à des études de lycéen.

Nous arrivâmes à Oufa vers deux heures du matin et je fus étonnée de voir que mes neveux (lycéens de troisième et de quatrième classe) ne dormaient pas encore. J'appris que la curiosité leur avait enlevé tout sommeil. Mon père avait prévenu mon frère de notre départ par ce télégramme : « Mes bandits de petits-enfants sont en route. » Tout le monde s'attendait à recevoir des garçons particulièrement violents, capricieux, gâtés. Et voici qu'apparurent deux charmantes petites figures de garçonnets de deux et trois ans.

Je me rappelle comment fut fêté l'anniversaire de Lola qui eut deux ans à Oufa. Je me souviens aussi avec quel amour mon frère lui apportait des jouets et comment avant toute chose, quand il rentrait à la maison, il le prenait toujours dans ses bras. Il admirait la douceur et la tendresse de ce petit garçon très blond qui s'approchait de la fenêtre ouverte devant laquelle mon mari travaillait et lui disait chaque fois « Papotchka » et essayait de lui raconter quelqu'une de ses impressions, et il en avait tant ! Dans la cour de la maison de mon frère, il y avait des chevaux, une vache, un petit âne et même un petit ours.

Ce même été les Lap. vinrent d'Argentine avec leurs trois enfants chez leurs parents à Grodno. Ils nous conseillaient sans cesse par lettres de retourner en Argentine. Et d'ailleurs l'administrateur de la colonie et les colons eux-mêmes nous rappelaient tout le temps notre promesse de revenir.

Nous avions très envie de revoir nos amis. Comme ils ne pouvaient pas faire le voyage jusque chez nous, nous résolûmes d'aller chez eux après l'examen de mon mari.

L'examen est terminé, mon mari se trouve être l'heureux possesseur d'un diplôme de bachot russe. Après quoi la fête habituelle, grande beuverie des lycéens qui ont passé l'examen avec leurs professeurs. Il fut impossible à mon mari de refuser d'y participer. Les professeurs s'excusaient devant ce docteur français d'avoir eu à lui faire réciter par cœur tant de textes enfantins y compris « La cigale et la fourmi ».

Nous quittons Oufa. Nous nous séparons de Lola et de la Niania à Kinel[1], à mi-chemin d'Orenbourg. Ils devaient aller chez la grand-mère et le grand-père de mon

1. Kinel est une ville près de Samara.

fils et nous, avec l'aîné, nous allions à Grodno. Voyage interminable. De nouveau, six jours de chemin de fer.

Cette fatigue fut récompensée par la rencontre heureuse avec nos amis et par leur accueil. Ils étaient chez leurs parents et pour voir « ces Argentins », une trentaine de personnes, parents, amis et connaissances, s'étaient rassemblées de tous les environs. Nos conversations intimes avec nos amis ne pouvaient avoir lieu que la nuit étant fort avancée car le jour, tout le monde nous en empêchait et tout particulièrement mon petit garçon qui, parmi tant de figures nouvelles et étrangères pour lui, s'attachait encore plus à moi.

Mon mari à qui convenait et le climat de la colonie en Argentine, et ses habitants, et son travail, céda bientôt aux prières de nos amis. Il accepta de retourner en Amérique du Sud. Quant à moi, j'étais torturée par la pensée de quitter de nouveau mes parents pour si longtemps, et de plus les souvenirs de notre affreuse traversée de retour étaient encore pour moi trop proches et trop frais. Néanmoins, la pensée que mon mari, si nous restions, allait être obligé de se remettre à ses livres d'étude pour un an afin d'obtenir le titre de médecin russe et ne voulant pas un tel sacrifice de sa part et craignant en outre pour sa santé en hiver dans le très dur climat d'Orenbourg, je consentis également, le cœur serré, à ce grand voyage.

J'annonçai par lettre notre décision à mes parents et je demandai leurs conseils. Ils ne me répondirent pas.

Mais cette réponse, je la reçus dès mon retour à la maison de campagne où nous arrivâmes à six heures du matin.

Ma mère se levait toujours très tôt et la première. Elle nous aurait reçus sur le seuil de sa demeure même si nous étions venus plus tôt et même si elle n'avait pas été bien portante. Or nous ne la vîmes pas paraître ce matin-là, ce qui me frappa beaucoup et me fit un grand chagrin. Et j'avais tout de suite compris pourquoi. Et en effet, quand ma mère se montra pour le petit déjeuner, son visage exprimait une telle tristesse et un tel tourment que je fus incapable de soulever même la question de notre départ pour l'Argentine et que je dis aussitôt (après en avoir parlé auparavant avec mon mari) que selon toute probabilité et même en toute certitude, nous refuserions les propositions alléchantes de la JCA et que nous ne reviendrions pas en Argentine.

L'humeur de ma mère changea d'un seul coup. L'expression accueillante et tendre qui était habituelle à son visage revint sur ses traits. Mon mari, ayant vu la détresse de ma mère, avait renoncé tout de suite à l'idée de retourner en Argentine. J'ai déjà dit combien mon mari s'était attaché à mes parents et à toute ma famille et combien il s'était mis à les aimer. Il lui aurait été très pénible à lui-même de les quitter pour longtemps et si loin.

Ce même jour, on nous apprit que mourait en même temps du diabète et de phtisie galopante un de mes très bons amis qui était médecin.

Il avait été marié à ma meilleure compagne et amie de lycée où nous avions passé sept ans ensemble. Nous étions tellement intimes qu'avant et après mon départ pour Montpellier, où d'ailleurs elle vint me rendre visite, il lui arrivait souvent pour m'aider de s'asseoir par terre afin de laver la vaisselle. C'est dans cette pose que je la surprenais souvent quand je revenais des cours dans ma modeste chambre d'étudiante.

Son mari agonisait dans une station de cure modèle où l'on buvait du lait de jument et qui appartenait à un docteur anglais du nom de Carric. Lui-même y avait été invité en qualité de médecin. La nouveauté de cet établissement consistait en ce qu'une petite maison séparée était assignée à chaque malade. Jusqu'alors, ceux qui venaient se soigner en buvant du lait de jument, et pour la plupart des étudiants pauvres, vivaient dans les tentes des Kirghizes[1] nomades parmi les steppes où poussait l'absinthe et se nourrissaient uniquement de *kemmys*[2] et de mouton (les Kirghizes ne faisaient pas cuire de pain).

La femme de ce docteur fut appelée d'urgence de Moscou et je ne savais pas si elle le trouverait vivant. Nous décidâmes de partir tout de suite auprès de l'agonisant car on nous décrivit sa solitude complète. Je dus tout de même me rendre auparavant en ville (Orenbourg n'était séparé de la maison de campagne que par une demi-heure de voiture pour traverser l'Oural). Et voici que rentrant à la maison de campagne en toute hâte et très déprimée, je tourne la tête dans la voiture et je m'aperçois qu'au même instant une dame, également en voiture, se tourne aussi de mon côté. Toutes les deux, nous crions à nos cochers respectifs :

— Arrêtez ! arrêtez !

Cette dame était mon amie qui ne voulait pas perdre une minute, craignant de ne pas trouver son mari en vie. On lui avait jusque-là toujours caché la vérité d'après la volonté du malade lui-même et sur l'insistance du médecin qui le soignait, notre ami commun Golderine.

J'eus à peine le temps de dire à mon amie que mon mari et moi nous viendrions aussi. Elle ordonna au cocher de fouetter ses chevaux et disparut.

Nous arrivâmes à l'établissement de cure de Koumys le soir. Nous avions eu à faire quarante verstes en voiture à cheval (Kargalka)[3].

1. Les Kirghizes sont un peuple nomade du Kazakhstan.

2. Le *koumys* est un lait de jument fermenté utilisé par les peuples nomades d'Asie centrale.

3. Kargalka est un lieu situé près d'Orenbourg, célèbre pour la pêche.

Ce fut alors que s'offrit à nous un spectacle pesant, un spectacle de cauchemar. Dans la chambre faiblement éclairée gisait contre le mur sur un lit étroit et pitoyable notre ami mort. Contre l'autre mur était étendue sa femme couverte d'un manteau de cocher et par terre dormait profondément ce moujik qui n'avait pas voulu la laisser seule la nuit avec un cadavre.

Combien terrible fut pour elle et moi cette nuit après une séparation de plus de cinq ans !

Mon mari se rendit en ville dès l'aube pour préparer les obsèques et tout préparer d'urgence. En effet, on enterre les Juifs le jour même de leur mort.

Il fallut mener le cadavre dans une charrette chargée de foin. On allait au pas. Et moi, avec ma malheureuse amie, nous accompagnions le cortège dans une voiture. Nous quittâmes l'établissement de cure très tôt. – On sait que dans les sanatoria la direction ne veut pas que les malades voient un cortège funèbre. – Et néanmoins, nous arrivâmes au cimetière seulement vers dix heures. La route était ou me paraissait interminable.

Malgré son désespoir mon amie, durant ce trajet, me raconta sa rencontre tragique avec son mari aux derniers instants de la vie de celui-ci. Elle me rapporta leur brève conversation et comment, dans les yeux du mourant, elle décela l'affreux reproche qui lui était adressé. Il l'accueillit, haletant, étouffant, par ces mots :

— Pourquoi êtes-vous venue ? Qui vous a appelée ?

C'est ainsi qu'il mourut, sans s'être réconcilié avec elle. Ils ne s'étaient pas compris durant toute leur vie commune. Il faut dire que tous nos amis étaient en partie responsables de cette hostilité au seuil de la mort. Le médecin qui soignait le malade lui avait conseillé de donner en tout cas le divorce à sa femme, sans quoi, d'après la loi et coutume juive, le frère du mari mort peut forcer la veuve à l'épouser. Et le frère de l'agonisant jouissait d'une très mauvaise réputation.

La journée était singulièrement lourde. Dès le matin, un vent étouffant s'était levé, véritable vent de sable, aveuglait les yeux, emplissait la bouche, le nez, les oreilles, une véritable muraille se dressait dans l'air.

Le cimetière juif et les funérailles juives ont leurs particularités. Le corps est déposé dans un linceul sur la terre même dans une petite guérite et, après qu'il a été lavé et que les prières ont été faites, on le descend dans la tombe tel qu'il est sans cercueil. (Pour la toilette du corps, il existe une communauté dans laquelle entrent seulement les gens particulièrement pieux : ces fonctions sont un grand *mitzva* c'est-à-dire mérite auprès du créateur.) Tout est terminé, ... j'emmène mon inconsolable amie chez de vieux amis communs. À mon chagrin, je ne puis rester avec elle encore une nuit. Par bonheur, je vois arriver sa sœur, mais je m'aperçois tout de suite qu'elle ne fait que rendre encore plus nerveuse mon amie et celle-ci est déchirée sans cesse par une seule pensée : « Pourquoi mon mari mourant m'a-t-il accueillie avec tant de cruauté ? »

Et lorsque enfin on lui raconta le développement du mal de son mari (elle ne soupçonnait rien de la gravité de son état) et surtout lorsqu'on lui rapporta que notre ami, le médecin qui le soignait, avait demandé à cet homme mourant de rédiger pour elle un acte de divorce, elle entra littéralement dans une transe de fureur démente, elle qui était toujours si tranquille, égale et pleine de retenue. Alors commença chez elle une crise terrible de remords et d'autoflagellation. Elle était tout près de la démence complète. Elle n'en fut sauvée qu'en apprenant que sa mère était tombée gravement malade. Elle dut partir d'urgence pour Moscou et reprendre son sang-froid pour soigner sa mère.

Après ces obsèques, je me dépêchai de revenir à la maison car j'étais très inquiète pour mon mari. Je savais, très bien, dans l'état de son cœur, comment pouvait se terminer pour lui un pareil voyage accompagné de telles émotions. Et puis, au milieu de toute cette détresse, j'avais tellement envie d'embrasser mes petits garçons !

Quand je revins, mon fils aîné était déjà couché dans son lit et presque endormi. Près de lui se trouvait ma cousine qui adorait les enfants. J'entre tout doucement sur la pointe des pieds pour ne pas réveiller l'enfant. Mais lui, ayant entendu l'exclamation de ma cousine qui ne s'attendait point à mon retour, il ouvre les yeux et, m'apercevant, dit « Maman » avec une telle béatitude, avec une expression tellement angélique qu'elle avait le pouvoir de faire oublier tous les tourments éprouvés à cause de lui et d'accepter de lui à l'avance et sans récrimination tout ce qui pouvait arriver dans l'avenir.

Séjour en France
Le voyage

À l'automne de la même année, nous partîmes pour la France vers laquelle mon mari était attiré toujours et très fortement. Nous emmenâmes avec nous notre fils aîné qui avait déjà près de quatre ans et le plus petit, sur la demande de sa grand-mère, resta chez elle avec la Niania.

Le voyage avec l'enfant fut cette fois aisé et intéressant. Le petit garçon, vêtu d'une chemise russe brodée par Tante Macha (je l'ai conservée jusqu'à treize ans), plein de santé, de gaieté, était la joie de tous les voyageurs, et, dans les gares où nous changions de train, le favori des porteurs. En effet, il marchait gravement derrière eux et tâchait de les aider à pousser leurs chariots avec les bagages. Il parlait parfaitement le russe, connaissait beaucoup de contes. Mais tout le long du voyage, c'est-à-dire sept à huit jours, et jusqu'à Paris même, il aima particulièrement deux fables : l'une sur l'ermite et l'ours, l'autre sur l'ours et la ruche. Il demandait des dizaines et des dizaines de fois que je les lui raconte et à chacun de mes nouveaux récits, se [mot manquant dans le tapuscrit] d'un rire inimitable, surtout lorsque le [mot manquant dans le tapuscrit] frappait l'ours à la tête. (Je tâchais de raconter en donnant le plus de vérité et de vie aux personnages.)

Mon fils s'était mis à aimer très tôt les livres. Je me rappelle combien je fus mécontente contre ma sœur cadette lorsqu'elle lui apporta son premier volume d'enfant plein d'images et lui lit « ruban élégant ».

— Mais il ne comprend rien ! Ne lui bourre donc pas la tête de choses inutiles, m'écriai-je alors avec irritation.

Mais elle me répondit :

— Eh bien, on va voir tout de suite. Allons, « Popotchka[1] », dis-nous ce que signifie « élégant ».

(Jusqu'à présent, sa tante préférée l'appelle Popotchka.)

Le petit garçon répliqua tout de suite :

— Cela veut dire « beau ».

J'étais frappée de stupeur.

Bientôt, ma sœur commença à lui lire la fable « La grenouille et le bœuf ».

— Mais il ne comprend rien, voyons, dis-je encore à ma sœur.

Il s'agissait dans mon esprit du mot « *loug* » qui, phonétiquement, a trois sens : « pré », « oignon » et « arc ». Dans la fable, il était question du pré, mais j'étais certaine que l'enfant prenait le mot dans le sens d'oignon parce que chaque fois qu'il faisait des caprices, ma sœur lui montrait une réserve obscure où étaient pendues beaucoup de têtes d'oignons et menaçait de l'y enfermer s'il pleurait encore. Cependant, il apparut tout de suite qu'il comprenait parfaitement et il m'expliqua :

— L'oignon est amer, le pré c'est là où on goûte devant la maison de campagne et l'arc, c'est l'objet avec lequel les petits garçons tirent.

---

1. Littéralement « gentil popotin ». Popotchka était le surnom de Joseph.

Ce fut alors que je décidai de commencer à lui lire à haute voix.

Un jour en hiver, il avait alors trois ans et était habillé d'un kaftan bleu bordé de fourrure grise et coiffé d'un bonnet de fourrure et d'un *bachlik* blanc et chaussé de petites bottes de feutre, j'entrai avec lui dans une librairie. Il était si petit que le vendeur le fit asseoir aimablement sur un comptoir et commença à lui montrer des brochures à trois kopecks. « Choisis toi-même », dis-je à mon petit garçon. Il se mit très sérieusement et très attentivement à examiner les couvertures des brochures et en choisit deux. L'une était « Le loup et les sept chevaux ». Je ne me souviens pas du titre de l'autre. Ces petits livres et ses jouets préférés, je les ai rangés dans une caisse au moment de notre départ et, pour ne pas les perdre, je les ai laissés à Orenbourg, chez mes parents. Mais tout fut pris par les bolcheviks à la révolution.

Au nombre de ses affaires, il y avait un lapin de kapok tout râpé et un ours desquels il ne voulait jamais se séparer. Il ne parlait pas bien encore et il appelait, je ne sais pourquoi, son lapin « Chlipi ».

Un matin, je décidai de me débarrasser de ce « Chlipi » peu appétissant et, pendant que l'enfant dormait, le lapin se trouva dans une autre caisse en compagnie de tous les autres jouets. S'étant réveillé, mon fils, malgré la présence de jouets nouveaux et beaucoup plus beaux réclama « Chlipi, Chlipi » et sa joie fut immense quand je le sortis pour lui de la caisse. Il le serra de toutes ses forces avec ses deux petites mains contre lui. Déjà alors, je remarquais son don particulier de s'attacher à un ami, à un jouet, à un livre qui lui avaient plu. C'est de là, je pense, qu'il a tiré cet amour exceptionnel, profond et tendre pour son père, pour son frère mort si tôt, pour sa femme et pour son frère cadet. Il était très bon dès sa petite enfance. Je me rappelle comment une fois, j'ai été rendre visite avec lui à un vieillard malade. En route, il me disait quelque chose que je ne comprenais pas très bien (il s'exprimait avec difficulté) et répétait « bonbon, bonbon » en passant devant une confiserie que tenait une dame qu'il aimait beaucoup et qui lui offrait toujours des sucreries. Je pensais qu'il voulait aller chez elle pour recevoir quelques bonbons.

— Non, pas pour moi, je n'en veux pas, pour le malade, dit-il.

Que d'heures heureuses, inoubliables, j'ai passées avec lui autour d'une petite table à laquelle il était toujours assis, comme pétrifié tandis que je lisais pour lui. À l'ordinaire, son frère plus petit était mis au lit plus tôt si bien que personne ne nous gênait alors. En effet, dans la journée, il fallait surveiller chacun de leurs pas. Il arrivait très souvent, par exemple, que l'aîné ouvrait la porte du poêle (russo-hollandais) et aidait le plus petit à se glisser à l'intérieur et l'autre, là-bas, se bourrait de charbon.

Il y a une nuit qui m'est restée mémorable. Par inattention de la bonne, le tuyau du poêle fut fermé plus tôt qu'il ne se devait. Les enfants, la Niania, moi-même, tout le monde dormait. Je me réveillai soudain par impossibilité de respirer. Je compris tout de suite ce dont il s'agissait. Je veux me lever, je ne peux pas. La pensée que les enfants vont mourir d'intoxication par acide carbonique me donna la force de ramper jusqu'à la fenêtre et de l'ouvrir. Puis je tombai évanouie mais les enfants et la Niania furent sauvés.

Cela me laissa une impression si forte que, malgré toutes les protestations de ma mère, je ne permis pas de boucher les interstices de la double-fenêtre en hiver.

Paris

Nous voici à Paris. Quelle différence avec notre arrivée d'Argentine. Mon petit garçon se promène avec moi dans sa longue pelisse russe et dans son bonnet de fourrure avec oreillères, ce par quoi il excite toujours le rire des lycéens qui passent boulevard des Batignolles.

Nous habitons chez une amie. Pourtant, même cette fois, je ne peux pas visiter Paris comme je le voudrais. En effet, mon fils pour rien au monde ne veut rester à la maison avec la bonne ni aller se promener avec elle. C'est qu'il ne sait pas un mot de français et quand des étrangers l'emmènent au square Vintimille, il pleure tellement qu'il faut le ramener à la maison. Le soir, naturellement, je ne pouvais pas sortir davantage. Je ne voulais pas laisser l'enfant seul. Toutefois une nuit, avec mon mari et la dame chez qui nous habitions, je me trouvais au Moulin-Rouge où alors on dansait le cancan. Inutile de dire avec quelle stupeur et combien choquée je contemplai ce spectacle.

Durant ce séjour, je pris pour la première fois quelques lumières sur la vie et les mœurs de Paris. (Par contre, maintenant, je crois que je les connais à la perfection grâce au milieu dans lequel vivent mes fils.) La première leçon à cet égard commença chez la dame qui nous hébergeait. Elle nous avait accueillis très chaleureusement et, au début, je n'avais rien remarqué. Mais elle ne put cacher longtemps sa tristesse et son chagrin. Elle me raconta bientôt tout ce qui concernait son mari. Elle avait appris qu'avant son mariage – et ce mariage remontait en tout à quatre mois – il avait eu une liaison et que maintenant, de la façon la plus ignoble, il trompait aussi bien sa femme que son amie. Il cachait à son amie le fait qu'il était marié et à sa femme qu'il passait à peu près tout son temps chez son amie. Sans doute il était exact pour le déjeuner et le dîner, mais il s'en allait tout de suite après sous le prétexte que son bureau était situé très loin et qu'il ne pouvait pas être une seconde en retard. Cette femme gagnait sa vie elle-même et c'est elle qui avait tout acquis pour leur appartement petit mais très bien arrangé. Elle souffrait peu de ce que son mari ne lui donnait bien pour les besoins matériels de la vie, même pour ses dépenses personnelles à lui, mais son mensonge la tuait littéralement. Le divorce fut inévitable. Mais elle l'aimait encore. En outre, ce n'était pas un mauvais acteur. Il savait se châtier en parole et demander pardon et menaçait d'en finir par le suicide, si elle le laissait. Ce fut alors que je compris comment peuvent se conduire certains intellectuels russes.

Mon mari montrait toujours de la nervosité lorsque se montrait un employé de la Samaritaine qui toujours s'informait sur la famille russe qui avait occupé auparavant cet appartement. On la recherchait mais sa trace était perdue depuis longtemps. Cette famille était partie pour l'Argentine et avait emmené avec elle très consciemment un piano qu'elle n'avait pas payé.

Notre préoccupation principale était de trouver un endroit près de Paris où nous puissions nous fixer et où mon mari pût travailler comme médecin. En effet, la ville elle-même convenait peu à la santé de mon mari, l'air et surtout les escaliers car alors, il y avait encore très peu de maisons avec ascenseur. Et en effet, après deux semaines de vie à Paris, il commença à faire des hémoptysies qu'il avait évitées déjà depuis cinq ans. Cela nous montra qu'il fallait être très prudent dans le choix du lieu où mon mari devait pratiquer.

Nous décidâmes d'aller dans le Midi bien qu'il fût très tentant de nous fixer près de Paris où il y avait alors beaucoup de médecins russes.

Juste à ce moment-là, un docteur de nos amis proposa à mon mari une très bonne place où exercer (lui-même s'en allait à Genève : docteur Kaplan).

Un soir, pour un entretien d'affaires, mon mari et ce docteur restèrent seuls dans la chambre. Mais mon fils, je ne sais pourquoi, voulait absolument aller les retrouver. Je ne le laissai pas faire. Alors, il se mit à hurler sauvagement comme il ne l'avait jamais fait. Mon mari sortit plusieurs fois pour le calmer, mais rien n'y faisait. Enfin, hors de lui, mon mari sortit de nouveau et frappa plusieurs fois et assez fort le hurleur. C'était le premier châtiment corporel que subissait mon petit garçon. Cela me parut monstrueux. Je ne pouvais admettre que mon mari ait pu recourir à une punition de cette nature. Ce fut la première et unique fois dans toute notre vie commune si longue que j'eus alors la pensée de quitter mon mari. Si grandes étaient la vexation et la douleur chez moi pour mon petit garçon. Naturellement, je compris assez vite et que ce châtiment paternel était raisonnable et la faiblesse de ma réaction. D'ailleurs par la suite, quand les enfants grandirent, je les punis de cette façon moi-même.

Cependant, ne reconnaissant pas la validité des châtiments corporels (mes enfants, arrivés à l'âge adulte, m'ont dit souvent que mes coups ne leur avaient jamais fait mal et qu'ils ne les sentaient même pas, alors que moi, je souffrais énormément de ces scènes), j'en parlai un jour pendant une conversation amicale à une femme qui avait suivi les cours de Pestoujeff[1]. Elle avait été mon professeur quand j'étais au lycée en troisième classe et, à ce moment-là, était déjà médecin et mère de trois enfants (Madame Gouk). Je lui demandai ce qu'elle faisait quand sa marmaille ne lui obéissait pas.

— Des gifles, et même de bonnes gifles, répondit l'ancienne élève de Pestoujeff.

1. Non identifié.

Lacapelle-Biron

La clientèle qu'on offrait à mon mari se trouvait en Beauce. La maison énorme, le froid qui y régnait (on était en décembre) et surtout le grand travail qui était exigé du docteur nuit et jour nous obligèrent à refuser cette proposition tentante. De plus, il se trouvait qu'un médecin du Lot-et-Garonne qui pratiquait à Lacapelle-Biron, nous proposa sa minuscule clientèle et me dit que le climat du pays et le genre de travail conviendraient parfaitement à mon mari.

Mon mari fit le voyage pour voir ce coin perdu, composé de cinq cents habitants et des fermes environnantes. Il estima que, pour quelque temps, il devait se fixer là-bas. Nous achetâmes le strict nécessaire comme mobilier et nous rendîmes dans ce hameau en janvier, juste pour fêter le quatrième anniversaire de mon fils. Mon mari était souvent absent en visite chez les malades, et, en son absence, je lisais beaucoup à mon petit garçon. L'une de ses fables préférées était « Les deux pigeons ». Il la savait par cœur et la comprenait avec une justesse saisissante et la récitait de même. Cette fable lui faisait chaque fois venir les larmes aux yeux mais ce qui l'émut le plus à cette époque fut le récit de la mort de Socrate[1]. Alors, c'étaient des sanglots brûlants et irrépressibles.

Le soleil, bien qu'hivernal, la chaleur relative, la verdure nous vivifièrent tous d'un seul coup.

Lacapelle-Biron était un village ancien et adorable. Les environs ombragés couverts de bois, les ruisseaux des montagnes, une riche végétation, les habitants tranquilles et comme endormis en comparaison des colonies juives d'Argentine, quel charme avait tout cela !

Bien que la population comptât seulement cinq cents âmes, elle servait également de centre aux nombreuses fermes de la région. De sorte qu'on trouvait à Lacapelle-Biron une pharmacie, un vétérinaire, un notaire. Ces trois frères, le pharmacien étant maire, représentaient à eux seuls toute l'administration. Ils étaient tous fâchés les uns avec les autres. Ce à quoi contribuaient beaucoup leurs femmes. Chacune d'elles comptait la dot qui avait été apportée à son mari, estimait que la sienne était la plus forte et exigeait des honneurs en proportion.

Le notaire était plus instruit et plus cultivé que ses frères. Sa femme était belle et intelligente, mais la plus méchante des trois.

Deux médecins étaient issus de Lacapelle-Biron et, chaque été, ils venaient avec leur famille pour les vacances habiter chez leurs vieux parents.

La mère de l'un de ces médecins (docteur Havezou) était une vieille haute, sévère, intelligente et bonne, mais déjà à moitié fauchée par la maladie. Elle adorait son fils et il l'adorait. Elle me racontait comment son fils avait souffert de la faim pendant ses années d'études et comment elle ne pouvait l'aider en rien malgré toutes ses privations. Sa

1. Il pourrait s'agir du poème de Lamartine « La mort de Socrate » (1823).

petite-fille et surtout l'un de ses petits-fils, déjà étudiant en médecine, avaient pour leur grand-mère les attentions les plus touchantes pendant leur séjour dans le village. Elle était presque aveugle et ne pouvait pas sortir seule. En ce temps, il me semblait étonnant qu'elle pût nous reconnaître, mes enfants et moi, d'une façon infaillible, au premier son de nos voix. Toute cette famille et surtout le fils médecin montrait une reconnaissance excessive à mon mari pour la façon tendre et gentille dont il traitait la vieille femme. (Et à Paris et à la campagne, ils donnaient de grands dîners en son honneur.)

Comme mon mari, à son premier voyage à Lacapelle-Biron, avait connu avant tout le pharmacien, notre première visite fut pour lui et sa femme (Mercier) si bien que, bon gré mal gré, je me trouvai placée sous la tutelle de la femme du pharmacien. C'est elle qui me trouva une bonne selon ses goûts. C'est elle qui m'aida à aménager l'immense maison aux pièces très grandes dont nous dûmes fermer une partie. C'est elle qui nous indiqua aussi à qui il fallait et à qui il ne fallait pas rendre visite.

Il apparut qu'il était nécessaire de nous présenter chez la veuve d'un capitaine en retraite qui était la plus grande aristocrate de l'endroit. Pendant notre visite, toutes les fenêtres du salon étaient ouvertes, tout était rangé et « la capitaine » elle-même portait une robe noire d'un tel apparat qu'elle semblait revenir à l'instant de l'église un jour de grande fête. Mais une fois, au cours de mes promenades avec mes enfants, je l'aperçus sur le perron de sa maison et il me fut impossible de ne pas m'approcher pour parler avec elle. Ce fut alors que je vis pour la première fois ce que peut être l'accoutrement intime d'une femme riche. Tchitchikov[1] n'était pas plus mal habillé qu'elle. Tout ce

1. Il s'agit d'un personnage des *Âmes mortes* de Nicolas Gogol.

que possédait cette femme, elle l'économisait pour son fils unique futur notaire. Mais lui, il devint amoureux de la fille de l'instituteur local qui elle-même sortait de l'école normale, belle, florissante, mais… ô scandale ! sans dot.

Je n'avais jamais vécu dans un village français et je n'avais aucune notion ni des mœurs ni des coutumes, si ce n'est le peu qui me restait de la lecture des livres français.

En face de nous habitait la sage-femme (Mademoiselle Delpit) avec son vieux père et sa mère complètement déformée par les rhumatismes. Autant cette dernière était une femme d'une beauté exceptionnelle malgré son âge et son mal, autant sa fille avait été défavorisée par la nature. Seuls ses yeux très grands et très beaux rachetaient un peu un des nez les plus longs qui se puissent voir et l'ovale déplaisant du visage. Toutefois, sa voix tendre et qui semblait venir de l'âme inspirait tout de suite de la sympathie pour elle. Je l'aimais beaucoup plus que toutes les autres dames de l'endroit. De plus, notre voisinage étroit aida à notre rapprochement. Enfin, elle et son père se prirent tout de suite de passion pour mon fils aîné.

Au début, ils ne pouvaient pas se faire comprendre de lui, ni lui d'eux, car il ne savait que quelques mots de français. Malgré cela, le vieux Delpit était incapable de passer devant le petit garçon sans lui donner une pomme ou une grappe de raisin, ou encore – ce qui lui faisait bien plus plaisir – un bâton bien taillé, un petit fouet. Naturellement, l'enfant se mit, de son côté, à adorer le vieillard. Sa fille, elle, quelle que fût l'heure où elle revenait de son travail fatigant (elle faisait souvent dix, quinze kilomètres à pied car il y avait des endroits où elle ne pouvait même pas se rendre à bicyclette à cause du manque de chemin et même de sentier), demandait toujours à ses parents s'ils avaient vu mon fils et, ne fût-ce que pour une minute, entrait chez nous pour le voir.

Une fois, en l'absence de mon mari, mon petit garçon fit une chute et j'eus très peur pour lui. Il faisait déjà nuit, j'étais assise au chevet de l'enfant. J'entends frapper à la porte doucement, timidement. J'étais fort surprise. Qui pouvait venir chez moi à une heure si tardive pour les mœurs campagnardes ? J'ouvre, et je vois ma voisine bouleversée.

— Qu'est-ce qui est arrivé, demanda-t-elle en chuchotant. Qu'est-ce qui est donc arrivé à ce cher petit ? J'étais couchée avec une terrible migraine et c'est seulement maintenant que ma mère m'a dit que l'enfant était malade. Je ne peux pas lui pardonner de ne pas m'avoir réveillée à temps, de ne pas m'avoir appris que l'enfant était tombé. J'aurais pu lui être utile.

Elle était véritablement fâchée contre sa mère. Or il fallait voir et savoir combien d'amour et de sollicitude elle dédiait à cette invalide complète que l'on voyait toujours sur une chaise basse près de la cheminée. Elle avait renoncé à cause de sa mère à toute vie personnelle. Je suis restée longtemps amie après notre départ avec cette fille exceptionnelle et nous avons correspondu jusqu'à sa mort prématurée.

Cette intimité avec l'« accoucheuse » de ma part, moi femme de médecin, semblait inadmissible au village. En outre, mon refus d'aller à l'église comme me l'avait proposé la femme du pharmacien, pour que la clientèle de mon mari ne souffrît point de ce que je fus d'une autre religion ou même incroyante – ce refus provoqua une stupeur profonde dans toute l'« aristocratie de Lacapelle-Biron ».

Cet hiver-là, je restais de nouveau très souvent seule. Mon mari était toujours occupé : il recevait fort peu chez lui mais il avait à se déplacer beaucoup et assez loin dans les environs, de nouveau dans un tilbury, comme dans la colonie d'Argentine.

Exactement lorsqu'il eut quatre ans, le jour de l'anniversaire de mon fils, mon mari, n'ayant pas sous la main d'alphabet russe, lui montra les lettres en se servant de la tablette classique des oculistes. L'enfant apprit à lire avec une rapidité étonnante, en deux ou trois leçons. Mon Pouchkine servit également à cela, duquel je ne me séparais jamais dans tous nos voyages. Mon petit garçon commença à lire lui-même, syllabe par syllabe, le merveilleux conte du « Poisson d'or[1] ». Après quoi, il se mit à lire à haute voix les autres contes, insistant d'une façon comique sur certains mots célèbres comme « ni garçon ni fille ».

Au cours de mes promenades avec lui au crépuscule sur une magnifique route encadrée de platanes centenaires, je lui racontai chaque soir « Le capitaine Corcoran[2] » qui était publié alors en feuilleton dans *Le Matin*. Que d'enthousiasme suscitait chez lui ce récit. Mais il attendait toujours patiemment, sans aucune nervosité, l'arrivée du journal avec le courrier du soir et notre promenade.

Au même âge (quatre ans et demi), il se distinguait par une grande franchise. Il ne mentait jamais. Son père parfois, avant de partir voir ses malades, lui demandait :

— Alors, dis-moi, comment vas-tu te conduire en mon absence, tu me promets d'être sage ?

— Je ne peux pas te le dire maintenant, je te le dirai quand tu seras rentré.

Trois mois après notre arrivée à Lacapelle-Biron, mon fils pouvait déjà converser en français tout à fait librement. Je me rappelle comme les premiers temps, il se tenait à l'écart des enfants que j'invitais pour lui afin que,

1. « Le Petit poisson d'or » est un conte de Pouchkine.

2. *Le Capitaine Corcoran* est un roman de 1867 signé Alfred Assollant.

jouant avec eux, il se familiarisât plus vite avec la langue. À quatre ans et demi, il lisait facilement en français aussi.

Au constant souci qu'entretenait chez moi la santé de mon mari vint s'ajouter un nouveau : mon second fils qui était resté à Orenbourg chez sa grand-mère avec la Niania tomba malade de scarlatine. On m'informait chaque jour par télégramme de l'état de sa santé. Je savais que les soins qu'il recevait n'eussent pas été meilleurs, moi présente. Et cependant, la conscience que l'enfant était resté sans moi me torturait tant que je perdis tout sommeil et ne vivais que dans l'attente du télégramme quotidien. Enfin, arriva la nouvelle bienheureuse : l'enfant était guéri et n'avait aucune complication.

Ma mère qui se rendait chaque été à l'étranger pour une cure m'écrivit qu'elle m'amènerait elle-même mon petit garçon. Elle se rencontra à Varsovie avec ma sœur cadette qui arrivait de Saint-Pétersbourg où elle apprenait le chant au conservatoire. Elles arrivèrent ensemble à Berlin où j'étais venue à leur rencontre (la Niania qui les avait accompagnés jusqu'à Varsovie était rentrée de cette ville à Orenbourg).

Mon fils cadet, qui avait seulement trois ans et qui ne m'avait pas vue durant neuf mois, montra une joie folle en me revoyant et fut infidèle d'un seul coup à sa grand-mère et à sa tante qui, pourtant, veillaient sur lui avec tant d'amour pendant le voyage. Il commença à danser comme un fou et à sauter sur le divan de la sévère logeuse allemande chantant avec un bruit assourdissant « nous séchions, nous séchions, puis, nous avons commencé à mouiller » et encore « [mot manquant dans le tapuscrit] ».

Ce fut seulement alors que j'appris comment ma mère avait fait traverser la frontière russe à son petit-fils. Elle ne savait pas qu'il fallait inscrire l'enfant à Orenbourg même sur son passeport pour l'étranger. On ne le lui dit qu'à Varsovie. Il était trop tard pour le légaliser. Tout le temps que le train resta en station frontière et tandis que les gendarmes examinaient les passeports des passagers, l'enfant resta accroupi sur le sol et couvert de la pèlerine de sa grand-mère. Il ne fit pas un mouvement. On l'avait menacé, s'il bougeait, qu'il serait pris par un Tatar (pour les enfants russes, l'épouvantail était « tu seras pris par un youpin »).

Je dus faire des demandes et des démarches sans fin par la suite pour faire inscrire notre fils dans notre passeport. Au consulat russe de Paris, on me répondait régulièrement :

— Ramenez votre enfant de la même façon que vous l'avez amené ici.

Ce fut seulement quand nous eûmes à renouveler notre passeport pour l'étranger et grâce à la toute-puissance de mes frères à Orenbourg, que nous réussîmes à faire porter notre second fils dans notre passeport commun.

À Berlin, dans la rue, j'avais rencontré tout à fait par hasard une amie à moi, veuve. Grâce à elle, cette soirée où j'attendais l'arrivée des miens passa vite et sans tristesse car la solitude dans une ville étrangère a toujours été pour moi une angoisse.

De Berlin à Paris, notre voyage fut excellent. Néanmoins, ma mère voulut se reposer un peu dans la capitale. Nous descendîmes chez une de nos amies qui devait d'ailleurs faire route avec nous et passer ses vacances dans notre maison.

La rencontre des deux frères fut touchante. Leur père avait persuadé l'aîné (la différence entre les deux était en tout de seize mois) qu'il était le plus grand doit toujours céder au plus petit. De plus, il lui avait fait comprendre que le petit frère, venant d'arriver, était son hôte et que de plus, comme il ne pouvait jouer avec personne ne connaissant pas la langue, il fallait lui laisser à loisir tous les jouets, même ceux qu'il préférait.

L'aîné promit et tint sa promesse stoïquement pendant trois jours. Le troisième jour, le sentiment de la propriété se réveilla en lui et peu à peu les jouets, un à un, furent repris.

Après mon retour, mon mari me raconta quelle nuit inoubliable il avait passée après mon départ pour Berlin. Dès le crépuscule, notre fils était devenu triste. Son père le fit coucher dans notre lit et résolut de rester au chevet du petit jusqu'à ce qu'il s'endorme. Mais l'enfant ne s'endormait pas et les larmes ruisselaient sur son visage. Il pleurait sans cris ni sanglots, en reniflant doucement et en répétant sans cesse :

— Mon ballon rouge, c'est Maman qui me l'a donné. Ce livre, c'est Maman qui me le lisait, et maintenant elle n'est plus là.

Mon mari me disait qu'il était déchiré par ce chagrin enfantin qu'il ne pouvait ni calmer ni distraire malgré tous ses efforts.

Le séjour de ma mère et de ma sœur amena une atmosphère familiale dans la maison et, bien qu'elles ne fussent pas restées longtemps chez nous, l'été passa avec rapidité et agrément.

Mon fils cadet commença de parler le français très vite et pour ainsi dire sans qu'on s'en aperçût. Il fut décidé qu'à l'automne les enfants iraient à l'école. L'aîné pouvait facilement suivre la classe et le plus petit, entouré sans cesse d'enfants, apprendrait encore mieux la langue.

L'école se trouvait non loin de notre maison. Les enfants s'y rendaient par une route très belle ombragée de hauts platanes. Ils se tenaient par la main, et moi je les suivais des yeux, debout sur le perron, jusqu'au moment où ils arrivaient à l'école. Ils revenaient pour déjeuner et alors commençaient des récits interminables sur leur nouvelle existence où ils avaient déjà leur propre intérêt. Tout allait bien. Mais une fois mon fils aîné ramena à une heure indue son petit frère qu'il tenait par la main. Je pris peur : je pensais que celui-ci était tombé malade. Mais ce n'était pas cela. Et l'aîné me dit :

— L'institutrice a dit qu'elle ne veut plus l'avoir dans sa classe.

— Pourquoi ? de quoi s'agit-il ?

— Il a jeté un caillou sur l'institutrice.

Puis, j'appris que l'institutrice, pour inciter les tout-petits à l'étude, avait promis de donner des bonbons à ceux d'entre eux qui répondraient le mieux. Le mien n'avait rien reçu et, vexé, avait jeté un caillou à l'institutrice. Celle-ci exigeait des excuses. L'enfant s'entêtait et non seulement à l'école mais également à la maison et malgré tous les efforts que son père et moi nous fîmes pour qu'il comprît la grossièreté de sa conduite, refusait de s'excuser. Ce fut seulement après son sommeil de l'après-midi et s'étant visiblement ennuyé dans la solitude qu'il alla trouver l'institutrice et s'excusa. Moi-même une fois, je ne me rappelle plus pourquoi, je provoquai leur colère et ils décidèrent de quitter la maison. Je n'essayai pas de mettre obstacle à ce désir. Seulement, je voulus savoir comment ils le mettraient à exécution. Ils commencèrent par réunir tous les deux leurs jouets. Ils enlevèrent d'un arbre artificiel (cadeau de leur grand-mère) tous leurs animaux, puis leur tambour, leurs sifflets, etc. J'entendis comment notre bonne leur demandait :

— Et qui donc vous donnera à manger ?

Et la réponse de l'aîné :

— Mon frère fera l'ours et moi le montreur et on nous donnera de l'argent et de la nourriture pour cela.

Peu de temps avant cet événement, un montreur d'ours et de singes était passé par le village. Mon fils cadet imitait d'une façon étonnante ces animaux.

Voilà les deux enfants partis. Je demandai à la bonne de les suivre et de les surveiller mais de façon à ne pas être vue par eux. Une demi-heure passa. Soudain, de la fenêtre, je les vois revenir. Cette première aventure avait été brisée par un besoin urgent du plus petit de mes fils. Ni lui ni son frère aîné n'avait su déboutonner sa culotte.

La santé de mon mari s'améliorait nettement. Les enfants se portèrent à merveille tout l'hiver. Leurs études allaient bien. L'aîné passa sans aucune intervention de notre part dans une section de l'école où se trouvaient des garçons beaucoup plus âgés que lui et où enseignait un vieil instituteur plein d'expérience (Monsieur Coudert). Il s'étonnait de l'intérêt et de l'attention avec lesquels son petit élève écoutait toutes les matières, même celles qui étaient en dehors de sa classe, et conclut que l'enfant possédait « une vaste intelligence ». À la fin de l'année scolaire, la classe elle-même décida que le premier prix revenait à mon fils. Je rendis plus d'une fois visite à la famille de l'instituteur.

Je voyais là pour la première fois une véritable famille française, cultivée, intellectuelle, avec beaucoup d'enfants dont les uns étaient déjà des hommes et les autres adolescents. Il faut se rappeler le salaire que recevait alors un instituteur de campagne (il faisait à l'ordinaire également fonction de secrétaire de mairie) pour comprendre le travail qui était le lot de sa femme afin d'élever, vêtir, nourrir la famille et vivre dignement même avec beaucoup de modestie. Autant l'« aristocratie » de Lacapelle-Biron était mesquine, envieuse et odieuse, autant cette famille était attirante. La femme de l'instituteur me semblait alors, et maintenant également, une sorte de sainte martyre. Blanchie avant l'âge, elle travaillait depuis cinq heures du matin jusqu'à la nuit sans domestique. Et pourtant, le salaire d'une bonne était alors de quinze francs par mois pour une journée de douze heures et les femmes de ménage touchaient soixante-cinq centimes par jour pour une journée de douze heures. Dans la maison de l'instituteur, la propreté n'était pas seulement pour la montre, mais véritable dans les plus menus détails. L'ordre y était parfait. Les enfants toujours propres portaient des tabliers impeccables bien que rapiécés. Et leur éducation était très bonne. Tout cela se faisait doucement, tranquillement, sans plainte ni soupir, avec un sourire épuisé mais plein de tendresse. À Lacapelle-Biron, j'appris à connaître aussi l'importance du capital qu'il est défendu de dépenser, mais dont il faut seulement employer les intérêts. J'appris de plus que les femmes vont aux villes d'eaux avec leurs propres revenus et que pour cette raison, les maris n'ont pas le droit d'interdire ces voyages de plaisir à leurs femmes, et que dans les villes d'eaux ces femmes sont libres pour des aventures de tout genre. À la même époque, j'appris en outre ce que signifie « un bon fils ».

La femme du pharmacien me raconta qu'elle avait un garçon merveilleux (neuf ans). En effet, il ne se fâchait pas contre elle de ce qu'elle allait lui donner bientôt une petite sœur ou un petit frère. Je lui demandai naïvement pourquoi son fils devait être en principe fâché de cet événement.

— Mais voyons, me répondit cette dame, mais voyons : il devra plus tard, quand nous serons morts, partager son héritage. Il n'aura pas tout pour lui seul.

C'étaient des gens riches d'après mes notions d'alors. La femme était assez bossue, laide et fille unique. Elle devait à coup sûr avoir apporté une très grosse dot pour avoir eu la possibilité d'épouser un pharmacien. Cela ne les empêchait pas d'être économes et regardants à la dépense à l'extrême. Sur la blouse de leur fils, il y avait davantage de pièces que sur celle du plus pauvre du village. Ce fils peu doué, grossier, égoïste, relevait déjà le nez comme le plus riche des petits garçons, et de plus fils du maire. Le pauvre vieil instituteur avait beaucoup à souffrir de sa conduite. Ce garçon venait assez souvent chez nous bien qu'il fût beaucoup plus âgé que mes enfants. Un jour, pendant une de ses visites, éclata un véritable ouragan et je gardai l'enfant, lui proposant de manger avec mes fils. Il y consentit volontiers mais, rentré chez lui, dit à sa mère :

— Tu dois à Madame K. un œuf que j'ai mangé chez elle.

C'est à Lacapelle-Biron également que j'appris que la femme du notaire préparait des petites mèches en papier pour économiser les allumettes.

Malgré leur amour pour la lecture, l'école, malgré leurs promenades quotidiennes avec moi (à Lacapelle j'étais la seule à faire sortir mes enfants et en même temps la propriétaire de notre maison, Madame Vaire, faisait faire régulièrement la même promenade à ses cochons bien nourris), mes enfants trouvaient le temps de se livrer à une gymnastique qu'ils inventaient eux-mêmes. Ils se distinguaient par leur amour du jeu et de l'indépendance. Ils ne connaissaient point, pour ainsi dire, le sentiment de la peur, ni même de l'inquiétude : ils montaient à la pointe des plus hauts arbres, couraient sur le bord même de la terrasse qui était assez élevée, descendaient les montagnes à toute vitesse, ce qui me causait des émotions fortes et nuisibles à mon état : j'attendais un troisième enfant.

En l'absence de mon mari, mes fils m'amenaient à un tel degré de crainte et de souci que je devais m'adresser à l'institutrice en lui demandant de rester avec nous pendant leur dîner. Ils avaient très vite surpris et compris ma faiblesse à leur égard et ma répugnance aux corrections corporelles. Avec un sourire rusé, échangeant des regards l'un avec l'autre, ils restaient à table, refusant de manger quoi que ce fût et le plus petit imitait et écoutait absolument en tout son frère aîné.

Dès qu'ils observaient que je commençais à devenir nerveuse, ils refusaient d'obéir encore davantage et d'une façon tout à fait consciente de mon état. Une fois, ils commencèrent non seulement à courir, mais à galoper juste au bord de la terrasse. Je les regardais, mon cœur presque arrêté, n'osant pousser un cri par peur de les effrayer et de les faire ainsi tomber, ce qui les aurait tués sûrement. De l'air le plus tranquille, je m'approchai du bord de la terrasse et je saisis le bras du plus petit. Il commença de se débattre pour m'empêcher et de crier comme il ne l'avait jamais fait. Pour le calmer, je le portai dans la cave qui se trouvait sous la terrasse mais là, il cria davantage encore. Je ne me pardonnerai jamais cette punition. Mais dans ces minutes où j'étais complètement épuisée, elle me parut naturelle et d'ailleurs je ne réalisais pas qu'elle peut être l'épouvante d'un enfant de rester seul dans une cave obscure et comment cette épouvante peut se répercuter sur son système nerveux. C'était mon système nerveux à moi qui réagissait seul alors et non point ma raison.

Une autre fois, ce fut par une sorte de miracle que je ne l'ai pas défiguré pour la vie entière. Il était tombé et le sang coulait en abondance de son petit visage et de son front. Craignant le tétanos, je voulus laver tout de suite ses blessures avec un désinfectant. Dans ma hâte, je me trompai de bouteille : par bonheur, la solution d'acide variolique se trouva être très faible.

Montlhéry

Dans l'attente de notre troisième enfant, nous résolûmes de quitter Lacapelle-Biron et de nouveau mon mari partit pour Paris afin de trouver un endroit à exercer qui fût favorable à sa santé.

Il s'en trouva un de cette nature près de Paris même, à Montlhéry, où un médecin russe transmit sa clientèle à mon mari. De nouveau les paquets, les valises, l'envoi du mobilier, le voyage, l'inconnu. De nouveau Paris et la halte chez notre amie.

Premier voyage à Montlhéry. Nous y allons déjeuner toute la famille réunie, invités aimablement par la femme du médecin pour faire connaissance. Voici le train. Mon mari avec notre fils aîné a le temps de monter dans un wagon, mais moi avec le plus petit des enfants, je n'arrive pas à le faire. Le train part. Je n'ai ni billet ni argent. Je demande à l'employé derrière le guichet de me prêter deux à trois francs, le prix du voyage, de manière que je puisse prendre le train suivant, et je lui offre de lui laisser en échange ma montre, mes bagues. Il ne veut rien savoir. Je ne peux pas revenir à l'appartement que nous occupons, je n'ai pas un centime. Attendre dans la gare le retour de mon mari ? Mais alors, mon petit garçon aura très faim et il faudra bien que je le nourrisse. Que faire ? Mon esprit se débat fiévreusement pour résoudre cette aventure stupide quand… je me rappelle soudain que toute notre fortune est sur moi. Sans doute, je n'ai pas de monnaie, mais je porte cachée une somme importante. Tout est changé. Je peux acheter de la nourriture pour l'enfant, attendre tranquillement le train suivant, prendre les billets. Aujourd'hui naturellement, cela me paraît un épisode burlesque mais alors, que de minutes désagréables !

À Montlhéry, je fus accueillie par la famille si accueillante et si admirable du médecin russe avec laquelle nous sommes jusqu'à présent unis par une amitié étroite. Le docteur et sa femme avaient deux enfants : une petite fille de six ans qui avait l'âge de mon fils aîné et un petit garçon de deux ans. Voyant que j'attendais un enfant, la femme du médecin me proposa de laisser chez elle mes enfants jusqu'à notre déménagement à Montlhéry. Le plus petit y consentit tout de suite, mais l'aîné ne voulut rien entendre pour rester sans moi bien que la fillette lui ait beaucoup plu.

Nous nous installâmes à Montlhéry à la fin de septembre. À cause de sa santé, mon mari ne fut capable de m'aider en rien. En revanche, le docteur à qui nous succédions transporta lui-même notre mobilier à l'étage supérieur.

Les enfants commencèrent à fréquenter une école privée fort connue à l'époque : la pension Prou. Dans cette institution, presque tous les élèves étaient internes et on les nourrissait si mal qu'ils échangeaient leurs crayons, leurs plumes, etc., contre un morceau de pain que leur apportaient mon fils aîné, comme je l'ai appris de lui plus tard.

En janvier, mon fils aîné eut six ans. Le plus jeune en avait quatre, et pour la fin de ce mois, j'attendais mon troisième fils. Mais avant l'accouchement, il fallut faire une opération au cadet : lui enlever les adénoïdes[1]. Mon mari, à cause de son travail, ne pouvait ni emmener l'enfant pour cela à Paris ni assister à l'opération. Je fus donc obligée de m'y rendre moi-même malgré les cahots du train et l'émotion de voir opérer mon fils qui n'étaient pas du tout favorables à mon état. Sans doute avais-je un organisme solide puisque j'ai pu supporter sans conséquence fâcheuse et ce voyage et les cris désespérés de mon petit garçon pendant qu'on l'opérait et surtout l'évanouissement qui succéda à l'opération. Je croyais vraiment que l'enfant mourait.

Mais quand nous revînmes à la maison par le tramway, on n'eut jamais pu croire qu'il venait de subir un choc pareil. C'était un garçon étonnant. Le moindre spectacle l'intéressait, le distrayait.

Notre maison située, par une étrange coïncidence, dans une rue qui s'appelait la rue des Juifs, était excellente, avec un grand jardin et deux énormes platanes qui gardaient comme deux géants l'entrée de la demeure tandis qu'une haute muraille ininterrompue nous protégeait du monde extérieur. Je détestais profondément cette clôture : elle me semblait un mur de prison intolérable. Par contre, du premier étage, des fenêtres, la vue était d'une beauté rare, très ouverte, très étendue, avec un rectangle infini de verdure tantôt éclatant tantôt sombre selon les saisons et que [mot manquant dans le tapuscrit] le blé et l'avoine. Cette sorte de paysage est celle que j'aime et apprécie le plus au monde.

La propreté, le charme de la petite ville ornée d'une tour historique célèbre, les promenades, la proximité de Paris et la possibilité d'avoir très souvent chez soi des amis, tout cela, semble-t-il, aurait dû concourir pour nous faire

1. Adénoïdes ou végétations, fréquemment enlevées aux enfants.

demeurer longtemps à Montlhéry. Mais nous y vécûmes seulement en tout et pour tout dix-huit mois.

J'attendais donc la naissance de mon nouvel enfant en janvier. Ne voulant pas me laisser seule dans les derniers jours, ma sœur cadette, qui venait juste d'achever le conservatoire de chant à Saint-Pétersbourg, arriva chez nous et m'apporta toute une dot… pour ma petite fille. Mes parents avaient tellement envie, en effet, que je mette au monde une fille, qu'ils agissaient comme si leur désir était déjà réalisé. Quant à moi, j'ai toujours voulu avoir seulement des fils.

Ma sœur arriva vêtue pour l'hiver à la russe. Malgré quoi elle se sentait gelée tout le temps car notre maison n'était chauffée qu'à la française. Pour la dégeler, je dus la placer sur la bouche même du calorifère. S'étant réchauffée et à peine fûmes-nous restées seules que ma sœur me dit qu'elle était fiancée. Je savais que depuis plusieurs années déjà elle était aimée par un jeune médecin et que ma sœur aînée rêvait pour elle de ce mariage. Je n'avais jamais vu ce médecin bien qu'il fût le camarade de classe de mon frère cadet, mais j'avais toujours entendu sur lui les avis les meilleurs. On parlait de son intelligence, de ses vastes connaissances, de son tact, et l'on voyait en lui une future célébrité. Et pourtant, malgré tout cela, lorsque ma sœur eût dit son nom, mon cœur se serra à me faire mal et je ne pus retenir mes larmes que par crainte de faire de la peine à ma sœur.

Elle était un être étonnant par sa vivacité, sa joie de vivre, sa gaieté et par un don particulier de sympathie pour tous les gens ainsi que par sa bonté et sa sensibilité. (Elle a conservé toutes ces qualités même jusqu'à présent malgré son âge, les épreuves de l'existence et malgré ses maladies d'un caractère rare et douloureux.) Grâce à elle, notre maison prit une animation extraordinaire. Sans cesse arrivaient des amis, des connaissances pour l'écouter chanter, car elle avait une voix admirable, pour passer gaiement le temps et se reposer en sa compagnie. Elle se mit tout de suite à s'occuper de mes enfants, lisait avec eux et enseignait le piano à l'aîné. Les enfants l'aimaient beaucoup et lui obéissaient très bien, pas du tout comme à moi. Tout de même, ils décidèrent, à cause de sa férocité, de la tuer lorsqu'ils auraient des fusils.

Dix jours avant l'accouchement, une sage-femme fut appelée à la maison, qui resta vivre avec nous. Tout se passa le mieux du monde. Mais, contrairement aux prévisions de ma famille, ce fut un garçon qui naquit[1]. Je commençai à nourrir l'enfant moi-même. Mais bientôt, des fissures apparurent sur mes seins. Malgré des souffrances atroces, je refusais d'interrompre l'allaitement. Mais le docteur qui me soignait estima que c'était nuisible à l'enfant qui criait sans cesse de faim. Il fallut le mettre en partie au biberon.

Je commençais déjà à marcher peu à peu lorsqu'il me fallut de nouveau me coucher et rester au lit six mois. J'étais atteinte d'une furonculose tellement obstinée qu'aucun médicament ne m'était d'aucun secours, même la levure prise en quantités énormes, ce qui était le traitement, alors à la mode, car on ne connaissait pas encore les piqûres. On dut m'ouvrir l'un après l'autre cinquante furoncles.

Et voilà que dans cette période un jour mon mari revient beaucoup plus tôt qu'à l'ordinaire de ses visites chez les malades. Il monta tout de suite auprès de moi. Je vis sur son visage que quelque chose était arrivé qui l'inquiétait tout particulièrement.

— Es-tu malade ? lui demandai-je.

Il me répondit en hésitant :

— Mais non.

1. Grégoire, dit Georges, né en 1904 à Montlhéry.

J'insistai :

— Qu'est-il arrivé, allons, parle !

Alors, il se décida à me dire :

— Je ne voulais pas t'inquiéter, mais cela ne sert à rien de me taire. Tout à l'heure je voulais écrire une prescription pour un malade et je n'ai pu le faire. Je ne voyais plus rien.

Tâchant de cacher le mieux possible mon épouvante, je parlai aussi tranquillement que je pus à mon mari, lui assurant que cet incident ne menaçait en rien sa vue, que le jour était nuageux et que tout le monde devait y voir moins clair. Bref, le mensonge habituel que tous emploient pour apaiser les malades et auquel ceux qu'on veut calmer croient si peu.

J'ajoutai cependant :

— Il faut bien sûr t'adresser le plus vite possible à un oculiste connu du moment que tu t'inquiètes si fort.

L'attente du diagnostic sur la vue de mon mari, sa visite à l'oculiste, son retour à la maison, toutes ses épreuves ne pouvaient que faire empirer mon état.

De plus, le « grand » oculiste déclara à mon mari qu'il perdrait bientôt la vue définitivement. Or, mon mari n'avait alors que trente-huit ans. Je ne pouvais admettre ni un diagnostic pareil ni une franchise aussi impitoyable de la part d'une célébrité à l'égard d'un confrère. Je persuadais mon mari de prendre conseil d'une autre célébrité de grandeur égale pour les maladies des yeux. Pouvant à peine mettre une jambe devant l'autre, j'accompagnai mon mari à Paris. Nous fûmes reçus avec une tendresse paternelle par un vieil et illustre oculiste (le docteur Chauveau, je crois). Il tranquillisa tout de suite mon mari et lui ordonna un traitement et le pria de venir le voir le plus souvent possible. Ayant attendu un moment favorable où mon mari ne pouvait entendre ma question, je suppliai le professeur de ne pas me cacher la vérité quelle qu'elle fût, étant donné que j'avais trois petits enfants et que je voulais savoir la vérité sur la vue de mon mari pour prendre une résolution en conséquence. Il me dit à moi également qu'il ne prévoyait aucun danger pour la perte totale de la vue, que le glaucome d'un œil allait sûrement diminuer le champ de vision de l'œil malade mais que l'autre conserverait un champ de vision normal. Ce bon vieillard, j'espère, a senti dans mon serrement de main toute mon infinie reconnaissance pour lui.

Au cours de nombreuses années, je me suis rendue souvent chez lui avec mon mari et nous avons toujours reçu de lui le même accueil charmant, la même attitude amicale. Et lorsque mon mari, souffrant d'une pneumonie, commença à souffrir de son glaucome au point qu'il souhaitait qu'on lui enlevât l'œil, cet homme arrivé à l'extrême vieillesse monta plus d'une fois les étages d'une maison sans ascenseur pour venir voir mon mari. Il lui rendait visite même lorsqu'on ne l'appelait pas chez ce malade. Il restait longtemps près de mon mari, et accomplissait lui-même les soins qu'il avait prescrits.

Mon mari finit par perdre complètement la vue à soixante-quatre ans. Le destin envoya à lui et à moi plusieurs fois des gens aussi merveilleux que ce vieux professeur. Mais il y en eut d'autres. Je me rappelle comment des collègues de mon mari, qui le soignaient pendant sa pneumonie et pendant de fréquentes crises d'angine de poitrine, ne voulant pas prendre sur eux une responsabilité délicate, demandaient en consultation des célébrités du monde médical. Et l'une de ces célébrités (le docteur Laubry[1]) n'avait chaque fois qu'une idée : s'en aller le

1. Charles Laubry (1872-1960) était un cardiologue français célèbre pour ses travaux sur la tension artérielle.

plus vite possible n'ayant même pas examiné le malade à fond et sans donner le temps de s'exprimer à ses collègues qui soignaient mon mari avec une attention extrême et une profonde amitié.

Ce même hiver, quand nous étions tellement préoccupés pas la vue de mon mari et que la plupart du temps j'étais couchée avec la furonculose, mon fils aîné tomba malade de diphtérie.

Par bonheur, les deux autres ne furent pas contaminés. Tout semblait se développer normalement chez mon fils mais dans la période de convalescence il commença d'avoir des douleurs aiguës dans les jointures des jambes et des bras, ainsi que des enflures. Ces phénomènes arrivaient souvent après les piqûres diphtériques. Mon mari prit conseil d'un fameux professeur de maladies d'enfants, le docteur Comby, et grâce au traitement qu'il indiqua, mon fils guérit rapidement.

L'atmosphère de la maison n'était guère joyeuse. À tous ces tourments s'ajoutaient les cris presque constants et affamés de mon bébé. Ma sœur et mon mari avaient à le porter des heures entières la nuit pour le faire dormir. De plus, le climat de Montlhéry était plus dur et le travail plus fatigant pour mon mari qu'à Lacapelle-Biron. En hiver, il revenait souvent trempé jusqu'aux os ce qui, pour ses poumons atteints, était nuisible et dangereux.

Au cours de cet hiver pénible, ma sœur était en vérité le rayon de joie pour nous. Tantôt elle s'occupait du plus petit qui s'était mis à l'adorer, tantôt des enfants aînés, tantôt elle me soignait, tantôt par son chant distrayait mon mari de ses pensées torturantes. Son caractère gai et insouciant animait toute la maison.

Je n'avais rien communiqué à mes parents de toutes nos épreuves, mais ma sœur à la fin n'y tint plus et les avertit de tout. Mes parents furent très émus par ces nouvelles et au printemps arrivèrent chez nous. À ma mère et à mon père s'étaient joints ma sœur aînée avec sa petite fille de cinq ans et mon frère cadet. Ils me trouvèrent au lit. Je n'avais pu venir à leur rencontre non seulement à la gare mais même sur le perron de notre maison. Quand ils partirent, il en fut de même.

Mes enfants enthousiasmèrent tous les miens, mais mon état et celui de mon mari les déprimèrent beaucoup. Je me rappelle comme le grand-père, qui laissait toujours à la grand-mère le soin de faire des cadeaux à tous dans la famille, déclara à mes enfants :

— Allons, les gosses, dites-moi ce que vous voulez recevoir comme cadeaux de moi. J'achèterai tout ce que vous me direz. Mais faites-le d'un seul coup et n'oubliez rien.

Mon second fils qui avait cinq ans s'écria sur-le-champ :

— Grand-père, un cheval mécanique et plus rien !

Mais même sans arriver au seuil de la chambre, il se retourna, courut à son grand-père et dit :

— Encore un grand tambour et plus rien !

Il s'en alla en courant de nouveau mais revint de nouveau plusieurs fois, demandant toujours un autre jouet et ajoutant à chacune de ses demandes :

— Et plus rien, grand-père !

Cette scène plut tellement à mon père qu'il riait sans arrêt aux larmes de son rire unique, sincère, purement enfantin.

Que ne firent point par la suite les garçons avec ce cheval mécanique ! Ils le montèrent même sur le toit d'un hangar dans lequel était rangée notre automobile. Quant au tambour ils en battaient sans arrêt, perchés sur la cime des hauts platanes du jardin et ils ne voulaient pas descendre. Ils passaient à travers les fenêtres sans lâcher leurs jouets et même, une fois, mon fils aîné glissa, tomba, et donna si fort de la tête contre une des marches de l'escalier qui menait au rez-de-chaussée que les traces de la blessure sont encore visibles jusqu'à présent.

Mes parents, ayant vécu chez nous trois semaines, se dispersèrent tous vers les villes de cures qu'il leur était nécessaire de fréquenter. Quant à moi-même, dès que je pus me déplacer avec une difficulté extrême, on m'envoya à La Bourboule. Ma sœur[1] resta avec les enfants et mon mari.

J'étais si faible que je pouvais seulement marcher en m'appuyant sur un bâton et le médecin de La Bourboule fut très étonné de voir qu'on m'avait laissée partir seule dans un état pareil. La cure donna des résultats miraculeux. Au bout d'une semaine, je pouvais me déplacer sans bâton. Au bout de deux, je faisais déjà de petites promenades et à la fin de la cure (vingt et un jours), je me sentais alerte et vigoureuse.

Malgré l'amélioration quotidienne, malgré la présence d'une charmante famille anglaise, malgré les lettres que je recevais chaque jour de mon mari, de ma sœur et de mes enfants, j'étais déchirée par la tristesse et le désir d'être le plus vite possible à la maison. Je ne pouvais pas voir un petit enfant sans larmes : mon troisième garçon n'avait pas huit mois.

En revanche, notre voisin pendant mon absence se reposa du bruit que faisaient mes enfants. Sans moi, ils s'étaient calmés au point que ce vieillard était persuadé qu'ils étaient partis avec moi.

Me sentant beaucoup mieux, je pus enfin libérer ma sœur de ses obligations à Montlhéry. Elle était venue en effet à Paris pour se perfectionner dans le chant. Il fallait lui trouver un très bon maître.

1. Il s'agit de Tatiana Lesk.

Nous rendîmes visite avec elle à plusieurs professeurs de chant très connus et enfin arrêtâmes notre choix sur Monsieur Granier.

Tous les professeurs chez qui nous avions été trouvaient à ma sœur une voix remarquable, d'une beauté et d'un timbre rares, parfaite dans les notes aiguës. Mais ils estimaient tous qu'elle ne savait pas chanter. Quelques-uns d'entre eux ne pouvaient même pas croire qu'elle avait terminé le conservatoire de Saint-Pétersbourg et encore avec un prix. Ma sœur commença à prendre des leçons chez Merchissedek[1], célébrité d'alors, et chez d'autres également. Mais aucun d'eux ne lui fut d'une utilité quelconque. Seul Monsieur Granier comprit tout de suite ce sur quoi il fallait porter l'attention et le travail. Il fallait s'attacher aux notes basses et combler les creux dans les notes moyennes. Ma sœur se corrigea vite de ses défauts. Néanmoins, les premières leçons et l'insistance du professeur lui faisaient éprouver souvent des doutes douloureux. Elle cessait de croire en elle-même, de croire en sa voix pourtant si rare et se demandait si elle devait continuer à prendre des leçons et si elle parviendrait à devenir une artiste digne de ce nom.

Mon mari qui comprenait la musique et l'aimait à la passion et moi-même qui sans doute n'avais pas ce don mais qui adorais le théâtre, nous ne partagions point ces doutes. Il était impossible de ne pas remarquer le talent exceptionnel de ma sœur aussi bien comme chanteuse que comme actrice. Elle le prouva bien par la suite. Après son mariage, elle chanta à Moscou à l'opéra Zimine dans beaucoup d'opéras avec le plus grand succès *Tannhäuser, Aïda*, le démon Roussalka[2], etc. Si elle n'en avait pas été

---

1. Léon Melchissedec (1843-1925) était un chanteur d'opéra et professeur de chant au conservatoire de musique de Paris.

2. *Rusalka* est un opéra de Dvorak datant de 1901.

empêchée par une terrible et incurable maladie, elle serait devenue une chanteuse mondiale ainsi que lui avaient prédit les meilleurs artistes italiens.

Nous passions beaucoup d'heures à relever son énergie, à lui rendre la foi dans ses dons. Nous étions aidés dans cela par l'opinion des gens qui l'écoutaient chanter et qui étaient de profonds connaisseurs. Je me rappelle l'opinion du [mot manquant dans le tapuscrit] Kovalevski. Après que ma sœur eut chanté quelques romances russes, il dit à un de nos amis :

— Quelle voix merveilleuse ! quelle exécution ! quelle âme ! Il y a longtemps que je n'ai pas éprouvé un plaisir pareil. Merci à vous de m'avoir amené à ce concert.

Ce même hiver, le fiancé de ma sœur fut mobilisé comme médecin pour la guerre russo-japonaise. Ma sœur fut prise d'une profonde tristesse, ce qui n'était pas habituel pour son caractère plein de la joie de vivre et, malgré les lettres qui arrivaient fréquemment des champs de bataille, vivait dans l'inquiétude et l'angoisse (son fiancé fut au siège de [mot manquant dans le tapuscrit] avec le docteur Beressaïeff et ensuite ils firent toute la guerre ensemble).

Nous conseillâmes à ma sœur d'aller habiter Paris, ce qui était plus commode pour ses leçons et ce qui lui permettait de voir plus souvent des gens qu'elle connaissait et qui la distrayaient.

La foi dans ses grandes qualités résista chez ma sœur, ce dont elle était redevable à son professeur de chant. Il fut stupéfait par ses progrès rapides, par sa mémoire, par sa musicalité, la compréhension profonde et l'exécution des rôles. Tout cela fit que le professeur se mit à traiter son élève avec amitié et tendresse. Il était saisi par la promptitude avec laquelle elle étudiait et apprenait les opéras les plus difficiles et quand elle chantait, elle semblait revivre.

Le pauvre vieillard était malade de la tuberculose. Mais il ne comprenait pourquoi, faisant de tels progrès, ma sœur était toujours triste. Il craignait pour sa santé et nous demandait souvent, à mon mari et à moi, de prendre un soin particulier pour l'alimentation de son élève préférée. Il se calma seulement lorsque je lui dévoilai la cause de la tristesse de ma sœur.

Le samedi et le dimanche, ma sœur venait à Montlhéry et souvent amenait avec elle des amis et des amies (l'une qui était restée couchée chez nous fut prise la nuit d'une crise d'appendicite aiguë et c'est seulement au matin que son frère médecin vint la chercher en ambulance). Les enfants, mon mari et moi-même, et même la bonne attendaient avec impatience l'arrivée de « Tante Marie ». Tous savaient que la maison serait pleine aussitôt de gaieté, de rires, que ma sœur trouverait pour chacun une plaisanterie, un proverbe gai, une gentillesse. Même pour les passants qui se promenaient devant notre maison, son arrivée était un plaisir. Ils s'arrêtaient dans la rue pour l'écouter chanter.

Souvent, ma sœur prenait les enfants à Paris, les emmenait au cirque, au Châtelet. Les enfants, en partant, consentaient à passer la nuit chez elle mais dès qu'arrivait le soir, l'aîné exigeait de rentrer à la maison bien que son frère plus petit acceptât de rester.

— Voilà, je t'ai ramené tes enfants. « Popotchka » ne voulait à aucun prix, quoi que je fasse pour l'acheter, rester avec moi, me disait ma sœur en grognant.

Mais dans ce [mot manquant dans le tapuscrit] on sentait une sorte de louange pour l'attachement que montrait mon fils aîné à moi et à la maison.

Mon troisième petit garçon aimait à ce point sa tante (il avait sans doute oublié depuis longtemps comme elle l'avait fait tomber de sa petite voiture) et son chant que c'était seulement avec elle qu'il oubliait sa faim constante, ne pleurait pas et restait tranquillement couché dans sa petite voiture.

En revanche, il [mot manquant dans le tapuscrit] souvent, pendant que je déjeunais et après l'avoir nourri, je le prenais sur mes genoux. Il restait tranquille et de sa petite main, sans que personne s'en aperçût, faisait tomber par terre les miettes de pain qu'alors on ne lui permettait pas encore de manger. Soudain, il se glissait rapidement de mes genoux, ramassait des deux mains les miettes du sol et les avalait avec avidité. Souvent aussi, il commençait à pleurer alors même qu'on lui donnait à manger et au début nous ne pouvions pas comprendre pourquoi. On lui préparait une bouillie spéciale et son père lui-même s'en occupait. Il mangeait très volontiers cette bouillie mais dès qu'il entendait le bruit de la cuiller contre le fond de l'assiette, il commençait à pleurer, comprenant que sa nourriture approchait de sa fin, et il se plaignait à l'avance.

Sans doute chaque enfant, dès les premiers mois de sa vie, manifeste son tempérament et son caractère jusqu'à la ruse et la curiosité inclusivement. Mon plus jeune fils adorait sa première bonne (elle avait assisté à sa naissance et était restée quatre ans avec lui) mais elle dut être remplacée pour un temps assez bref par une autre jeune femme et, celle-ci, il ne pouvait la souffrir. Jusqu'à présent, je ne peux pas comprendre la raison de cette hostilité. En effet, elle se montrait avec lui douce et attentive. Mais il suffisait de l'entendre qui l'appelait avec autorité et arrogance « Aboutine » pour deviner qu'elle n'était pas selon son cœur.

Ce petit rusé était déjà également doué d'amour-propre. Le jour où il eut un an (1er janvier 1904), lorsque arriva sa Tante Marie, lui qui n'était pas encore allé seul même d'une chaise à une autre chaise, l'ayant aperçue, il se dirigea audacieusement sans aide à sa rencontre. Il savait même par un mystérieux instinct l'heure à laquelle venait l'omnibus qui amenait ma sœur de Paris et qui s'arrêtait devant notre maison. Alors, il descendait rapidement les marches du perron (sur son derrière) et parcourait tout seul le sentier jusqu'au portail du jardin.

À la fin de l'hiver, nous commençâmes à recevoir des lettres de mes parents et de ma famille dans lesquelles ils nous demandaient avec insistance de revenir vivre en Russie. Là-bas, disaient-ils, la guerre avec le Japon ne pouvait pas durer encore longtemps. Malgré la fameuse vantardise du début de la guerre : « Nous couvrirons les Japonais de nos casquettes », les armées russes subissaient défaite sur défaite en mer et sur terre (Port-Arthur).

Il y avait très peu d'intellectuels russes à cette époque qui ne fussent pas « défaitistes ». Tous pensaient et espéraient qu'après une guerre perdue, la Russie verrait s'ouvrir une ère nouvelle. Beaucoup d'émigrés pensaient déjà à revenir dans leur patrie et le médecin que mon mari avait remplacé à Montlhéry se préparait également à partir avec sa famille. Naturellement, nous aussi, nous avions très envie de suivre son exemple. Mais lui était un homme plein de santé, énergique, et de plus il avait l'intention de se fixer dans la Russie du Sud. Lui aussi, sans doute, comme mon mari il avait pour perspective de passer l'examen d'État dans sa patrie pour obtenir le diplôme de médecin russe. Mais lui, au cours des études acharnées auxquelles il allait devoir se livrer, il n'avait rien à craindre ni pour sa vue ni pour ses poumons.

Juste à ce moment, au milieu de nos réflexions sur notre retour en terre natale, arriva chez nous d'Argentine notre ami E. Lap. Montlhéry lui plut tellement qu'il eut envie d'y acheter un grand domaine, mais à la seule condition que nous ne partirions pas pour la Russie. Je me trouvais en proie à deux désirs contraires. J'avais également peur de vivre en Russie et de rester « derrière la muraille » avec trois petits enfants, au cas où mon mari perdrait la vue. C'est pourquoi je n'insistai pas pour notre départ, laissant à mon mari le soin de résoudre cette question.

Visiblement, il éprouvait les mêmes craintes que moi. Il ne lui était pas facile de laisser la France pour laquelle il éprouvait une telle admiration et un si profond amour. Cependant, il décida de partir. Alors, je commençai d'apprendre le métier de masseuse car un diplôme de masseuse de Paris était une sorte d'assurance contre tous les malheurs matériels qui pouvaient arriver. Et bien que les voyages à Paris en plein été n'étaient pas chose plaisante pour moi, je fis néanmoins tout ce qu'il fallait pour obtenir ce diplôme – qui d'ailleurs ne me servit jamais à rien.

Un médecin français se trouva très vite à qui mon mari céda sa clientèle. Plus rien ne nous retenait et, ayant acheté des meubles et tout le nécessaire, nous fûmes prêts pour le voyage (la loi russe à cette époque permettait aux gens qui avaient vécu trois ans à l'étranger de ramener avec eux sans douane tout leur mobilier, ce dont nous profitâmes). Ma sœur, là encore, m'aida en tout : c'est ensemble que nous achetions, empaquetions toute chose.

Notre bonne s'était tellement habituée à nous et tellement attachée aux enfants qu'elle me proposa elle-même de nous accompagner en Russie, ce dont je fus très heureuse. Cette bonne, qui s'appelait Berthe, était une jeune fille charmante et très simple à qui mes enfants avaient appris à lire et à écrire en russe. Elle s'était complètement attachée à toute ma grande famille et se souvint des trois années passées à Orenbourg comme des meilleures de sa vie.

Ce voyage de nouveau brisait une vie qui semblait bien aménagée. De plus il fallait se séparer avec ma sœur, il était vrai pas pour longtemps, car elle devait revenir chez mes parents quelques mois plus tard (après notre départ elle eut une pleurite dont elle fut longue à se guérir jusqu'au moment où elle alla se soigner à Arcachon).

Orenbourg 1905

Dans le wagon avec nos bagages et les enfants, nous occupions tout un compartiment. Il s'agissait en effet de faire route jusqu'à Orenbourg pendant huit jours sans s'arrêter.

Le voyage fut excellent. Les enfants ne se fatiguaient pas et tout se passa très bien à la frontière alors que chaque citoyen russe avait très peur en traversant la ligne qui le ramenait chez lui.

À Varsovie, il y eut une foule étonnante de voyageurs, et pour la plupart très jeunes. C'étaient des officiers qui venaient d'être mobilisés pour la guerre en Extrême-Orient.

L'un d'eux prit place dans notre wagon et visiblement, au début, n'était pas content du voisinage. Il avait peur que les enfants allaient le déranger. Mais peu à peu la conversation s'établit amicalement. Les enfants étaient assez bien élevés pour ne pas faire trop de bruit. Le plus petit finit par charmer complètement notre compagnon. Cet officier nous dit qu'il allait à la guerre russo-japonaise mais pensait qu'elle serait terminée avant qu'il n'arrive au bout de son interminable voyage. Ce n'était pas un officier de carrière. Il travaillait comme fonctionnaire à la direction centrale des douanes. Ayant appris que nous avions envoyé tout notre mobilier de France en Russie et que nous avions peur qu'il reste très longtemps en souffrance à la douane à cause du fret énorme qui était dirigé sur les lieux de combat, il nous proposa lui-même de se renseigner à propos de tout et de faire le nécessaire pour activer les choses. Il prit à cet effet notre nom et notre adresse. Étant arrivés sans incidents à Orenbourg, nous trouvâmes tous les miens qui venaient juste d'arriver de la maison de campagne et qui n'avaient pas encore eu le temps de nous préparer un appartement séparé qui devait être dans la maison de mes parents ainsi que d'ailleurs l'appartement de ma sœur aînée.

Il n'est point besoin de dire combien mes enfants furent heureux dans cette nouvelle atmosphère. Ma sœur avait également trois enfants respectivement presque du même âge que les miens. Leur grand-père, la grand-mère, les tantes, les oncles, les amis, chacun s'ingéniait à les gâter plus que les autres. Ils prenaient surtout attention et soin du plus petit. Et en effet, il était ravissant. Déjà à Samara, dans la gare, deux dames, l'ayant vu vêtu d'une pelisse blanche et d'un bonnet blanc avec ses boucles longues d'un blond de lin et naturellement ondulées, s'étaient écriées : « Regardez, une vraie poupée. »

Mes enfants parlaient entre eux toujours le français et la vieille servante de ma mère s'adressait toujours à mon second fils avec un tendre sourire qui lui allait jusqu'aux oreilles en lui disant : « Embrasse, embrasse menia. »

Il fallait commencer l'éducation des enfants selon le programme russe. Tous deux entrèrent dans la meilleure école préparatoire de la ville dont le directeur et le personnel enseignant étaient nos amis (c'est là que pendant les menaces de pogroms je cachais mon fils aîné). L'institutrice, voulant savoir comment lisait en russe son futur élève de sept ans, lui donna à lire à haute voix une fable de Krylov. Il commença ainsi : « le Vorona et la Lissitza[1] » bien qu'il sût parfaitement lire. Mais il était tellement habitué aux articles de la langue française qu'il les employait pour les substantifs russes alors qu'ils n'existaient pas. Il fut admis dans la section des plus âgés et son frère chez les plus petits.

Tous deux travaillèrent très bien. L'aîné passa à huit ans l'examen pour la première classe du lycée. Mais il lui était impossible d'y entrer à cause de son âge. Le directeur me dit avec mécontentement :

— Bientôt, on m'amènera des enfants à la mamelle.

En effet, on ne recevait pas en première classe du lycée des élèves qui avaient moins de dix ans.

À cet examen, mon fils donna beaucoup d'inquiétude à son institutrice. Il s'était mis à jouer avec tant de passion avec les garçons qu'elle eut beaucoup de peine à le trouver dans la foule des enfants.

— Où étais-tu donc ? lui demanda-t-elle lorsqu'elle l'eût enfin trouvé. Tu as vraiment mal choisi ton temps pour jouer. Cela va t'empêcher de réfléchir comme il faut à ta dictée et à la solution des problèmes.

— Ne vous faites pas de souci, Pelageïa Davidovna, lui répondit l'enfant. Je ferai très attention et je passerai bien mon examen.

C'est dans la même école qu'il se prépara pour la classe de deuxième du lycée. En ce qui concernait la langue allemande et l'histoire naturelle, c'est moi qui travaillais avec lui à la maison. Quel plaisir c'était que de le faire travailler ! Pour l'allemand, il fut long à s'y mettre. Il n'avait pas envie de commencer à apprendre cette langue.

---

1. « Vorona et Lissitza » est une fable de Krylov mettant en scène une corneille dénommée Vorona et un renard Lissitza.

Je n'insistai pas. C'est lui-même un jour qui vint à moi en me proposant :

— Veux-tu, Maman, on va commencer à étudier l'allemand.

Et dès la première leçon il écoutait sans se laisser distraire par rien avec une attention profonde et assimilait tout rapidement. Je ne me souviens pas d'avoir eu à lui expliquer deux fois quelque chose et en quelque matière que ce fût.

Mon second fils, d'après la même institutrice, se distinguait par des dons encore plus brillants que son frère aîné. J'ai été surprise par la suite de voir avec quelle justesse cette institutrice avait caractérisé les capacités de mes enfants. En vérité, l'un avait seulement sept ans, et l'autre six, quand elle les prit en main. Il faut dire qu'elle avait préparé pour divers établissements scolaires des centaines d'enfants et que son expérience était énorme.

Notre appartement était prêt et nous emménageâmes. Mon mari devait se renseigner pour savoir quand commenceraient des examens d'État pour les médecins à l'université de Kazan[1]. C'était la ville universitaire la plus proche de nous et, de plus, nous y avions des amis (docteur Elinson, Rosa, Sania). Mais c'était l'année 1905 qui vit se terminer par une telle défaite pour la Russie la guerre avec le Japon. Tout bouillonnait dans le pays. Grèves, meetings, et le mémorable 18 octobre[2], la joie qui alors nous envahit tous et l'immense espoir de liberté. Mais ensuite vinrent les pogroms, les emprisonnements en masse,

1. Kazan est une ville de Russie située sur la Volga.

2. Le 18 octobre, fut publié le Manifeste d'octobre. Ce document, signé le 17 octobre par le tsar Nicolas II sous la pression des grèves et des révoltes populaires, promit des réformes politiques, notamment la création d'une Douma (assemblée législative), la liberté d'expression, de réunion et d'association.

les potences. C'est ainsi que furent pendus notre ami socialiste-révolutionnaire Rossoskov et une femme tatare qui s'était émancipée elle-même et que nous avions cachée pendant un certain temps dans notre maison tandis que les caractères de l'imprimerie clandestine étaient enterrés dans notre villa de campagne. Et toutes les universités furent fermées.

Ce fut un hiver sombre et pénible, surtout quand nous pensions à la libre France où l'on ne sentait ni despotisme ni antisémitisme. Mon mari souffrait beaucoup du manque de travail et aussi parce qu'on ne savait pas du tout si les universités allaient s'ouvrir.

Enfin, au mois de mars, nous recevions un télégramme de Kazan : les médecins avec diplôme étranger seront admis en mai pour les examens d'État. Nous fîmes rapidement nos bagages et nous partîmes, laissant les enfants à la garde de notre bonne française et de la sœur de mon mari qui alors travaillait dans une pharmacie.

Nous arrivons à Kazan la nuit. La neige fond. Il y a partout ou des ornières ou des mares d'eau profondes et à un tournant l'*izvotchik*[1] nous fait tomber du traîneau. Les contusions sont légères et n'empêchent pas de marcher.

Nous prîmes logement chez une dame d'âge mûr dont le fils était médecin. Elle-même était la veuve d'un avocat de Kazan très connu dans son métier et aussi dans son activité progressiste (Orlov). Cette dame appartenait à une vieille famille noble et était très originale.

Elle nous fit beaucoup de récits du plus vif intérêt sur les temps du servage dont elle avait été témoin elle-même. Elle aimait ses enfants jusqu'aux plus grands sacrifices, mais elle n'était pas une mère heureuse (j'appris d'elle combien peut être stoïque même une femme du monde si elle a

1. Le cocher.

un but dans la vie. Le sien était pour assurer l'avenir de ses enfants, payer l'hypothèque de leur maison et d'autres dettes qu'avait laissées son mari et, tant qu'elle n'eût pas accompli cela, elle ne se permettait pas de manger un gâteau bien qu'elle eût son propre équipage car une jambe malade l'empêchait de marcher).

Mon mari, s'étant renseigné sur les connaissances exigées des médecins à l'examen d'État, acheta les livres nécessaires et se mit au travail. Il se levait à cinq heures du matin, buvait une tasse de thé fort et, jusqu'à neuf heures, étudiait sans bouger de place. À neuf heures, nous prenions notre petit déjeuner, mon mari se reposait une demi-heure et se remettait au travail jusqu'à deux heures de l'après-midi. Alors, nous déjeunions avec notre charmante logeuse et un Anglais qui habitait également chez elle, puis sieste jusqu'à quatre heures, le thé et une brève promenade. De cinq heures à neuf heures, de nouveau travail, puis un repas léger et la lecture des journaux.

Lire douze heures par jour, et quelquefois plus, fatiguait naturellement la vue de mon mari. Je lui faisais souvent de la lecture à haute voix, tâchant d'alléger son labeur fût-ce par la moindre chose. Mais alors il assimilait mal et, ne voulant pas perdre de temps, prenait le livre lui-même.

Tremblant toujours pour sa vue, je persuadai mon mari de prendre conseil d'une célébrité locale, le professeur oculiste Adamuk dont l'assistant était notre ami, le docteur Elinson. Nous sortîmes rassurés de cette conversation : le professeur autorisait mon mari à travailler comme il le faisait.

Pendant nos promenades, surtout dans les [mot manquant dans le tapuscrit] et à la moindre montée – et Kazan en est riche – mon mari commençait à se plaindre d'une douleur dans la cage thoracique et s'arrêtait souvent pour attendre que cette crise disparaisse. C'est lui-même qui le premier alors porta un diagnostic juste sur le mal qui l'attendait : angine de poitrine. Mais lui et moi nous nous refusions à croire que c'était le commencement de cette terrible maladie.

J'ai passé beaucoup d'heures angoissées et douloureuses à Kazan en restant jusqu'à neuf heures du matin au lit. Mon mari pensait avec satisfaction que je dormais et que je me reposais des crises torturantes d'une vieille malaria que j'avais contractée à l'âge de seize ans sur la Volga à Samara pendant le dégel de printemps et la crue du fleuve.

Les crises de paludisme me torturaient physiquement et me déprimaient moralement. Alors, la pensée que j'avais consenti à notre transfert en Russie, mettant en péril l'organisme de mon mari déjà si peu solide, ne me quittait pas, m'obsédait, m'accablait sans cesse. J'étais même contente lorsque des frissons de violence extrême suivis par la température la plus élevée me privaient de la possibilité de penser. À la même époque, j'eus une sorte de durcissement dans [un] sein. C'est le cancer, pensais-je, et mon mari lui-même visiblement effrayé, abandonna ses études pour prendre conseil d'un chirurgien. C'est seulement lorsque nous fûmes rassurés par la consultation que mon mari me confirma son effroi et l'hypothèse qu'il avait faite pour moi d'un cancer du sein.

Mon mari recevait parfois la visite de médecins russes qui se préparaient également à l'examen d'État. Il était stupéfait par leur manque de connaissances et théoriques et cliniques et leur grand amour pour la boisson. L'un de ceux-là, Popov, fut beaucoup aidé dans ses études par mon mari et lui dut dans une grande mesure de passer ses examens. Nos seules distractions étaient les tournées théâtrales qui venaient à Kazan avec des célébrités de la scène. Mais cela n'arrivait pas souvent.

Enfin, mon mari se présenta aux examens et les passa tous avec succès. Je ne parlerai pas de tous les émois que je traversais pendant ces journées.

Comme récompense et repos, nous nous permîmes de faire le voyage de retour par bateau sur la Volga de Kazan à Samara. Ce furent des journées claires et heureuses.

Sur le chemin de fer, il en fut différemment. Il charriait des foules énormes : les soldats qui revenaient de la guerre russo-japonaise. Il fallait attendre à chaque changement de train et parfois cinq à six heures la nuit. Partout, en groupes, les uns sur les autres étaient couchés les soldats et dans les salles de première classe les officiers. La fumée des cigarettes, les odeurs de cuisine, les visages rouges, excités, bestiaux…

Je me souviens d'un soir. Je tâchais de faire le tour de toute cette foule ivre, effrayante – j'ai toujours eu peur des ivrognes – et soudain je vois un officier loin d'être sobre lui aussi qui se lève d'une chaise, sort de derrière la table où il était assis et, souriant, se dirige vers moi. Mon premier mouvement fut de gagner la plus rapidement possible la porte. Je cherchais en effet le chef de gare pour lui demander la permission de passer dans un wagon qui se trouvait sur une voie de garage ces heures épuisantes, en attendant l'arrivée de notre train. Mais l'officier me rattrapa et me dit :

— En voilà une rencontre ! Vous ne me reconnaissez pas ? Tandis que moi je vous ai reconnue tout de suite bien que j'aie pas mal bu. Vous veniez de Paris avec vos enfants et moi je partais pour la guerre. Comme vous voyez, maintenant je rentre chez moi. Comment vont vos enfants et votre mari ? Avez-vous reçu votre mobilier ?

C'est seulement à cette dernière question que je reconnus dans l'officier notre compagnon de voyage qui alors était en civil et n'était pas saoul. Et de nouveau, comme il l'avait fait alors, il me proposa de retrouver notre mobilier à la douane et de l'envoyer le plus tôt possible à Orenbourg. Et en effet, c'est seulement grâce à cette rencontre que nous reçûmes assez vite toutes nos affaires, et tout en très bon état.

Notre retour à Orenbourg, l'été passé dans la villa de campagne de mes parents, leur joie de voir que maintenant les examens et toutes les épreuves de leur gendre étaient finis, que leur fille et leurs petits-enfants n'auraient plus à partir nulle part, donnèrent à mon mari la possibilité de bien se reposer pendant ces quelques mois.

Un nouvel appartement avait été trouvé pour nous, et qui était très commode. Notre mobilier arrivé à Orenbourg fut sauvé tout entier d'un incendie qui avait eu lieu au dépôt de la compagnie de transports, alors que le mobilier de notre voisin avait été complètement détruit.

J'aménageai vite l'appartement et, contrairement à ce dont j'avais l'habitude, tout marcha très facilement et très bien, y compris le choix de la domestique (ce qui dans cette ville et alors n'était pas si simple). Cette jeune fille était croyante, honnête et charmante.

Mon mari avait suffisamment de travail mais il lui restait du temps et pour les lectures sérieuses et pour des entretiens avec les enfants auxquels un père était tellement nécessaire. Alors et maintenant je suis absolument certaine qu'un père (dans le sens où mon mari l'était pour les enfants) est beaucoup plus important et nécessaire à des garçons qui ont atteint sept et huit ans qu'une mère.

L'hiver s'écoula comme il s'écoule habituellement dans une ville de province. Nous passions nos soirées tantôt chez mes parents, tantôt chez mon frère, tantôt chez ma sœur, ou encore chez des amis, ou bien ils venaient chez nous lorsque nous n'allions pas au théâtre ou au concert.

Aux fêtes de Noël, c'était un paradis pour les enfants : les arbres pleins de cadeaux et de lumière, les soirées masquées, le théâtre, les promenades en traîneau, si bien que ces fêtes les fatiguaient beaucoup plus que les études à l'école.

À Orenbourg, peu avant le départ définitif de Russie en 1908, Joseph (en haut) et Georges (en bas), aux côtés de deux cousines.

Pour la nouvelle année ma sœur, qui garnissait toujours un immense arbre de Noël et faisait venir beaucoup d'enfants, en invite ce soir-là plus de cinquante, car elle voulait avoir chez elle tous les enfants des employés de chemin de fer dont les parents avaient été arrêtés. Ils chantèrent *L'Internationale* et le chant funèbre à la mémoire des révolutionnaires tués par le gouvernement. Leurs voix étaient si justes, leurs sentiments si vifs, que toute l'assistance en fut bouleversée. Soudain, un coup de sonnette. Ma sœur sortit rapidement pour voir qui venait. Beaucoup avaient pensé, en effet, que c'était la police. Mais ma sœur revint, le visage illuminé, accompagnée d'un grand jeune homme bien pris dans l'uniforme de médecin militaire. C'était le fiancé de ma sœur cadette qui revenait de la guerre à Moscou. Bien qu'Orenbourg ne fût pas sur sa route, il avait fait ce détour car il voulait voir toute notre famille qu'il connaissait depuis le temps où il était au lycée (sauf moi).

Il fut décidé sur-le-champ de demander à ma jeune sœur de revenir de Paris et la date de leur mariage fut alors fixée (il eut lieu au mois de mai). Après le Nouvel An, mon fils aîné eut la rougeole. Il n'eut pas le temps de se lever du lit que mon second fils eut la même maladie ainsi que le plus petit.

Quand la température devint normale chez l'aîné, mais alors qu'il lui était encore défendu de prendre un livre, je lui fis beaucoup de lectures à haute voix. C'est ainsi qu'il entendit la trilogie[1] d'Alexis Tolstoï, *Le Tsar Fedor Ioanovitch*. Non seulement il comprenait tout, mais souvent il devinait lui-même.

1. Alexis Tolstoï (1817-1875), haut fonctionnaire et écrivain russe, est l'auteur d'une trilogie théâtrale sur les tsars dont *Le Tsar Fédor Ivanovitch* (1868).

Après mon second fils, ce fut le tour du troisième de tomber malade.

Mais leur rougeole n'eut pas de complications et bientôt tous les trois furent complètement guéris et les deux aînés recommencèrent leurs études à l'école.

Mon second fils, outre son amour de la lecture, aimait dessiner et même écrire des vers. L'aîné apprenait à jouer du piano. Il n'avait pas d'oreille, mais sa mémoire visuelle pour les notes lui permit de rattraper et même de dépasser son meilleur camarade, fils de mon amie (Monitchka, fils de Deborah).

À cette époque s'ouvrit un lycée privé et, à la fin du printemps, il fut possible aux élèves qui voulaient y entrer de se présenter aux examens. Mon fils aîné aurait pu difficilement entrer dans le lycée d'État à cause du numerus clausus. La loi établissait en effet que sur dix élèves orthodoxes, un seul élève juif pouvait être reçu. Le fils de mon amie (plus âgé d'un an que le mien) devait passer l'examen en même temps que lui mais c'était un enfant faible de santé et ses parents décidèrent de remettre cette épreuve jusqu'à l'automne.

Je me rappelle comment mon amie vint me donner la date exacte de l'examen.

— N'annonce pas tout de suite à ton fils la date de l'examen, me dit-elle, pour ne pas l'énerver. Il pourrait mal dormir et perdre l'appétit en attendant.

Mon fils, à ce moment, jouait tout seul aux osselets sur notre grande terrasse. Je lui demandai avec précaution s'il voulait que le jour de son examen arrivât rapidement.

— Je voudrais beaucoup, dit-il.

— Il paraît que les examens pour la deuxième classe sont fixés à demain matin.

— Comme je suis content, comme je suis heureux, s'écria-t-il.

Et il se mit à sauter sur une seule jambe en tenant un osselet à la main à travers toute la terrasse.

— Alors, tu n'as pas peur des examens ? lui demandai-je.

— Non, pas peur, pas du tout, affirma-t-il.

Et il continua de jouer.

Je l'accompagnai pour les épreuves orales. Il passa ses examens pendant [mot manquant dans le tapuscrit] du lycée et je fus autorisée à y assister.

En langue russe, après les questions sur la grammaire, on lui demanda de réciter des vers. Il resta immobile, comme pris de confusion.

— Vous n'en savez pas du tout ? lui demanda-t-on.

Alors il se tourna vers moi et me dit :

— Mais cela va être très long.

Il pensait qu'on voulait lui faire réciter tous les poèmes et toutes les fables qu'il connaissait, et il en savait beaucoup.

En arithmétique, on lui donna à résoudre deux problèmes, ce qu'il fit très vite. Le professeur rangeait ses papiers. Mon fils me dit à voix basse :

— Ces problèmes n'étaient pas du tout difficiles.

L'examinateur entendit ces mots, le regarda avec étonnement et lui dit :

— Ah vraiment ? pas difficiles ? – eh bien, et ceux-là ?

Il marqua dans le livre trois ou quatre problèmes et les montra à mon fils. Celui-ci jeta un coup d'œil et déclara :

— Pas difficiles non plus.

— Eh bien, donnez-moi la solution.

L'enfant le fit également très vite.

— Bravo, mon garçon, s'écria le professeur, vous pouvez rentrer en troisième et non seulement en seconde.

Mais il n'y avait pas encore de troisième classe dans ce lycée qui venait de s'ouvrir.

En histoire, mon fils fut examiné par un professeur qui avait été déjà le mien au lycée de jeunes filles et que je préférais à tous. Il interrogea longuement, et surtout par curiosité, son nouvel élève et ne put cacher le plaisir que lui donnaient ses réponses (il me dit même : « Votre fils me rappelle sa mère »).

Pour la géographie, l'examinateur était un nommé Kisselef, un psychopathe évident et bourreau connu des lycéens. À cause de lui, plusieurs élèves des classes supérieures s'étaient suicidés, au nombre desquels un garçon qui était déjà en septième classe et dont le père était professeur d'histoire. C'était la terreur de toutes les institutrices qui préparaient les élèves très jeunes pour le lycée. Il demanda à mon fils tout le cours de géographie physique, ce qui lui permettait en général de recaler les enfants. Il présenta à mon fils des pièges et sur les cartes, et sur le globe. Mais en vain. Il ne put s'accrocher à rien.

— Eh bien, parfait, dit-il, de mauvaise humeur, qui donc t'a préparé à l'examen ?

Tous les professeurs réunis en conseil décidèrent que mon fils pouvait entrer en troisième classe. Qu'aurait dit un directeur du lycée d'État si on lui avait amené un élève de neuf ans pour la troisième classe ?

Mon frère commanda tout de suite un uniforme très élégant de lycée à son neveu, et mon fils se transforma d'un seul coup en petit lycéen en pantalon long et en vareuse, toujours content, toujours souriant et plein de santé (le bouton de cuivre de sa ceinture avec ses initiales O.G., je le conserve jusqu'à présent).

Voici l'été, nous déménageons de nouveau dans notre villa de l'autre côté de la rivière Oural. Cette fois-ci, nous passions nos vacances dans notre villa que j'avais fait construire avec beaucoup de difficultés sur la même prairie où se trouvaient les villas de mes parents et de ma sœur. En effet j'étais allée souvent en dehors de la ville pour trouver le bois convenable. La maison devait être construite sur de hauts pilotis à cause de la crue de l'Oural qui généralement, au printemps, recouvrait la plus grande partie des villas. Cette première construction que je surveillais m'avait donné beaucoup de travail. Le charpentier, pareil en cela à tous les ouvriers russes, aimait à boire un bon coup et pour les fêtes, et la veille des fêtes, et les jours de semaine pour faire passer les traces de son ivresse. Il avait fait un devis qui me convenait mais, naturellement, avait réclamé sans cesse des sommes supplémentaires. Confus, se grattant la nuque, cet homme venait sans cesse me dire que tel travail était déjà fait, et tel autre, mais qu'il lui faudrait encore un tout petit peu d'argent. Au début, par inexpérience, je consentis à toutes ses exigences, mais il fallut ensuite se fâcher et élever la voix jusqu'à des conversations sévères. Une fois, je trouvai mon second fils jouant avec le plus petit. Je m'arrêtai pour suivre leurs jeux et j'entendis le plus petit dire en français :

— Tu seras Maman. Moi je serai le charpentier Fédor. Donne-moi de l'argent, et maintenant fâche-toi contre moi.

Le peintre qui devait peindre la ville était un ivrogne tout aussi accompli. Il était aidé dans son travail par son petit garçon de douze ans qu'il gourmandait avec beaucoup de flegme et appelait toujours :

— Ah… espèce de cochon rayé !

Mais il ne le battait jamais.

Enfin, voici la maison prête. Les affaires furent transportées sur le bac de l'Oural. On planta des arbres. La cave au-dessous de la cuisine fut bourrée de glace. Les lits des enfants étaient pliants pour qu'il y eût plus de place dans leur chambre. Les terrasses étaient larges et je découvris dans le jardin une pompe à eau, surprise que m'avait faite mon père. Sans doute notre villa était la plus modeste en comparaison de celles qui appartenaient à nos riches voisins, mais au moins je n'aurais plus à craindre que mes enfants attrapent des maladies contagieuses dans des villas louées à des étrangers. Et de plus j'avais la satisfaction que l'argent pour la construction avait été gagné par moi (ce qui m'avait manqué me fut prêté par la mère de mon amie S. M. Dezor).

Mon mari vit la maison de campagne pour la première fois quand elle était déjà complètement installée. Je ne voulais pas qu'il se rendît en hiver dans ces prés où quelquefois on était obligé de patauger dans la neige jusqu'aux genoux.

Dans les environs d'Orenbourg. Au milieu Raïssa Kessel, portant Georges ; à gauche Lola, à droite au premier plan Joseph, avec des membres de la famille Lesk.

Mon mari venait chaque soir de la ville avec mon beau-frère et le matin ils repartaient tous les deux pour leur travail respectif.

Cet été-là vint habiter chez nous le père de mon mari, vieillard très agréable, très doux et très tendre.

Arriva également de Moscou ma sœur, avec son mari et avec leur merveilleuse petite fille de trois mois. Lorsqu'on la baignait, toute notre grande famille se réunissait pour l'admirer. Mon père, qui était un athée convaincu et qui se croyait libéré de tous préjugés, ne voulait pour rien au monde qu'un étranger à la famille aperçût le bébé dans son bain : il avait peur qu'on lui porte malchance, car il était certain que le mauvais œil, l'œil envieux, existait.

Mes enfants étaient très heureux ! Beaucoup de camarades, les bains dans l'Oural, les courses à travers la steppe, les visites à la Cour des échanges, les anniversaires des uns et des autres. Les adultes jouaient souvent au croquet. Quelquefois, mon fils aîné était accepté par eux. Il ne fallait pas aller loin pour le trouver. Il était tout près, couché sur le ventre, avec un livre, dans l'herbe, pieds nus, dans des culottes faites en une matière qu'on appelait la peau du diable, car aucune autre étoffe ne tenait sur lui. Il jouait bien au croquet et en était très content. Mais on ne pouvait jamais observer chez cet enfant, ni d'ailleurs chez son frère, un mouvement d'orgueil, de vantardise ou d'envie. Il ne racontait jamais lui-même aux étrangers et rarement à ses parents qu'il était très bon élève, que tel ou tel professeur l'avait donné en exemple (c'est ainsi qu'une fois, en classe de langue russe, il eut à réciter le poème de Lermontov : « La sirène nageait dans la rivière bleue ». Sa façon de réciter plut tellement au professeur qu'il le força à recommencer tout le poème, puis dit à la classe : « Voilà, apprenez comment il faut dire les vers »).

En vérité, la diction et la voix de mon fils de neuf ans étaient très agréables. Par contre, ne sachant pas les proverbes russes, il lui arrivait de tomber tout à fait à côté, et ses camarades ne se privaient pas de le faire enrager à cause de cela. C'est ainsi qu'il écrivit dans une dictée : « Tu t'es nommé champignon, va donc dans la bedaine », au lieu de « va donc dans le sac ».

Quand on l'interrogeait sur ses succès, il répondait avec modestie et même timidité, comme s'il s'en excusait : ce trait lui est resté jusqu'à présent ainsi que la bonté, la douceur, la sensibilité aux tourments d'autrui. À cela s'est ajouté un sentiment profond pour les mots « ami, amitié ». Le mari de ma sœur, ayant revu beaucoup d'années plus tard mon fils aîné devenu lui-même un homme aux cheveux gris et son neveu déjà avancé dans sa carrière, se moquait amicalement de lui, lui rappelant comment, étant enfant, il se tenait couché sur le ventre toujours avec un livre près des joueurs de croquet et attendait que peut-être un des joueurs adultes s'en allât et alors on aurait besoin de lui. Oui, ce fut un été heureux pour toute ma famille et sous tous les rapports. Ce fut également le dernier que nous passâmes tous ensemble, après quoi toutes les épreuves se mirent à tomber sur moi et comme d'une funeste corne d'abondance.

Cela commença par un incendie. Notre maison de campagne brûla et dans ses flammes fut calciné également notre petit chien que les enfants aimaient tant. La maison était en bois. Un petit morceau de braise tomba hors du fourneau et notre bonne, la charmante Dounia, se trouvait justement en cet instant dans ma chambre. Elle eut à peine le temps d'en sortir que j'entendis le cri sinistre : « Au feu ! Au feu ! »

Je crus qu'il s'agissait d'un nouvel incendie en ville où, durant l'été, c'était un événement presque quotidien.

Je n'éprouvais donc aucune inquiétude personnelle, prise entièrement par les obligations du ménage, d'autant plus que ce matin-là je me sentais particulièrement mal. Toute ma famille, c'est-à-dire quinze personnes, devait déjeuner chez nous. Le mari de ma sœur était parti très tôt pour Moscou et tout le monde, sauf moi, l'avait accompagné à la gare. C'était pour consoler et distraire ma sœur du départ de son mari que j'avais invité à déjeuner tous les miens. C'était un dimanche et mon mari, ainsi qu'un de mes beaux-frères, venait également déjeuner à la campagne, car ils achevaient ce jour-là de recevoir leurs malades à midi. Mais d'autres estivants, nos voisins, pour la plupart avocats et docteurs, étaient heureusement pour moi chez eux. Ils se reposaient tout ce jour du dimanche à la campagne. Les clameurs « Au feu ! Au feu ! » se firent entendre soudain tout près de ma maison. Mais il fallut l'apparition d'un voisin qui fit irruption chez moi épouvanté et criant : « Mais qu'est-ce que vous faites ? Sortez donc ! Vous voulez brûler vive ! » pour me faire comprendre enfin que c'était notre maison qui brûlait.

Ce voisin me fit quitter la chambre par force.

Pour mes enfants et pour le père de mon mari, je ne m'inquiétais point. Je savais qu'ils étaient tous avec la bonne française à la rivière. Près de la maison en feu, il y avait déjà une foule d'hommes et, sur mes instructions (j'avais vite repris mon sang-froid), ils sauvèrent quelques objets et des livres. Une Tatare sortit plusieurs fois des flammes notre petit chien et même se brûla les mains à ce sauvetage. Mais le chien retournait sans cesse dans la maison brûlante soit par affolement soit par fidélité et fut brûlé.

Mon calme et ma présence d'esprit pendant cet incendie étonnèrent beaucoup de témoins. L'un de ceux-là fort âgé, social-démocrate forcené, intelligent et plein de connaissances (David Grigorievitch) m'écrivait plus tard de sa prison qu'ayant assisté à cet incendie, il avait compris quelles épreuves j'avais traversées dans la vie et que je pouvais en supporter beaucoup d'autres. Cet homme exceptionnel traitait chaque enfant avec amour, mais il avait une tendresse particulière pour les miens. Chez l'aîné, il était attiré par le calme et un sourire lumineux. Pour le second, par son esprit si vif et son caractère expansif, et pour le plus petit par la beauté. Quant à lui, cet homme était très laid car un accident de jeunesse lui avait complètement brisé le nez.

Le matin où il y eut l'incendie, il n'y avait pas du tout de vent, grâce à quoi les maisons de campagne des voisins furent épargnées par le feu. La flamme s'élevait toute verticale comme si l'on avait allumé une torche géante. Et d'ailleurs, tout était fait pour brûler vite : le bois très sec dont était construite la maison et en plus une énorme bouteille pleine d'alcool et une autre pleine de pétrole. Quand les pompiers de la ville arrivèrent, ils ne trouvèrent plus que des poutres fumantes. La maison avait cessé d'exister. On fit parvenir la nouvelle de l'incendie à mon beau-frère qui prenait toujours un soin tendre et touchant de mon mari. (Quant à nos enfants, il les aimait comme les siens propres et surtout mon second fils chez qui il voyait des promesses de grand talent tandis que le plus petit le charmait par sa grâce et sa malice [mot manquant dans le tapuscrit] qui lui plaisait beaucoup.) C'est ainsi que, prenant ses repas chez lui, l'enfant ne demandait jamais directement du vin, ce qui lui était interdit. « Chez nous, en France, disait-il, avec de l'eau, on boit toujours du vin. »

Mon beau-frère, voulant adoucir l'émotion pour mon mari, vint le trouver lui-même et, souriant, gentiment lui demanda :

— Connais-tu la dernière nouvelle ? Votre maison n'existe plus mais tout le monde est vivant.

Mon mari ne comprit rien du tout, tellement il était loin de la pensée que notre maison de campagne avait pu brûler.

Quant à ma sœur, elle fut effrayée. Elle s'en retournait de la gare lorsqu'en ville on lui annonça qu'une maison avait brûlé dans la campagne au-delà de l'Oural. Et comme ces maisons étaient toutes côte à côte et que la plupart appartenaient à notre famille, elle prit peur pour sa petite fille : avait-on eu le temps de la sauver ?

La fin de l'été, nous eûmes à la passer de nouveau dans la maison de mes parents. Mais à l'automne, je mis à profit le départ d'une famille que nous connaissions et j'achetai leur maison de campagne qui était infiniment plus commode que celle qui avait brûlé. Elle était située dans la forêt, construite beaucoup plus solidement et avec tout le confort, de telle sorte qu'on y pouvait habiter même l'hiver. Dans le jardin, il y avait une grande tente kirghize si commode en été. Mais ce n'était pas notre destin que d'habiter cette maison.

Mon fils aîné se rappelle jusqu'à présent cette Tzigane qui prédisait l'avenir à notre bonne. Celle-ci lui avait déjà donné pas mal d'argent. Lorsque je m'approchais d'elles, la Tzigane demandait à la bonne française sa bague et celle-ci ne pouvait pas se débarrasser de la diseuse de bonne aventure à cause de son ignorance de la langue russe.

La Tzigane alors proposa de me dire l'avenir à moi aussi. Je refusai net car je n'ai jamais voulu de ce genre de prédiction ni d'après les cartes ni d'après les voyantes. Alors, cette Tzigane entra dans une telle fureur qu'il était effrayant de la regarder et l'écouter. Elle m'injuria de tout son vocabulaire choisi et me dévida une série de malédictions, me souhaitant toutes sortes de malheurs.

À l'automne, notre vie reprit sa routine ordinaire. Mon mari était occupé par ses malades. Sa santé n'était pas mauvaise. En ville, les propos qui concernaient les pogroms juifs s'éteignaient peu à peu.

Les enfants se portaient très bien. Ils souffraient si peu du froid et des grands gels que l'aîné courait jusqu'à son lycée et le cadet jusqu'à son école sans même fermer leurs pelisses de fourrure. De la fenêtre du second étage où nous habitions, je pouvais les suivre des yeux quelques instants et voir comme tout en courant ils prenaient le temps néanmoins de se jeter l'un à l'autre des boules de neige, rire aux éclats et s'élancer vers leurs études. Ils revenaient toujours déjeuner gais, animés, pleins de récits sur les événements et les intérêts de leur classe.

Mon plus petit garçon voulut être indépendant très tôt. Lorsqu'on l'habillait, il disait « moi-même, moi-même ». Lorsque j'allais me promener avec lui, il exigeait de choisir les rues lui-même, sinon il se couchait dans la neige souvent fondante, ce qui mettait au désespoir sa si gentille bonne française. Et il suffisait que celle-ci s'arrêtât fût-ce un instant pour parler avec quelqu'un de connaissance qu'il disparaissait. Il avait en effet une mémoire stupéfiante pour les rues, les chemins, les carrefours et les visages des gens. Il nous faisait ainsi des surprises sans cesse.

Mais le premier jour de Pâques, ce fut tout particulier. La bonne française était allée avec lui chez mon frère pour lui souhaiter une bonne fête. Je sortis moi aussi. Revenue à la maison, je trouvai mon plus jeune fils. Notre vieille domestique me déclara qu'elle ne comprenait rien.

— Mademoiselle n'est pas là, me dit-elle, et le petit est arrivé ici tout seul par l'escalier de service et m'a raconté qu'il a vu « était mort ».

Avant que j'aie eu le temps d'éclaircir pourquoi le petit garçon était revenu seul, nous entendîmes un coup de sonnette timide. J'ouvris. Devant moi se dressa ma belle-sœur, pâle, tremblante et me demandant d'une façon à peine distincte :

— Où est Georges ?

— Il est à la maison.

— Ah…

Ayant poussé ce faible cri, ma belle-sœur perdit connaissance. Lorsqu'elle revint à elle, elle me raconta qu'il y avait plus d'une demi-heure qu'elle courait le long de toutes les rues qu'avait pu suivre l'enfant qui s'était sauvé de chez elle sans qu'on s'en soit aperçu. Elle avait questionné toutes les *Istvotchiks* qui desservaient notre quartier car ils connaissaient bien mon fils. Sa frayeur avait été augmentée par le fait que le premier jour de Pâques, beaucoup de gens étaient comme il convenait ivres morts et pouvaient facilement écraser un enfant. On appela mon petit garçon. Il raconta aussi bien qu'il pouvait le faire en russe qu'il avait vu un homme couché par terre (sûrement saoul jusqu'à l'inconscience) et répétait sans cesse : « était mort ».

Mais où était sa bonne ? Elle se tenait dehors tout en larmes et ne se décidait pas, n'osait pas rentrer, croyant le petit perdu.

Une autre fois, il mit au désespoir son grand-père, sa grand-mère et de nouveau sa bonne. Il avait disparu sans traces bien qu'on fût sûr qu'il n'avait pu sortir. On chercha avec un soin extrême dans tout l'appartement mais sans le trouver nulle part, ni sous les lits ni sous les divans, et les portes de l'appartement étaient fermées de telle manière qu'il lui eût été impossible de se sauver. L'inquiétude et les recherches durèrent une bonne demi-heure. Soudain, il appela en riant. Il s'était caché dans un placard derrière les pelisses et s'était tenu là tout ce temps sans remuer. La bonne voulait le punir, mais son grand-père intercéda pour lui. Il pensait que sans doute son petit-fils s'était moqué

[Les pages 275 à 285 du tapuscrit n'ont pas été retrouvées.]

Retour en France

Et voici fixé le jour de mon départ avec mes enfants. Le visage triste de ma sœur, de mon beau-frère et de leur petite fille. Chacun s'efforce de cacher ses sentiments et de m'aider dans la mesure du possible, de combler mes enfants de cadeaux : livres, jouets, friandises. La dernière nuit a été sans sommeil. Ma sœur et moi, nous ne nous sommes même pas couchées, tellement nous avions à nous dire de choses, comme si nous pressentions toutes les deux que je ne la reverrais plus jamais paisible et heureuse.

À la gare, je retiens mes larmes, je plaisante même mais je compte les minutes, les secondes qui me séparent du départ du train tellement j'ai peur de fondre en sanglots. Tout de même, j'arrive à me maîtriser. De la fenêtre du wagon, je regarde intensément, tâchant de garder et d'imprimer dans ma mémoire les visages des miens. Adieu, mes très chers. Le train se met en route et alors les larmes que je contenais avec tant de difficulté se mettent à ruisseler, invincibles. Les enfants inquiets, attristés se serrent contre moi mais je ne peux prononcer une seule parole, et plus les enfants se montrent tendres pour moi plus les larmes m'étouffent ainsi que la conscience que je dois reprendre le contrôle de moi-même car maintenant je suis le seul appui pour mes enfants et pour mon mari malade.

Il faut nourrir les enfants. Mécaniquement, je sors d'une valise tout ce qu'il leur faut et soudain, comme en rêve, je vois que quelqu'un, dans un mouvement rapide, saisit mon plus jeune fils par sa chemise russe brodée. En effet, il s'était penché tellement par la fenêtre ouverte du compartiment qu'un instant encore, et il tombait. Par bonheur, un homme assis près de la fenêtre dont je n'avais même pas aperçu le visage avait sans doute remarqué mon état à demi conscient et avait rattrapé à temps le petit.

Cette scène, l'effroyable chaleur du wagon, mon épuisement complet (je n'avais qu'un désir : me coucher fût-ce par terre dans le wagon) m'amenèrent à la pensée d'arriver seulement au croisement des voies à Kinel et, ayant laissé là toutes nos affaires dans le wagon (et il y en avait beaucoup car on voyageait alors à travers la Russie avec ses oreillers, ses couvertures, ses draps, ses bouilloires, la vaisselle et les provisions nécessaires), de rentrer à Orenbourg. Heureusement, le soir, je me sentis un peu mieux et pus continuer le voyage sans trop souffrir. Mon fils m'aidait beaucoup en route. Il distrayait son petit frère et, pendant les arrêts du train, courait aux buvettes avec une grande bouilloire chercher de l'eau chaude.

À Moscou, ma sœur cadette m'attendait, étant revenue exprès d'une villégiature dans le gouvernement de Smolensk pour nous dire au revoir. Nous demeurâmes à Moscou trois jours. Chez ma sœur, ce fut de nouveau l'atmosphère tendre et chaude de la famille. Mes enfants furent gâtés de nouveau et gavés (l'aîné absorbait une quantité colossale de petits pains et de saucisson, ce qu'il mange avec plaisir jusqu'à présent). On leur montra le Kremlin et les endroits pittoresques de villégiature aux environs de Moscou.

Mon plus jeune fils amusait tout le monde par sa façon particulière de parler le russe et par [mot manquant dans le tapuscrit]. Comme son oncle lui demandait : « Eh bien, quand donc allons-nous nous revoir ? », il répondait : « Quand j'aurai mon barbe » (ce qui arriva en effet). Et une autre fois, ma sœur et son mari avaient une discussion très vive, qui arrivait parfois aux cris, il grimpa sur mes genoux et me dit en chuchotant : « Ne parle pas avec lui, il est fâché, il est très méchant. »

De même que l'avait fait mon beau-frère d'Orenbourg, celui de Moscou me proposa également de laisser mon fils aîné chez lui. Je fus très touchée par cette offre et par le désir de m'aider, mais naturellement je ne consentis pas à me séparer de mon fils. De nouveau, mon cœur se serre jusqu'à la souffrance. Je partais avec beaucoup de chagrin car j'avais eu le temps de voir et de comprendre la vie maritale de ma sœur.

Le voyage jusqu'à Berlin fut très bon. Mon mari nous attendait là-bas, avec lequel nous devions aller à Hartzbourg, où mes parents se reposaient après leur cure, et mon second fils était avec eux.

À Berlin, je trouvai ma belle-sœur d'Orenbourg qui revenait de Marienbad[1]. Nous avions des chambres communicantes. Mon fils se rappelle jusqu'à présent ses soupirs et ses chuchotements lorsqu'elle se couchait pour dormir et qu'il ne pouvait retenir un rire homérique. Ses chuchotements venaient de sa faiblesse : elle avait perdu beaucoup et peut-être trop de poids dans la ville de cure.

Naturellement, notre séjour à Berlin ne se passa pas sans consulter les célébrités médicales sur l'état du cœur de mon fils cadet. Hélas, là aussi fut confirmé le diagnostic

1. Marienbad ou Mariánské Lázně est une ville thermale située en République tchèque.

de notre docteur russe. Nous partîmes pour Hartzbourg. Mes parents nous rencontrèrent à la gare. Ils avaient une mine merveilleuse. Mais ce fut mon fils qui me surprit plus que tout. Je le reconnus à peine. Devant moi se tenait un enfant grandi, bâti harmonieusement, soigné, bien nourri, florissant, dans un joli costume empesé à l'allemande. Or il avait quitté Orenbourg pâle, maigre, malade. C'était avec sa grand-mère qu'il avait repris une telle santé : n'était-il pas son favori ?

Sans doute nous étions tous heureux de notre rencontre, mais il fallait voir celle des deux frères pour comprendre leur amour et l'amitié inaltérable qui les a unis toute leur existence. On eût dit qu'ils s'étaient fondus d'un seul coup l'un dans l'autre. Ils se mirent à parler avec l'animation la plus vive, oubliant tout le monde, et ne se séparèrent plus.

Mes parents me racontèrent comment mon fils avait mené une guerre constante avec les enfants allemands, guerre qui allait jusqu'à des bagarres cruelles. Il lui fallait parfois se défendre seul contre une demi-douzaine de garçons. Il avait le sang très chaud et pour rien au monde n'aurait quitté sans combattre un champ de bataille. Une fois, il était rentré et, sans dire un mot, s'était couché sur le divan. Son grand-père avait remarqué sa pâleur, son costume déchiré et ses bleus sur tout le corps. C'est d'ailleurs mon père qui me raconta toutes ses batailles. Il était très content de son petit-fils qui, sans larmes, sans plaintes, souffrait plus de son amour-propre blessé que des coups et attendait seulement son frère pour les rendre.

Ce qui avait stupéfait mes parents, ce n'était pas que les enfants en arrivent aux coups, mais la férocité des enfants allemands de cette époque.

Nous devions passer deux semaines dans cet endroit idéal pour le repos, mais bientôt commencèrent des pluies incessantes. Le temps devint humide, froid ; les enfants devaient rester en chambre ; les vieux s'ennuyaient. Le grand-père aimait que des petits enfants lui lisent à haute voix et il appréciait surtout le talent de lecteur de mon second fils. L'enfant lui lut un jour une nouvelle de Tchirikoff où étaient décrites les dures épreuves d'un petit garçon et mon père me parla de sa [mot manquant dans le tapuscrit].

— Tu sais, je ne pleure jamais, mais cette fois, L. lisait de telle manière que si je n'avais pas eu honte devant lui j'aurais sangloté, et j'ai dû sortir de la chambre en retenant mes larmes.

Bientôt, le temps pluvieux provoqua une nouvelle crise de paludisme chez mon plus jeune fils. De plus, il avait mal aux oreilles. Moi-même, j'étais atteinte tous les deux jours de paroxysmes de fièvre. Enfin, et le pire, une attaque d'angine de poitrine se manifesta de nouveau chez mon mari. Il était si faible qu'il ne pouvait même pas écrire au docteur de Nice pour savoir si l'appartement qu'il avait choisi pour nous était encore libre. J'eus à écrire moi-même.

Le temps ne s'améliorait pas. Par crainte de nous enliser à Hartzbourg pour longtemps avec tous nos malades, nous résolûmes d'atteindre Nice n'importe comment.

Mes parents décidèrent de nous accompagner, visiblement pour ne pas me laisser seule avec tous ces malades. Ainsi, mon hôpital se mit en route.

Le voyage, quoique relativement court, fut pénible, car en chemin, mon père à son tour se sentit très mal. Il ne pouvait rester ni assis ni couché. La pensée qu'il pouvait ne pas arriver vivant au but me torturait sans cesse. Mon père demandait tout le temps qu'on l'étendît par terre dans le compartiment. De Marseille à Nice où la route est si belle, je tâchais par le spectacle merveilleux de la mer et de la côte sinueuse de distraire fût-ce un peu mon père de sa souffrance. Les enfants étaient au comble de l'enthousiasme et, tout en essayant de le contenir à cause du malade, manifestaient encore trop bruyamment leurs sentiments, me criant sans cesse : « Regarde, regarde Maman, vite, vite ! »

Enfin, voici Nice la belle comme on l'appelait alors.

Mais ses palmiers, son ciel bleu ne m'importent guère. Je n'avais qu'une pensée : que tout le monde sorte le plus vite du train, prenne une voiture et que l'on arrive jusqu'au premier hôtel possible.

En été, à Nice, on rebâtit partout, on nettoie, on se prépare pour la saison d'hiver. C'est ce qui se passait dans notre hôtel. Je fis coucher mon père et appelai tout de suite le médecin russe auquel j'avais écrit de Hartzbourg. Il me tranquillisa mais ordonna à mon père de rester couché quelques jours et lui fixa une diète sévère. Ni ma mère ni mon père ne savaient un mot de français. Il était impossible de les laisser seuls. Ma mère, habituée à être très bien soignée et servie, sentait fortement qu'elle n'était pas chez elle. De plus approchaient les fêtes juives yumkipur et Roshashana (Nouvelle Année). Il lui fallait aller à la synagogue et rester là-bas une journée entière dans le jeûne et les prières. Il était prescrit d'aller à la synagogue à pied, et cette synagogue était loin et ma mère marchait très lentement. Nous arrivâmes là-bas exténuées et… ma mère fut déçue très vite. Le service religieux ne ressemblait pas du tout à celui dont elle avait l'habitude en Russie.

Il fallait emménager au plus vite dans l'appartement qu'avait retenu mon mari. Je voulais jeter un coup d'œil sur cet appartement qui m'était inconnu, mais avec qui laisser mes parents, fût-ce pour une heure ? Je n'avais pas une seule connaissance à Nice : je profite de la visite du médecin et lui demande de rester un peu et je cours visiter l'appartement. Je trouve qu'il nous convient mais, tout de même, je veux consulter mes parents car ils ont résolu de rester toute une année avec nous. À la première sortie de mon père, je l'y emmène avec ma mère. L'appartement leur plaît. Maintenant, il faut acquérir le mobilier, même élémentaire. Il faut calculer au plus près les dépenses et bien connaître les règles de la soustraction pour ne pas dépasser les très petits moyens dont nous disposons. Il faut mettre les enfants au lycée et, pour qu'ils ne perdent pas une année scolaire, auparavant leur trouver un professeur particulier. Il faut avant que la saison d'hiver commence, arranger un bureau, un salon d'attente pour mon mari qui veut pratiquer à Nice.

La famille Kessel peu après son arrivée à Nice en 1908 : de gauche à droite Joseph, Lola, Georges, Samuel (alors âgé de 43 ans) et Raïssa (alors âgée de 36 ans).

L'appartement était loin d'être installé et même nos gros bagages qui s'étaient perdus quelque part n'étaient pas encore arrivés que débarquèrent chez nous des amis de Russie qui restaient souvent habiter plusieurs jours. Alors, notre hospitalité était vraiment et purement russe. Nous passâmes cinq années à Nice, mais cela ne fait pas partie de ces mémoires car mes fils s'en souviennent.

27 AOÛT 1938

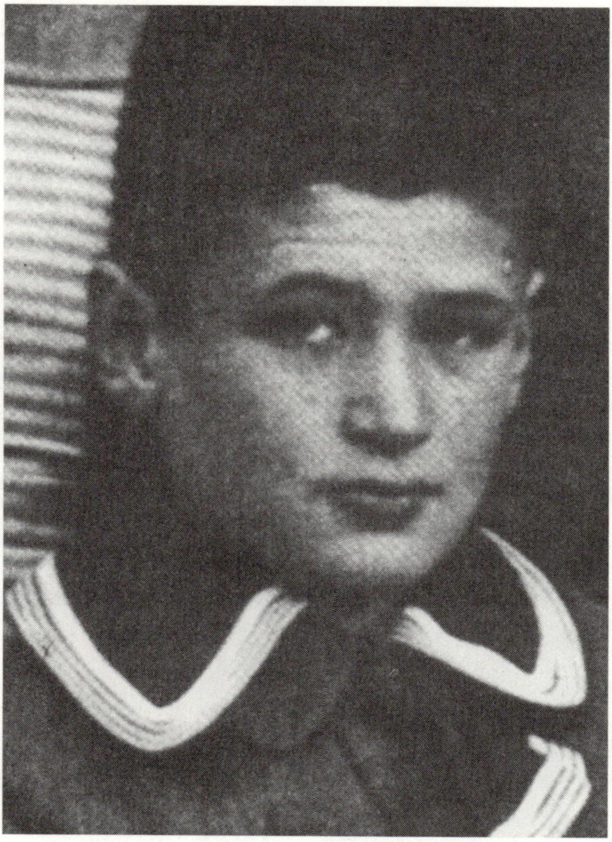

Joseph Kessel, en 1909, au lycée Massena à Nice.

Note sur les conditions des Juifs*[1]

Cet homme était venu en France après que ses parents (le père était un fabricant fort riche à Moscou) avaient été expulsés en deux heures de la capitale. Ayant perdu une grande partie de sa fortune, le père envoya son fils à l'étranger. Il y avait beaucoup de ces gens expulsés et ruinés. Certains ne supportaient pas ces persécutions et ces ruines et baptisaient leurs enfants. Alors, dans la famille commençait un drame, on forçait les enfants à se rendre à l'église, ce sur quoi la police veillait sévèrement. Puis il fallait que les parents se convertissent aussi. Il n'en restait pas moins qu'un avocat ou un médecin de talent portait comme un stigmate le proverbe russe : « Un youpin converti, c'est comme un voleur pardonné. » Il y avait également beaucoup de drames quand les enfants devenaient adultes. Je connais un vieillard que son père (médecin militaire) avait baptisé dès sa naissance, croyant ainsi sauver son fils de tous les tourments attachés au fait d'être juif. Quand cet enfant eut atteint l'âge de vingt ans, il maudissait son père pour ce service, disant :

1. Ce témoignage de Raïssa Kessel sur l'antisémitisme et les persécutions des Juifs en Russie fait partie du tapuscrit original dont nous publions l'intégralité.

— Il n'avait pas le droit de faire de moi un converti sans mon consentement. Il devait me laisser à moi-même le choix d'être un Juif ou un Juif converti.

J'ai connu un vieillard de quatre-vingts ans qui avait été conseiller d'État. Il me racontait qu'étant enfant, il avait décidé d'être médecin. Ses parents ne voulaient pas et d'ailleurs ne pouvaient pas assurer son entretien pendant de si longues années d'études. Il quitta ses parents. Il mendiait devant les églises des kopecks et des morceaux de pain que lui donnaient les femmes des commerçants et les petits-bourgeois. Ainsi il put survivre jusqu'à l'âge où il fut capable de donner lui-même des leçons et de passer en [mot manquant dans le tapuscrit] son baccalauréat. Mais… il lui fut impossible d'entrer à l'université. Il n'avait pas pour cela assez de notes « très bien » à son bachot. C'est seulement en se convertissant qu'il lui fut permis d'entrer dans l'Académie de médecine militaire. Il fut torturé toute sa vie par cette apostasie.

Certains Juifs cachaient toute leur vie qu'ils s'étaient convertis et c'est seulement après leur mort qu'on l'apprenait par la forme de leurs obsèques.

L'un de ces gens, le meilleur médecin de la ville, ami du gouverneur et de toute l'aristocratie de la province, vint un jour chez moi (je le connaissais depuis mon enfance) pour me faire part de sa joie :

— À moi, Juif, s'écria-t-il, on m'a accordé le titre de conseiller d'État en activité.

Il baptisa ses enfants à leur naissance (ils moururent tous en bas âge et les Juifs de la ville voyaient dans ce malheur la punition et le doigt de Dieu). Et après sa mort, nous apprîmes qu'il avait cessé d'être juif depuis longtemps et nous comprîmes alors le secret de son amitié avec l'aristocratie locale et les honneurs qui lui avaient été accordés.

Pourtant, il était difficile de condamner ceux qui changeaient leur religion à cette époque. Aujourd'hui, les Juifs d'Allemagne souffrent des persécutions d'Hitler. Or, dans le temps où je parle, en Russie, la tête de la dynastie régnante et dans tous les centres administratifs, il y avait beaucoup d'Allemands. Je ne crois pas que les Russes – bien que longtemps on les ait appelés des barbares – fussent arrivés d'eux-mêmes à ce jésuitisme brutal auquel étaient soumis les Juifs. Maintenant nous voyons cela en Allemagne, en Autriche, en Italie. Le système d'Hitler a encore perfectionné les vexations contre les Juifs. Qui est l'élève et qui est le professeur ? Je pense que même à l'époque dont je parle, les Russes étaient des élèves des Allemands. Dans toute l'Allemagne, il n'y avait pas même un million de Juifs alors qu'en Russie il y en avait six millions. L'émigration russe comprendra peut-être, fût-ce en partie, ce qu'éprouvaient les Juifs chez eux, dans leur patrie, car chaque Juif considérait la Russie comme sa patrie. Tous les pays malgré la paix de Brest-Litovsk, et surtout la France généreuse, ont reçu ces émigrés fraternellement et non comme des parias. On leur a donné le droit au travail, on leur a ouvert les écoles, les universités. Sans doute pour beaucoup d'émigrés, surtout pour les vieux, il est dur de finir son existence à l'étranger, souvent dans la pauvreté, après le luxe qu'ils ont connu en Russie. L'émigration russe consiste en effet en majeure partie en gens de la haute aristocratie et en militaires. Mais ici ils ne ressentent jamais l'oppression morale et l'humiliation. On ne les stigmatise jamais par un mot qui ressemble à « youpin ». Et cependant ces mêmes émigrés (dans leur majorité tout au moins) nourrissent jusqu'à présent haine et détestation à l'égard des Juifs qu'ils accusent d'avoir fondé le bolchevisme en Russie.

Or, avec le bolchevisme, les Juifs ont reçu tous les droits de cité. Ils peuvent avoir faim, c'est vrai, être fusillés, c'est vrai, mais à l'égal des autres. Et ils ont le droit d'étudier, de devenir professeurs, de servir dans l'armée, etc. Le Juif n'a plus besoin de se cacher dans l'escalier de service – et possédant un diplôme de médecin français – car un policier se tient devant l'entrée principale, ou au contraire s'enfuir par l'entrée principale parce qu'un policier monte par l'escalier de service. C'est ainsi que mon mari après notre mariage devait se cacher de la police et nous ne pouvions habiter ni chez mes parents ni dans un hôtel, mais nous dissimuler chez des amis. Enfin, mon père en eut assez. Il donna un fort bakchich et il n'y eut plus de policier près de notre maison.

Je me rappelle que ma mère devant aller se soigner à Moscou, combien il fallut de soucis, de démarches et d'argent avant qu'elle obtienne d'entrer dans la capitale. Mon frère tomba malade lorsqu'il avait seize ans. À cette époque, en Russie, on ne savait pas encore opérer de l'appendicite dans les provinces. Il fallut emmener d'urgence mon frère à Moscou. Il était naturel que ma mère voulût l'accompagner. On lui accorda seulement trois jours pour rester à Moscou. Et le jour où son fils fut opéré, on l'obligea à quitter la ville.

Les commentaires sont inutiles pour des faits pareils.

Mon père, commerçant de première guilde, avait le droit de séjour à Moscou, mais seulement deux ou trois fois par an et pour quelques jours. À l'un de ses voyages, il lui fallut rester deux jours de plus. Aucune démarche ne réussit. Un policier vint chercher mon père et l'accompagna à la gare, le forçant à acheter son billet devant lui. Il semble que dans des cas pareils, on peut passer un jour ou deux chez des amis. Mais les lois étaient draconiennes. Si un portier avait su que tel locataire recevait pour la nuit quelqu'un qui n'était pas inscrit dans le livre de la maison et si ce portier avait rapporté, comme c'était son devoir, le fait à la police, le locataire hospitalier risquait d'être expulsé de Moscou avec toute sa famille. Ainsi, un fils ou une fille ne pouvaient pas recevoir chez eux leurs parents de province si ces parents n'avaient pas droit de cité. Chacun comprenait quelle menace réservait une hospitalité pareille et personne ne condamnait ceux qui s'y refusaient. On ne les estimait pas des lâches. Je connais deux dentistes qui erraient des nuits entières à travers Moscou car ils ne pouvaient pas passer la nuit même dans des chambres pleines de punaises payées à prix d'or, car ils craignaient des rafles nocturnes. On m'a raconté comme un fait authentique qu'un Juif pieux – si ce n'est un rabbin – se cachait la nuit dans les maisons de tolérance. Moi-même, de passage pour la dernière fois à Moscou en route pour l'étranger, avec deux enfants, je ne pus passer la nuit chez ma sœur bien qu'elle eût un très grand appartement. Nous restions chez elle dans la journée, mais la nuit nous allions rejoindre un hôtel fort douteux. La patronne y payait une dîme régulière à la police et de la sorte elle était toujours prévenue à temps des rafles nocturnes.

Remerciements

Les éditions Arthaud expriment leur vive reconnaissance à Anne-Marie Kessel sans qui ce livre n'aurait pu être publié, à Hubert Bouccara, libraire érudit, intime depuis sa jeunesse de Joseph Kessel, à François Heilbronn et Mathieu Walter, collectionneurs avisés, pour le prêt de documents d'archives et à Henri Vignes, libraire.

Chronologie

25 décembre 1872 ou 7 janvier 1873

Naissance de Raïssa Lesk à Orenbourg.

1892

Départ en Suisse à l'université de Genève pour suivre des études de pharmacie et de médecine.

1894

Inscription à la faculté de médecine de Montpellier.

Rencontre avec Samuel Kessel.

1895

Retour en Russie.

Mariage en septembre à Orenbourg avec Samuel Kessel.

1896

Départ en Argentine pour soigner les Juifs immigrés de la colonie de Mauricio, fondée par la Jewish Colonisation Association du baron de Hirsch.

31 janvier 1898

Naissance de Joseph Kessel à Santa Clara, Argentine.

Pour mon fils

12 avril 1899
Retour à Orenbourg.

20 mai 1899
Naissance de Lazare Kessel.

1901
Retour en France où Samuel Kessel exerce la médecine.

1902
Installation à Lacapelle-Biron.

1903
Installation à Montlhéry.

14 janvier 1904
Naissance de Grégoire Georges Kessel.

1905
Retour en Russie, à Orenbourg.
Pogroms.

1908
Installation définitive en France, à Nice.

24 décembre 1925
Naturalisation des époux Kessel.

Crédits photographiques

Toutes les photos sont issues de collections particulières à l'exception de la page 180 : © Pastvu.com

Table

Pour mon fils

NORD COMPO
multimédia

Composition et mise en pages
Nord Compo à Villeneuve-d'Ascq

CET OUVRAGE
A ÉTÉ ACHEVÉ D'IMPRIMER
PAR L'IMPRIMERIE NORMANDIE ROTO IMPRESSION S.A.S.
À LONRAI EN AOÛT 2025

Les Éditions Flammarion sont investies dans une démarche active pour l'empreinte environnementale de leurs parutions. Ainsi, le livre que vous tenez entre vos mains a été imprimé en France sur des papiers issus de forêts gérées durablement, par un imprimeur engagé dans la protection de l'environnement.

N° d'édition : 663247-0. N° d'impression : 2503271
Dépôt légal : septembre 2025
Imprimé en France